ご主人様とゆく
異世界
サバイバル！
Different world
survival to
go with the master
Text リュート
Illustration
ヤッペン
14
GC NOVELS

シルフィエル
グランデ

アイラ
メルティ

4
リュート
Illustration
ヤッペン
ご主人様とゆく
異世界
サバイバル!
Different world
survival to
go with the master

CONTENTS

Different world survival to go with the master

プロローグ～ドラゴンと黒き森でサバイバル～

やぁ、異世界サバイバーのコースケだよ。俺は今、旧メリナード王国の首都、メリネスブルグの近郊にあるアルマスという農村の近くにメルティと二人で潜伏中だ。なぜこんな場所にメルティと二人きりで潜伏しているのか、ということを説明しようとするとそれはもう文庫本一冊分くらいは話さなければならなくなるので簡単に言うと、卑劣な狐野郎によって聖王国支配下のメリネスブルグまで誘拐された俺は、まず何とか囚《とら》われた牢から脱獄した。

そしてメリネスブルグの地下道でライム、ベス、ポイゾのスライム三人娘と出会って協力を得た俺はそこで力を蓄え、シルフィ達と連絡を取るためにゴーレム通信機の材料となるミスリルを求めて単身メリネスブルグへ潜入。

ミスリルを得るためにアドル教の大聖堂を訪れたところで、真実の聖女と呼ばれるエレオノーラ――エレンを狙った刺客《しかく》から成り行きでエレンを庇《かば》う形になり、毒の短剣で致命傷を負った。

エレンの手厚い看護によって一命を取り留めた俺はエレンと交流を深め、亜人排斥を掲げるアドル教主流派と敵対する懐古派とのパイプを獲得。回復した俺はエレンと再会の約束をして、ライム達の待つ地下道に帰還――しようとしたところで俺を救うために単身敵地に乗り込んできたメルティと遭遇。アドル教と仲良くしていたことを詰問してくるメルティの誤解を解きながら地下道に帰還し、大型のゴーレム通信機を使ってシルフィと連絡を取ることに成功。

連絡を取った俺とメルティはメリネスブルグから動けないライム達と別れて帰還の途に就いたが、

メリネスブルグ近郊にある農村で聖王国軍に捕捉され、今に至る、と。

『ぶじー?』

「うん、何の問題もない」

『よかったー』

無線機のような形をしたゴーレム通信機の向こうから聞こえてくるのんびりとした声の主は、スライム娘のライムだ。アーリヒブルグにいるシルフィ達と連絡を取った大型ゴーレム通信機はライム達の所に置いてきたので、俺の持つ通常タイプのゴーレム通信機の通信波が届く間は連絡を取り合おうということになっていたのである。

『本当に無事なんでしょうね? コースケは弱いから心配だわ』

『メルティが強いから心配ないのですよ。むしろ相手が心配なのです』

「私はか弱いですよ?」

『面白い冗談なのです』

「うふふ」

『ふふふ』

『仲良くしなさいよ……』

口調はキツめに聞こえるけど優しくて心配性なのがスライム娘のベス。丁寧な言葉の端々に微妙に毒が混ざっているのがスライム娘のポイゾ、そして俺の隣でにこやかな笑みを浮かべているのが、ただの羊獣人《ひつじじゅうじん》――と見せかけて底知れない戦闘力を誇る魔神種《まじんしゅ》と呼ばれる存在であるということが最近判明したメルティである。

ちなみに、知らなかったのは俺だけらしい。もっと早く教えてくれませんかね、そういう重要なことは。

俺の隣で迫力のある笑みを浮かべている彼女の頭には元々立派な角が生えていたのだが、今はそれがない。単身敵地に乗り込む際に目立つからと切り落としてきたらしい。

本来、彼女のような頭部に角を持つ種族にとって角を切り落とすというのは最上級の刑罰にも匹敵する行いであるらしいのだが、俺のためにそこまでして彼女は助けに駆けつけてくれた。その責任はこの先しっかりと取っていきたいと思う。

「今は岸壁に掘った隠れ家に潜伏して様子を見ながら準備を整えてる。まず見つからないし、見つかったとしても奴らは入ってこれないし、逃げる方法はいくらでもあるから大丈夫だ」

『コースケがそういうならあんしんしんー?』

「うん、安心だぞ。何せ俺にかかれば土でも岩でも掘り放題だからな。万が一奴らが包囲してもこの岩壁を奥に掘って、最終的に上に掘って岩壁の上に逃げれば良いし」

「本当にどうしようもなくなったら私が蹴散らすこともできますから」

『聖王国の兵士が哀れなのです。せめて原形くらいは残すのですよ？』

「そんな悲惨な死体を作るつもりはありません。ちゃんと気をつけますから大丈夫です」

気をつけないとそういう悲惨な死体が出来上がるわけですね。わかります。

「とにかく、奴らをやり過ごしたら俺達はソレル山地に向かうつもりだ。危険らしいけど、突っ切れば時間短縮にもなるみたいだからな。もう少し様子を見ないとわからないけど、向こうも俺達がソレル山地に踏み込むとは思っていないみたいだし、奴らを撒《ま》くのにも都合がいい」

『だいじょうぶー?』

「大丈夫ですよ。私がついていますから」

「俺もちゃんと装備を調《ととの》えればそこそこ戦えるし、夜は地下に強固なシェルターでも作って休めば大丈夫だろうと思う」

『そっかー……きをつけてねー?』

「ああ、ありがとう」

『私もコースケが心配なのです』

「大丈夫だぞ?」

『メルティ、手加減するのですよ?』

「? 私ですか?」

通信機の向こうから聞こえるポイゾの声にメルティが首を傾《かし》げる。俺も首を傾げる。

『惚《とぼ》けてもだめなのです。どうせ野獣のようにコースケに襲いかかっているに違いないのです』

『コースケひからびるー?』

『そこまでは……やらないと思いたいわね』

「そこまではしません! もう! 切りますからね!」

顔を赤くしたメルティがそう言ってゴーレム通信機を操作し、通信を切る。

「そ、そこまではしませんよ……？　本当ですよ？」

振り返ったメルティが顔を赤くしたままそう弁明するが、この岩窟に籠《こ》もって今日で三日目。朝起きた時の俺のヘルスゲージとスタミナゲージは大体八割から七割くらいである。つまりそれはどういうことかと言うと……察して欲しい。

「お、おう……そうだな」

「むっ、なんですかその反応は」

「まだセーブしてるんだと思って」

ここ数日の夜のことを思い出すとあれで全力だと……まだ余裕を残していたというか、本気じゃなかったのか。俺じゃなかったら死ぬのでは？

「一度本気を味わってみます？」

俺の反応に気を悪くしたのか、メルティが据わった目で俺を見つめてくる。これはマズいやつでは？

「待って。ちょっと待って。まだやらなきゃいけないことが――」

「待ちません。えいっ」

「うわーッ！」

俺は押し倒された。抵抗？　できるわけがない。蟻《あり》が象と力比べをするようなものだよ、それは。

Different world
survival to
go with the master

第一話 ソレル山地へ

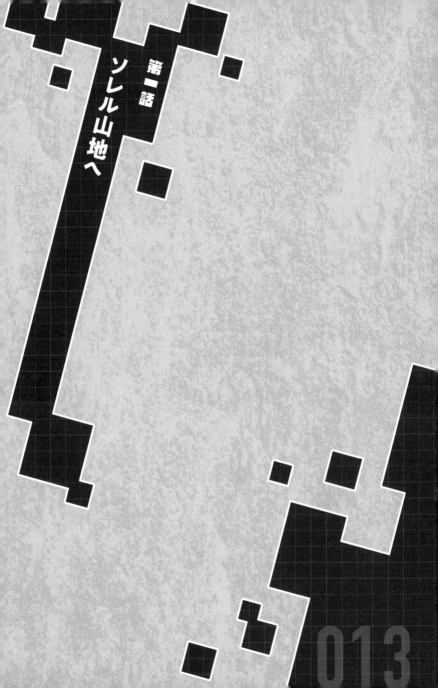

更に様子を見つつ俺達の潜伏している岩壁の内部を掘ったり、岩壁の上へと続く脱出路を掘ったり、岩壁の上に生えている木を切ったりして素材を集めてはソレル山地攻略のための装備を作ること数日。

「完全に諦めたみたいですね」

「そのようだな」

少なくとも岩壁に掘った岩窟の覗《のぞ》き穴《あな》や岩壁の上から見える範囲内では、俺達を追跡しようとしていた聖王国軍の姿は全く見られなくなった。岩壁の上からはアルマスの村も見渡せるのだが、沢山あった幕舎も片付けられてその姿を消していた。駐屯していた聖王国軍の連中はどこかに行ったらしい。

「用意も調ったし、ソレル山地に向かうとするか」

「そうですね。そうしましょう」

俺が今回用意したのは大量の石ブロックとできる限りの範囲で量産した武器弾薬だ。さらわれた際に武器弾薬や道具、素材類は全てアーリヒブルグに置いてきてしまったが、食料の類はほとんど俺のインベントリに入ったままだったからこれに関しては何の問題もない。食料どころか甘いものや酒なんかの嗜好品《しこうひん》すら沢山ある。

「武器はいつでも取り出せるようにしていてくださいね」

「任せてくれ」

武器の類はショートカットキーに登録済みだ。まずは近接戦専用の短槍《たんそう》と短剣。基本的に格闘戦はするつもりがないが、万が一ということもある。近接戦闘用の武器をショートカットキーに登録しておくのはサバイバーの嗜《たしな》みだ。あと大ぶりのナイフをいつでも抜ける位置に装備しておく。

そしてその他《ほか》に用意している武器は主に銃火器である。45口径のオートマチックハンドガン、同じく45口径のサブマシンガン、12ゲージの上下二連式ショットガン、それに7・62mm口径のアサルトライフル、大物用に中折式の40mmグレネードランチャーと、対戦車擲弾《てきだん》発射器。

正直対戦車擲弾発射器はやりすぎかなと思わなくもないが、何が出るかわからないからな。ドラゴンとか出てくるかもしれないし。そうなるとこれくらいの火力は要《い》るだろう。何せ俺とメルティの二人で魔物の領域と呼ばれるソレル山地に突っ込むわけなので、今回ばかりは俺も自重なしの本気モードである。

ショットガンはなー、ポンプアクション式と迷ったんだよなぁ。継続的な火力を提供する武器としてサブマシンガンとアサルトライフルがあるから、今回は瞬間火力を重視して上下二連式のショットガンを採用した。

基本的にどの武器も構造が単純で信頼性が高く、比較的生産効率の良いもので揃えている。年代的にはちょっと古めの兵器が多いが、どれも少ない資源で最大の効果が得られるように考えて選びぬいた品である。欲を言えばショットガンはマガジン式のセミオートショットガンにしたかったし、グレネードランチャーだって回転弾倉式の六連装グレネードランチャーにしたかった。しかしそれらを作るための資材と設備、それに加工にかかる時間などを考えると見送らざるを得なかったのだ。

他には手榴弾なども用意してある。近距離用の範囲攻撃手段はいくらあっても困らない。

「結構色々な形の武器があるんですね。どれも初めて見るもののような……」

「そうかな？　そうかもな」

　そもそも俺が前に出て戦うこと自体が今まで殆どなかったしな。オミット大荒野を駆け抜けた時にポンプアクション式のショットガンとかでちょっと暴れたくらいじゃないだろうか。ボルトアクションライフルは銃士隊に持たせたりしたけどね。あとは砦《とりで》で散弾を発射する小型の大砲を出したくらいかな。

「どんな武器なんです？」

「どれも基本的には金属性の弾丸を発射する武器だよ。これは七連発、これは同じ弾《たま》を高速で三十連発、こっちはもう少し小さいけど二倍以上の速度がある貫通力と威力の高い弾を高速で三十連発できて、これは複数の弾丸を同時発射できる銃で、二連発。複数の弾じゃなくてデカい一発の弾を撃つこともできる。こっちは爆発する弾を一発撃てるので、こっちはそれの凄《すご》い強力なやつ」

「これなんて魔法の杖みたいですね。ちょっと太いですけど」

そう言ってメルティが対戦車擲弾発射器を手に取る。撃つ時に『あーるぴーじぃー！』と叫びたくなるやつだ。いや、あれは撃たれる時に叫ぶ台詞《せりふ》だったかな？

「物騒な魔法の杖だな……」

「魔法の杖は物騒なものでは？」

「……確かに」

前にアイラが雷の魔法で大量のデカいカマドウマ——ギズマを倒していたのを思い出す。確かに魔法の杖は物騒なものだな。俺の想像する魔法の杖はこう、おじいさんの魔法使いが持ってる節くれ立った素朴な木の……そういうのもあるけど、基本的に木だけで装飾も何もないのは初心者用？　上級者はミスリルや魔晶石《ましょうせき》、その他触媒などを使って魔力の増幅率を上げたものを使う？　なるほど。

「ところで、武器を扱う練習などはしなくても良いんですか？」

「多分必要ないと……したほうが良いかな？」

「初めて使う武器ならある程度はしたほうが良いんじゃないかと思いますけど。あと、同行する私もコースケさんの武器がどういうものか理解していたほうが安全ですし」

「その通りだな」

俺はメルティの忠告に従って出発前に一通り用意した銃火器の試射を行うことにした。

「なんだかそれは見たことがある気がします」

「何回か出してるし、シルフィにリボルバーを渡した時にも試射とかさせた気がするから、その時かもな」

俺が最初に試射を始めたのは45口径のオートマチックハンドガンだ。装弾数は最大で弾倉に七発、薬室に一発の計八発。大口径の弾丸は確かな制圧能力を発揮する。また、超音速弾ではなく亜音速弾であるため、サプレッサーとの相性も抜群だ。今はつけないけど。

「弾は結構遅いですね」

「遅いか……？」

確かに目視ができないレベルじゃないと思うが、反応できるレベルでも無いと思うんだが。

「ああ、でもこれならなんとか凌《しの》げるとか前にザミル女史とかレオナール卿が言ってた気がするな」

「はい。ある程度の実力を持つ武人なら反応できるかと」

「メルティは？」

「私はか弱いので」

そう言ってメルティはにっこりと笑う。か弱いとは言ってるけど、反応できないとは言ってないよね。深く突っ込むのはやめよう。次だ次。同じ弾丸を使うサブマシンガンを試す。

「さっきの武器と殆ど同じですけど、連射能力が凄いですね」

「そういう武器だからな」

「この武器があればさっきの武器はいらないのでは？」

「連射するとどうしても精度が落ちるからなぁ……無駄弾も多くなるし。湯水のように弾を使える環境ならそれでも良いいんだけど」

「なるほど。ままならないですね」

次に上下二連式のショットガンを試す。

「同時にあの数の弾が飛んでくるのは厄介ですね。この銃は二連射で飛んできますし」

「これはまともに撃たれると避けられないだろうな」

「間合いを離すか、頑張って防ぐかですね。ほぼ同時に複数の弾が着弾するとなると防ぐのはかなり難しそうですけど」

「防ぐという発想はなかった」

ゲームだと数メートルの至近距離でしか威力を発揮しないから誤解されがちだけど、ショットガンの弾ってかなりの長距離まで致命的な威力を発揮するからな五十メートルくらいまでは殺傷圏内だ。野戦では使いにくいだろうけど、近接戦ではやっぱり無類の強さを誇る武器だと思う。

「で、次はこれだが」

「大きいですね」

「大きいだけの能力はあるからな」

次に取り出したのは7・62mm口径のアサルトライフルだ。バナナ型マガジンとも呼ばれる大きく湾曲した弾倉には三十発の弾丸が装填されている。

俺は初弾を薬室に送り込み、狙いをつけて標的にしている木に向かって発砲した。雷鳴のような発砲音が鳴り響き、木の幹がバシバシと音を立てて弾ける。セミオートからフルオートに切り替え、連射する。これは近代化改修済みのモデルなので、跳ね上がりも少なくて連射中のコントロールもさほど難しくない。

「……これ一つで良いのでは？　威力も弾速も攻撃の精度も一番良いように見えるのですが」

「正直それを言われると弱い」

メルティの言うことも、もっともである。重量も実はサブマシンガンとさほど変わらない。セミオートとフルオートの切り替えもできる。敢えて問題点を挙げるならサプレッサーとの相性が悪くて射撃音が煩《うるさ》い、ということくらいだろうか。

「まぁロマンというか多様性の問題……ってわけじゃなく、こっちの拳銃とかサブマシンガンに使う弾丸の方がコストパフォーマンスが良いんだよね」

「なるほど」

最後に40ｍｍグレネードランチャーを試射する。ポンッ、という少し間の抜けた音を立てて榴弾が飛んで行き、着弾地点で派手に爆発した。

「これは威力が高そうですね」

「雑魚《ざこ》をまとめて吹き飛ばすか、大物にダメージを与える感じだな。爆発するから、味方のいる場所には使えない」

「確かにあの攻撃に巻き込まれると大変ですね」

「一撃目として敵の集団に撃ち込む感じが良いかもな」

再装填にも時間がかかるし、間違っても近距離では使えない武器と言える。

「この大きいのは試さないんですか？」

そう言ってメルティが物騒な魔法の杖を指差す。

「用意した弾の数が少なくてな……試射するのも惜しい。威力は今撃ったグレネードランチャーを遥かに超えるぞ。具体的に言うと、およそ五センチの装甲をぶち抜いて被害を与えられる」

「五センチの装甲って……ドラゴンの鱗も抜けるのでは？」

「かもな。やってみないとわからんけど」

これで一通りの武器を試した。結構うるさくしたからアルマスの村にも銃声や爆発音が届いたかもしれないな。いや、間違いなく届いてるかな？　拳銃弾の発砲音はともかく、ライフル弾の発砲音はデカいからな。

「行くか」

「はい」

こうして射撃試験を終えた俺達は岩窟を引き払い、ソレル山地へと向かうのだった。

◆◆◆

魔神種らしき亜人の女と自称傭兵の怪しい男を捕らえるべくベイグナート方面の街道に網を張ったが、結局奴らは現れなかった。農村近くの森をいくら探索してもその姿を見つけられなかったので、こっちに抜けたのかと思ったが、周辺の住民に聞く限りでは目撃情報もない。

余所者《よそもの》の二人を守るためにこの辺りの村人や商人が嘘《うそ》を吐《つ》くとも思えない。本当に奴らはこの街道を通っていないのだろう。

「結局網にはかからず、か……」

「隊長ぉ、戻りましたよぉ」

ハンネスがやる気の欠片《かけら》も感じられない様子で声をかけてくる。周辺の捜索を指揮させていたのだが、この様子だとやはり空振りだったらしい。

「……ここまでだな。一度報告に戻るぞ」

「メリネスブルグに戻るんですかい？」

ハンネスが嬉しそうな声をあげる。恐らくはメリネスブルグの酒場や娼館のことを思い浮かべているのだろう。どこまでも俗な男だ。全くもって聖王国軍兵士としての自覚が足りない。

「いや、グライゼブルグに向かう。兵をまとめて陣を引き払う準備を始めろ」

「グライゼブルグかぁ……あいよ、了解」

ハンネスは少し残念そうな声をあげたが、素直に私の命令に従って兵達に声をかけ始めた。グライゼブルグは決して小さな街ではないが、メリネスブルグには大きく劣る。それだけ楽しみが減ると思ったのだろう。まぁ、今はそんなことはどうでもいい。

「ソレル山地を抜けるか……化け物め」

私は峻険な山々が連なるソレル山地へと目を向けた。奴らがソレル山地で野垂れ死んでくれるなら良いが……魔神種がそう簡単に野垂れ死ぬとも思えない。奴は生きているという前提で物事を考えるべきだろう。

そして、ソレル山地を越えた向こうにはアーリヒブルグがある。解放軍を自称する反乱勢力の本拠地と化している街だ。

「……厄介な」

解放軍に魔神種が存在しているとなると、これはとんでもない厄介な事態だ。さて、どのように報告書を書いたものか。

陣を引き払う作業を開始した兵達を眺めながら、私は内心溜息《ためいき》を吐くのであった。

◆

◆

◆

俺の掘った通路を使って岩壁の上に出た俺達はソレル山地へと向けて歩き出す。眼前に聳《そび》え立つソレル山地が大きいので距離感が掴めないが、麓《ふもと》まで行くにも結構時間がかかりそうな感じだ。

「普通に歩くと時間がかかりそうだな」

「そうですね。でも、もう普通に歩く必要もないですよね？」

「それは確かに」

メリネスブルグを出てからは周りの目があるから普通にテクテクと歩いていたが、道なき道を進むのであれば自重する必要もない。俺達の能力を最大限に使って移動しても構わないだろう。

俺の能力が及ぶ範囲は何もクラフト関連だけではない。頭の中で移動方向やジャンプを意識するだけで実際に体を動かさずともまるでスライドでもするかのように移動したり、自分の身長と同じくらいジャンプできたりする。これは実際に自分が走ったり、飛んだり跳ねたりするのと同時に行う事が可能だ。自分で走りながら前進するように意識すれば普通に走るよりも遥かに速く進めるし、自分でジャンプしてから更にジャンプを意識することによって二段ジャンプめいたこともできてしまったりする。

「……相変わらず気味が悪いというかなんというか」

「気味が悪いという言い方は酷《ひど》いと思う」

「そう言いますけど、違和感を覚えるというか……見てて不安感を掻《か》き立てられるんですよ、その動き。

ぷっ……や、やめてください」

メルティが酷いことを言うので、自分でもよくわからない踊りを踊りながらスライド移動を披露してやると、今にも噴き出しそうな顔をして俺から視線を逸《そ》らした。

ねぇねぇこっち向いてよ？　今どんな気持ち？　ねぇ今どんな気持ち？　今度は腕を組んで仁王立ちしたまま顔を逸らすメルティの周りをぐるぐると回ってやる。

「わかりました、降参します。でもそろそろ出発しましょう？　時間を無駄にするのは良くないです」

「そうだな、そうするか」

確かにできるだけ早くアーリヒブルグで待っているシルフィ達のもとに戻りたい。流石《さすが》に一日や二日でソレル山地を突破することはできないと思うが、早ければ早いほど良い。

「よし、行こう」

「はい。ペースはコースケさんに合わせますから、無理のないペースで行きましょう」

「わかった」

まずは軽く走り、それからジャンプと空中方向転換を加えたストレイフジャンプを駆使して移動速度を上げていく。傍《はた》から見ると空中で微妙に蛇行しながら不自然な加速を伴ってぴょんぴょんしているように見えるだろう。絶対に不気味というか、目を疑うような光景だろうなぁ、これは。

そしてそんな俺に涼しい顔でついてくるメルティ。彼女にも俺のような革製の防具を作るか？　と聞いたのだが、今着ている服のままで良いということなのでそのままの格好だ。そのままの格好と言っても、生地の丈夫な外套は一枚羽織っているから、服がその辺に引っかかって破れてしまうようなことはないと思うけど。

「前方に林、突っ込むか？」

「左手に迂回《うかい》しましょう。林よりもまだ草原の方が走りやすいです」

「了解」

進路を変えて少し進むと、前方に白い煙が立ち昇っているのが見えてきた。

「前方に煙が上がってないか？」

「まさか聖王国軍でしょうか？　ソレル山地方面に網を張っているとか……？」

林を抜けるのを避けて俺達がこのルートを使うと決め打ちしてか？　それにしては炊煙だかなんだかわからないが、ああやって煙を立てて俺達にその存在を誇示するのは道理が合わないように思うが。

「どうする？」

「念のため偵察しましょう」

「避けたほうが良くない？　罠かもしれないぞ」

わざと煙を立てて、偵察に来た俺達を捕殺するつもりかもしれない。

「いえ、もし聖王国軍なら全滅させるチャンスですし。街道や農村では手が出せませんが、こんなに人里離れた場所なら皆殺しにしても問題になりませんし」

「やだこわい」

確かにこんな場所なら全滅しても魔物にやられたのか俺らにやられたのかわかんないだろうけどさぁ……ちょっと好戦的過ぎない？

「いずれ戦うことになる相手ですよ」

「そう言われればそうなんだろうけれどもね」

気乗りはしない。だが、今更という感もある。俺が直接その場を見たわけじゃないが、俺は以前聖王国軍の兵士を数千人単位で砦ごと吹き飛ばしたことがある。戦いたくないとか、手を汚したくないとかそういうのは今更の話だろう。

「まぁ、やるよ。やるさ」

「……」

俺の返事にメルティは何も言わなかった。そして更に暫《しば》く進み、林に入って煙の発生源へと距離を詰める。

「罠があるかも知れないから気をつけよう」

「はい……あ、ありますね。そこです」

「鳴子《なるこ》か……？」

メルティが指差した先にあったのは動物の骨か何かを植物の蔓《つる》で束ね、わかりにくい位置に張られている植物の蔓に引っかかると揺れて、骨同士がぶつかり合うようにできている、えらく原始的な鳴子の罠だった。

「これは明らかに聖王国軍じゃないよな？」

「そうですね。コボルドか、ゴブリンか、オークか……罠の位置の高さ、コボルドの嗅覚を考えるとゴブリンでしょう」

どうしますか？　という顔をメルティが俺に向けてくる。正直に言えば無視したいが……。

「これ、放っておくとアルマスを襲いかねないよな？」

「そうですね……距離から考えるとその可能性は低くないですね」

「……殲滅《せんめつ》していこう」

「はい」

鳴子やその他の罠に注意しながら俺達はゴブリンのものと思しき集落に慎重に接近した。久々にステルスモードである。当然ながら俺自身はこのような野外で物音を立てずに忍び足をするような技術は持ち合わせていない。なので、自らが持ち得る最善の方法でステルス移動を行う。

具体的に言うと、中腰で足を動かさずにスーッとスライド移動をする。自分の能力を使って。

「不気味というレベルではないのですが」

「気にするな」

俺も絵面を想像すると絶対に不気味だとは思うが、これが一番効率的なんだ。

「あと、気を抜いてコースケさんを視界から外すと何故か見失いそうになるんですけど」

「気にするな」

多分ステルス移動の効果だと思うけど、俺にはどうにもできん。いや、手を繋《つな》ごう。もしかしたらそれでメルティもステルス状態になるかもしれない……なったかどうかは客観的にはわからないが、手を繋ぐことによってメルティも俺と連動してスライド移動するようになった。不気味？　気にするな。

そうして移動すること暫《しば》し。俺達は例の集落の端に到着した。

「ゴブリンだな」

「ゴブリンですね」

そこにいたのは、まるで知性を感じられない醜悪な顔、緑色の肌の矮躯《わいく》、耳障りな声、身につけているのは精々《せいぜい》粗末な腰布くらい。得物は粗末な棍棒か、何かの骨を利用したナイフのようなものやピックのようなもの。まぁ、ゴブリンだ。

「どうやって片付けます？」

「まずはこれだな」

俺は緑色のリンゴ――ではなく、手榴弾を取り出して見せた。

「これは？」

「手榴弾だ。ほら、前に棒状のを解放軍に渡してただろ」

「形が違うんですね」

「こっちの方が後年に造られた改良型だ。まずはこいつを投げ込む」

「何だろう、と近寄ってきたゴブリンが爆発に巻き込まれるわけですね」

「そういうこと」

一瞬ゴブリンの村に誰か囚われている人がいないか？　と考えたが、いたとしても俺達にできることは何もないと割り切ることにした。残念ながらこれからソレル山地を抜ける予定の俺達に怪我人や病人を抱える余裕は無い。

俺はインベントリからボロボロと合計八個の手榴弾を取り出し、地面に転がす。メルティにも投げてもらうつもりだ。

「安全レバーを押さえてからピンを抜いて投げる。あの柄付き手榴弾と違ってレバーを押さえている限り爆発はしないから、慌てないように。落ち着いて投げてくれ。投げる際にレバーが外れて信管が作動して、五秒後に爆発する」

爆発までの時間を短縮したい場合は手元で安全レバーを弾けさせてから投げれば良いのだが、慣れないと自爆する可能性があるから教えないでおく。

「わかりました」

「くれぐれも注意してくれ。投げたら爆発するまで身を隠すことも忘れないように。俺は手前側に投げるから」

「わかりました。ええと、レバーを押さえて、ピンを抜いて、投げるだけですよね」

「そうだ、メルティは奥側に頼む」

「はい」

メルティと視線を合わせ、合図と共にメルティと一緒に手榴弾を投げ込み始める。空中で安全レバーがピンッ、と弾ける音が聞こえた。

『ギャギッ⁉』

『ギョゴゴッ』

何か騒いでいるのが聞こえるが、破片が飛んできたら危ないので俺達は身を隠す。このリンゴ型手榴弾の即死半径はおよそ五メートル、殺傷半径はおよそ十五メートル。ただ、細かい破片は二百メートル以上飛ぶこともあるらしいので、使用時には注意が必要だ。

ドガァン！　と派手な音が鳴り響き地面を通じて衝撃が伝わってくる。戦果は確認できないが、ゴブリンどもは大混乱に違いない。

「どんどん投げ込んでいくぞ」

「はい」

メルティと一緒にどんどん手榴弾を投げ込んでいく。途中で混乱したゴブリンがこちらに向かって走ってきたが、容赦なくハンドガンで射殺した。あの小さな身体《からだ》だ。胸に一発撃ち込めばもんどり打って後ろに吹っ飛んでいく。俺がゴブリンに対処している間にもメルティは手榴弾を集落に放り込み続けた。

「投げ終わりましたよ」

「突入するか」

ハンドガンをサブマシンガンに持ち替え、メルティを引き連れてゴブリンの集落内に突入する。集落内はそれはもう酷い状態だった。手榴弾の爆発痕と、倒れ伏すゴブリン達。倒れているゴブリン達の中には四肢を失っている者も多い。

「止めを刺しますね」

「あ、ああ……」

生々しい光景に胃の辺りがムカムカして胸が悪くなってくる。ゲームで見るのとはわけが違う、本物の生々しさがここにはあった。ゴブリンの血と臓物の臭いで鼻がおかしくなりそうだ。

「コースケさん！」

「むっ……！」

　手榴弾の爆風と衝撃で倒壊しかけていた粗末な小屋のようなものからゴブリンが飛び出してくる。俺は胸のむかつきを堪《こら》えながらサブマシンガンの銃口をゴブリンに向け、引き金を引いた。

　パッパパッパッパッパン！　と、軽快な破裂音を発してサブマシンガンが銃弾を吐き出し、複数の銃弾を一身に受けたゴブリンが豪快に吹き飛んでいく。このサブマシンガンに使われている銃弾は先程一発でゴブリンを吹き飛ばしていたハンドガンに使われているものと同じだ。銃の威力というのは基本的に使う弾薬に依存する。

　無論、銃身の長さや作動機構などによっても変わるが、基本的には弾薬に依存する。同じ弾薬を使うのであれば、基本的には銃身が長いほうがより高威力というか、銃弾の初速が高くなる。無論、長ければ長いほど良いというわけでも無いけれども。

「まだ来ますよ」

「後ろは任せた」

「はい」

　メルティに背後の守りを任せて飛び出してくるゴブリンを次々と射殺していく。最初の一匹には弾を打ち込み過ぎた。胸を狙って、二連射か三連射で十分だ。

　フルオート射撃しかできないサブマシンガンで指切りバーストを意識しながら二連射、三連射でゴブリンを始末していく。

マガジンを二度交換した辺りでゴブリンが打ち止めになった。まだ潜んでいるかもしれないが……どうする？　と考えていると、メルティが魔法で炎を放って木と枯れ草でできた粗末な小屋のようなテントのようなものを燃やし始めた。

「おい？」

「残しておくとまたゴブリンやコボルド、オークの巣になりかねませんから。燃やすに限りますよ」

「いや、中に人とか……」

「いませんよ」

そう言ってメルティが有無を言わさず淡々とゴブリンの住居を焼き払っていく。普通の炎じゃないのか、燃え広がることもなくゴブリンの住居だけを綺麗に焼き払って灰にしてしまった。

「いたとしても私達には助けることができませんから。色々な意味で」

「……」

この世界のゴブリンと人間――人族がどのような関係なのかはわからないが……いや、メルティの言動から察しはつくが、やめておこう。

「というか、本当にいませんから心配しないでください。助けることができないとは言いましたけど、流石に私もまだ余裕のあるこの状況で見捨てて灰にするほど冷酷ではないです」

「うん、そこは信頼しておく」

「そうしてください」

考えてみれば、メルティは俺よりも遥かに五感が鋭いんだった。メルティがそう言うなら、本当にそうなんだろう。本当にここに要救助者がいたなら、俺が治療した後にすぐ近くのアルマスの村に連れて行くことはできるものな。俺やメルティが抱きかかえていけば、大した時間もかからずにアルマスの村へと送り届けることができたはずだ。

「ゴブリンの家屋、燃やす前に漁ったほうが良かったかな？」

「ゴブリンの家なんてガラクタしかありませんよ」

「それもそうか」

念の為にゴブリンの死体を一度インベントリに収納し、死亡を確認しておく。うん、生き残りなし。インベントリのメニューでゴブリンの死体を解体し、魔石《ませき》だけは取り出しておく。ゴブリンの魔石では大した価値も無いらしいが、ちょっとした魔道具――ライターのような火付けの魔道具とかの原動力に使えるらしいとアイラに聞いたことがある。

え？　残りの肉とか骨とかその他諸々？　利用価値が無いから掘った穴に全部放り出してメルティに焼いてもらったよ。肉には違いないから調理台で加工すれば食えるようになるかもしれないけど、心情的にゴブリンは食べたくない。

「行くか」

「はい」

それなりに時間を取られて、弾も手榴弾も使って収穫は魔石だけ。ゴブリンは割に合わないなぁ……いや、手榴弾も弾も使わずに剣や槍で始末すればそうでもないのかもしれないけどさ。俺としては今ひとつだ。できれば今後は避けていく方向で行こう。

◆
◆
◆

ゴブリンを殲滅した後、暫く移動をした俺達はソレル山地の麓にある森林へと到達した。

「どうにか森林を避けられないかね？」

「うーん、どうでしょう。目視で見る限りは無理そうですけど」

「ちょっと高いとこから見てみるか」

そう言って俺はジャンプして足元に木材ブロックを置き、更にジャンプして木材ブロックを置き……と繰り返して高い足場を作り出した。こういったブロック設置ができるサバイバル系ゲームで高い視点を得るための常套手段である。

「どうですかー？」

「うーん……無理そうだな！　でも、少しあっちに歩いた場所に岩場がある！　森に入る前にあの岩場で一泊しよう！」

下で待機しているメルティに聞こえるように少し大きな声でそう言って俺は少し南側に位置する岩場の方向を指差す。このまま森沿いに南下した場所にごろごろと岩の転がっている場所があるのだ。

岩場の方向をもう一度確認してから今度は足元の木材ブロックに鉄製の斧を振り下ろして足場を破壊し、一ブロック分ずつ地上に降りていく。偵察はこの手に限るな。

「おかえりなさい」

「ああ、ただいま」

「コースケさん。森を抜ける前に日が落ちてしまうでしょうから森に入る前に一泊するのは賛成ですけど、どうしてわざわざ岩場に行くんですか？」

「日が高いうちに採掘や採集をしようと思ってな。火薬の材料になる有機系素材は豊富なんだけど、鉱石系素材とか木材がまだ心許《こころもと》ないんだ」

岩窟である程度は岩を掘って鉱石系素材を補充したが、殆ど銃器の製造に使ってしまった。弾薬の量に不安があるので、補充する余裕があるうちに補充しておきたい。

「なるほど。確かに麓の森やソレル山地でゆっくり補充できるかわかりませんものね」

「そういうこと。岩場に着いたら今夜過ごす拠点を作ってから採集をしよう」

「わかりました。じゃあコースケさんが採集をしている間は私が側で守りますね」

「頼む」

一応自分の身は自分で守るつもりだが、採集に集中していると不意の襲撃を受けるかも知れない。メルティが側《そば》で警戒してくれるのは非常に助かる。

足場を始末し、テクテクと歩いて目的地へと向かう。目的地はさほど遠くない場所にあったので、すぐに辿り着くことができた。ゴロゴロと大きな岩がたくさん転がっている岩場である。一体どのようにしてこのような地形ができたのだろうか？　ソレル山地の山のどれかが噴火でもして溶岩が冷え固まったのか？　それとも噴石が転がってきたのか？　はたまた土石流か何かで山肌が崩れたのか？

もしかしたら自然現象ではなく魔法的な影響の可能性もあるな。精霊の悪戯《いたずら》とかかもしれない。何にせよ、大きな岩だけでなく様々な大きさの石、岩が転がっているこの場所は俺にとっては大変都合の良い鉱石採掘地点であった。

「まずは適当な場所に地下シェルターを作るか」

「そうですね。どこにしますか?」

「どこでも作れるけど……あまり森に近くないほうが良いよな」

「そうですねぇ……出入り口を閉めておけば大丈夫でしょうけど、虫とか寄ってくるかもしれませんし」

「だよな。周りに採掘するための岩が多い場所にしよう」

「わかりました」

軽く相談をして岩場に足を踏み入れる。多少草などは生えているが、植生は乏しい。水はけが良すぎるのかも知れないな。食べる草が無く、水も無いならあまり草食動物などは近寄らないかもしれない。そうすると、それを狙う肉食動物や魔物も自然と少なくなる。意外と安全かな?

「……いますね」

「何が?」

「魔物です」

「マジで」

安全かな? などと思っていたら早速メルティが魔物を見つけたらしい。だが、俺の目にはどこにいるかわからない。遠くにいるのだろうか?

「どこだ？」

「あれです」

そう言ってメルティが指差した先にあるのはそこそこ大きな岩だった。大きさは一・五メートル程だろうか？　半ば地面に埋まっているように見える岩だ。岩だよな？

「撃ってみてください」

「え？　あの岩を？」

「はい。あの大きい銃で」

「大きい銃？　アサルトライフルか？　わかった」

内心首を傾げながらメルティの言う通りに岩を撃つことにする。恐らく、撃つことによって何か起こるだろうから、心構えはしておく。

とりあえず、セミオートで一発。ズガァン！　という雷鳴のような轟音が鳴り響き、銃弾が命中した岩の一部が砕け――――一部が砕けて緑色の液体が噴き出した。

『SYAAAAN!!』

悲鳴のようなものを上げて岩が立ち上がる。いや、岩のように見えていたものは岩ではなく、巨大な虫のような化け物だったのだ。両手にずんぐりとした鎌のようなものを構えるその巨大な虫は、まるで岩でできたカマキリのように見えた。

「キェアァァァ!?　動いたアァァァァッ!?」

横でメルティが冷静に何か言っているが、俺は動き始めた岩カマキリに連続で銃弾を浴びせていた。

セレクターをフルオートに切り替える間もなくトリガーを連続で引く。

『GIEEEAAHHH!』

　発射された7・62mm口径のライフル弾は岩カマキリの岩のような表皮を穿《うが》ち、その莫大な運動エネルギーを岩カマキリの体内で解放する。結果、岩カマキリは全身にできた銃創から緑色の体液を噴き出して倒れ伏した。どうやら仕留めることができたらしい。

「びっくりした」

「ええと、もう一度言いますけどロックマンティスという魔物ですね。身体を縮こめて岩に擬態し、獲物を待ち伏せする魔物です。表皮は岩のように硬く、普通の冒険者にとってはかなりの難敵です」

「アサルトライフルの前には無力だったみたいだな」

「打撃や強力な点の攻撃、それに魔法には弱いですから。刃物が通り辛いので、一般的な冒険者からは嫌われています」

「なるほど」

　力尽きた岩カマキリにアサルトライフルの銃口を油断なく向けながら近づき、死亡確認のために一旦インベントリに入れる。入った、ということは確実に死んでいる。それを確認したら死骸をインベントリから取り出す。

「ほんとに岩みたいだな」

「そうですね。私も実物を見るのは初めてです」

「そうなのか?」

「私は非力な内政官ですから。魔物の跋扈《ばっこ》するお外になんかなかなか行きませんよ」

「お、おう……」

　メルティの強さを知っているだけに微妙に納得のできない発言だが、本人がそう言うので突っ込まないでおくことにする。メルティは滅茶苦茶強い割に、何故かその力を積極的には使おうとしないんだよな。

「とりあえず、解体して……魔石と肉、甲殻に鎌、それに腱《けん》か……岩カマキリって食べれるのか？」

「食用という話は聞いたことがありませんけど……ギズマが食べられるのなら食べてもおかしくはないのでは？」

「それもそうか」

　別に食料には困っていないが、一応確保しておくか。ゴブリンの肉よりはマシだろう。他に食料は沢山あるから、暫く死蔵することになりそうだけど。何にせよ調理作業台にぶち込んで調理してしまえば元が何の肉でも美味《おい》しくなるからな。ハハハ。

　岩カマキリを倒した後は暫く周辺を探索し、潜んでいた岩カマキリを退治して今日の滞在場所を確定した。周りに程よい大きさの岩が沢山転がっている岩場のど真ん中だ。サクッと地下シェルターを設置し、内装を整える。生活排水なんかは地下の汚水槽に溜めて、ここを引き払う時にインベントリに放り込んでいくことにする。

「コースケさんにかかれば安全なシェルター作りが本当にすぐ終わりますよね」

「俺の取り柄だからな」

シェルターの内装はごく単純なものだ。テーブルと長椅子、それに二人が余裕を持って寝られるベッドがある寝室兼リビング。奥に扉が二つあり、それぞれがトイレとシャワーになっている。シャワーといっても、無限水源を使用した水浴び場みたいなものだけど。あとはリビング兼寝室に水瓶《みずがめ》と、食器などを置く棚があるくらいか。

食事なんかは俺がインベントリから出すから、キッチンも要らない。明かりは俺の作ったたいまつにしようかと思ったが、メルティが魔法で明かりを作ってくれたのでそれでよしとする。

「よし、少し休憩してから採掘に行くか」

「はい。お昼ごはんにしましょう」

「昼は軽めで良いか」

「そうですね」

昼は軽めに、ということでトマトやチーズ、それにシャキシャキの野菜やハムなどを挟んだサンドイッチとミルクというメニューで済ませる。軽めに、とは言ったがそれなりのボリュームであった。

「じゃあ頑張って働くか」

「はい」

お腹も膨れたところでシェルターから外に出て辺りの岩をガンガン採掘していく。木材に関してはこれから山に登ることを考えれば採ろうと思えばいくらでも採れるので、後回しした。

「この辺りの岩を掘ると何が採れるんですか？」

「色々採れるみたいだなぁ……普通の石素材の他に、黒曜石《こくようせき》、トパーズ、水晶、スピネルなんかの貴石類も出るみたいだ。他には鉄だな。銅や鉛はあまり出ないみたいだ」

俺としては銅や鉛、錫《すず》や亜鉛がもっと欲しいんだけどな。貴石類は今の状況ではあまり役に立たないから要らないんだけど……と思っていたら、メルティがそわそわとした様子で俺に視線を送ってきていた。

「宝石に興味が？」

「ほ、宝石に興味のない女性はあまりいないと思いますけど」

「それもそうか。全部未加工の原石だけど、夜にでも今日採掘した分を見せるよ」

「い、いいんですか？」

「勿論。なんなら見るだけじゃなくて好きなだけメルティにあげるぞ」

この世界での金銭的価値は相当に高いようだが、俺にしてみればクラフト素材としてはあまり使い途のないハズレ採集物だからなぁ……まぁ、そのハズレ採集物が解放軍の大きな資金源になっているのだけれども。

「す、好きなだけ……!?」

「うん。今の俺には使い途がないし、それで角まで切って俺のもとに駆けつけてくれたメルティに報いることができるなら本望だ」

「じゃ、じゃあ……少しだけ」

そう言うメルティの口元はゆるゆるに緩まっている。喜んでもらえるなら俺としても嬉しいね。作業台で研磨とかできないかな？　夜にでも試してみるか。

◆◆◆

日が暮れる前に採掘を終え、作業台で今日採掘したものから弾薬を作っていたのだが……テーブルの上に出来上がった宝石の原石の小山を前に、メルティはさっきからずっと目をキラキラとさせていた。

「ふぁ～……」

自分で作り出した魔法の明かりに原石を翳《かざ》し、まだ輝きの鈍い原石を飽きることなく眺めているのだ。あんな感じに無邪気な様子を見せるメルティはなんだか珍しいように思う。

ちなみに、メルティの前で小山を築いている宝石の原石はあれでも俺が今日採掘した総量の三分の一ほどである。俺の能力を使ってそこらの岩を掘るだけで宝石の原石がザックザクだ。どう見てもただの岩にしか見えない場所から掘れているので、俺の能力に依存した採掘だと思うけど。こんな簡単に原石がザクザク掘れるなら、ここら辺の岩はとっくの昔に掘り尽くされていることだろう。

メルティが飽きずに宝石の原石を眺めている傍ら、俺は作業台や鍛冶《かじ》施設を使って弾薬の補充や今日使った銃のメンテナンスをしている。まぁ、補充にしてもメンテナンスにしても全部作業台や鍛冶施設のクラフトメニュー任せなのだけれども。

一通り弾丸製造と整備のクラフト予約を入れたら、今度は作業台を使って原石の研磨ができないかどうかの試行錯誤である。アイテムクリエイションは俺の想像力を基にクラフトメニューに新しいクラフトレシピを追加する能力だ。何にせよしっかりとイメージしないことにはどうしようもない。

「メルティに似合う宝石はどれかなぁ……」

無邪気に宝石の原石を眺めているメルティとインベントリから取り出した宝石の原石を見比べ、どんな色の宝石が彼女に似合うか考える。

うーん、俺に宝飾品の見立てのセンスは無いな！　メルティの髪の毛は綺麗《きれい》なピンク色なんだよなぁ。髪の毛の色に合わせるなら青系や緑系の石は今ひとつかなぁと思うが、黄色系は埋没しそうな……いや、そうでもないか？　この橙色に近い石なんか結構似合うかもしれない。いや、こっちの真っ赤な石の方が良いかな？　などと少し離れた場所で宝石の原石を眺めているメルティと、インベントリから取り出した宝石の原石とを見比べていると、俺の様子に気づいたメルティがこちらに視線を向けてきた。

「何をしているんですか？」

「メルティには何色の宝石が似合うかなって。俺の能力で加工するにはイメージが大事だからさ」

「か、加工してくれるんですか？」

「できるかどうかを試す段階だけど。俺はこの橙色の透き通った石とか真っ赤な石なんかが似合うんじゃないかなって思うんだけど」

「トパーズとガーネットですね。私も素敵だなぁって思ってました」

そう言ってメルティが手に持っていた石も俺が選んだのと同じような黄色から橙色といった感じの水晶に似た石や濃い赤色の石だった。

「そっか、じゃあこの辺りの石を加工するイメージでやってみるか……」

と言っても、俺は宝石のカットなんかには全く詳しくない。なんとなく宝石と言えばこんな形、くらいのイメージだ。だが、きっとアイテムクリエイションさんなら……アイテムクリエイションさんならやってくれる！　漠然としたイメージで銃器を製造してくれるくらいだ。宝石のカットくらいはきっとやってくれる！　頑張れ頑張れ！　できるできるできる！

と念じたのが良かったのかどうなのか、作業台のクラフトメニューに宝石のカット加工が追加されていた。クラフト予約の順番を入れ替えて早速加工してみる。

「中々良い出来なんじゃないかな？」

「ふわぁぁぁ……」

メルティの作り出した魔法の明かりに翳して少しだけ眺めた後、メルティに加工した宝石を渡すと、メルティはそれを大事そうに両手で受け取り、矯《た》めつ眇《すが》めつし始めた。

「アーリヒブルグに戻ったら何か装飾品に加工してもらうか。石が結構大きいから、ネックレスとかが良いかな？」

「はい……でも、どうしましょう？　こんなものを持って山を駆け回ったり、魔物と戦ったりして落としたりしたら……」

言葉通りに俺が加工した宝石を落としてしまった時のことを想像したのか、メルティが急にオロオロとし始める。その様子があまりにも真剣だったので、俺は思わず笑ってしまった。

「もうっ！　なんで笑うんですか⁉」

「いやいや、俺がインベントリに入れて歩けば絶対に落とさないのにと思ってな。自分で持って歩きたいっていうなら、首から下げる袋でも作ろうか？」

「た、確かに……うぅっ、迷います」

俺に預けるか、それとも自分で持って歩くかメルティは真剣に悩んだ。結果、俺が今加工した宝石は俺に預けて、宝石の原石の小山から自分で選んだいくつかは小さな袋に入れて持ち歩くことにするらしい。袋は自分で作ると言うので、俺は鍛冶施設でサクッと裁縫道具をでっち上げ、布と糸、それに紐なんかをメルティに用意してあげた。

「意外と器用」

「意外とはなんですか、意外とは。私はこれでもちゃんと教育を受けた淑女なんですよ。これくらいの裁縫はこなせます」

「なるほどなぁ……」

少し頬を膨らませて怒って見せながらもメルティの運針に迷いは見られず、スイスイと針を動かして小さな袋を作り上げた。そして中に入れた時に石同士が互いに直接擦《こす》れ合わないよう、選んだ石を一つ一つ丁寧に小さな布切れで包んでから袋の中に入れていく。

「どうですか？」

「お見事」

宝石の原石が入った袋を手に少し誇らしげな顔をするメルティに素直にパチパチと拍手を送る。大した時間もかけずにササッと作ってしまったのだから、本当に凄い。クラフト能力頼りの俺では敵《かな》わないな。割と器用な方だから、練習すればメルティほど上手《うま》くはなくともできるようにはなると思うけど。

「コースケさんが私に抱いているイメージに関してはちょっとじっくりと話し合ったほうが良い気がしますね」

「そうは言うがな、メルティ。メリネスブルグでこういう関係になるまでのメルティの行動を考えると致し方ないんじゃないかと思うんだが？」

食料増産のために朝から晩まで石臼をぐるぐると回させられたりとか、荒野にでかい居住地をコツコツ作らされたりとか、道を作らされかかったりとか、強いはずのシルフィを力でねじ伏せてお着替えさせたりとか、聖王国軍と懇《ねんご》ろな関係の商人を圧力で黙らせたりとか、そういう姿ばかりを見てきたんだぞ？

「……それはその」

「言い返せないじゃないか」

「むぅ……意地悪を言う人はこうです」

「むぉっ」

メルティが素早い動きで俺を抱き寄せ、顔に自分の胸を押し付けてきた。抵抗の余地もなく俺の顔はメルティの豊かな胸に覆われ、何も言えなくなってしまう。これは卑怯だ。圧倒的暴力である。

「でも、素敵なプレゼントをくれたから許してあげます……実は夢だったんですよ。好きになった男の人から宝石を贈られるのって」

メルティがぎゅっと俺を抱きしめてくる。なるほど、それは贈って良かった……良かったんだけど、このままだと俺が幸せに包まれて窒息しそうです。助けて。

◆　◆　◆

翌日、俺達は予定通りに森林へと足を踏み入れた。岩場に岩カマキリなんてのが潜んでいた手前、森林にも何かいるだろうとは思っていたが――。


「なんだあれぇ⁉」

「トライアイエイプです。見た目の割に素早いですよ」

「うわぁぁぁあぁっ！　こっちに来るぅ！」

顔の真ん中に目が三つある怖い大猿の群れに襲われ。

『BUOOOO！』

「ド〇ファ〇ゴ⁉」

「どす……？　いえ、あれはビッグファングボアですね」

ワゴン車並みの大きさのデカい猪に襲われ。

「でけぇ！　ヘビでけぇ！」

「あれはヒュドラの幼生体ですね。潰しておきましょう」

デカいヘビをメルティが一撃で仕留め……といった感じで紆余曲折《うよきょくせつ》を経ながら森林を進んだ。森の中に出てくる魔物どもはどいつもこいつもデカい。そのせいで拳銃弾を使うハンドガンやサブマシンガンは殆ど役に立たず、上下二連式ショットガンやアサルトライフルをメインに使うことになった。

所詮拳銃弾を使うハンドガンやサブマシンガンは装甲らしい装甲を纏《まと》っていない人間を殺傷するためのもの。頑丈な毛皮や強靭な筋肉、そして堅牢な骨格を持つ異世界の魔物相手にはパワー不足であった。貫通力や単純な威力に優れるアサルトライフルやショットガンの方が遥かに有効だ。

「まものこわい」

「怖いと言いながら割と余裕で仕留めてますけどね。コースケさん、自分のことを弱いとか非戦闘員とか言いながらかなり強いですよね?」

「メルティに言われたくないんだけど……というかメルティ、俺が強いわけじゃない。武器が強いんだ。俺はメルティと違ってフィジカル面は普通の人だからな?」

「普通の人は空中でもう一回跳んだり、足を動かさずに高速で後退したりはできないのですが」

あーあー聞こえなーい。メルティがなんと言おうと俺は一般人。決して逸般人ではない。

「それで、今日から山登りをするわけだが」

「強引に話題を逸らしましたね……まぁ、いいですけど」

「うん、ありがとう。それで、山登りだが……どこから登れば良いかな?」

「登山道なんてものはないですから、登れそうなところからまずは山頂を目指すしかないですね」

「見事なノープラン」

俺もメルティも完全に山の素人である。そんな二人が峻険な山の連なるソレル山地に挑むというのは無謀なのではないだろうか？

「大丈夫ですよ」

「山を舐《な》めすぎと違うか？」

「じゃあ今日一日登山してみて、ダメそうだったら他の手を考えましょう。まずは一日、やってみましょう？」

「うーん……わかった」

ここまで来て諦めるのも如何《いかが》なものかと俺も思う。まずは一日、メルティの言う通りに頑張ってみるか。俺は二段ジャンプや足場設置ができるし、メルティは俺よりも遥かに身体能力が高い。野営に関しては俺が安全で暖かいシェルターをいくらでも作れる。意外といけるかもしれない。


結論から言うと、山登りには何の心配もいらなかった。


「だから言ったじゃないですか」

「うん、そうだな」

普通なら難所と呼ばれるような場所でも俺が足場を作るなり、つるはしで掘削するなりすれば難所も難所ではなくなる。メルティに至ってはそんな場所などひとっ飛びだ。一回ミスって落ちそうになったが、岩壁に手を突き立てて問題なく登っていった。

うん、手を突き立てたんだ。

貫《ぬ》き手で。岩壁に。ズボッて。

「失敗しちゃいました」

「ははは、メルティはうっかりさんだな」

俺の口から乾いた笑いが出たのも仕方がないと思うんだ。本当にメルティ、そういうとこだぞ。

で、このソレル山地だが、魔物の領域と呼ばれる場所である。魔物の領域と呼ばれるからには魔物が出る。結構な頻度で。

「メルティさんや」

「なんですか？」

「あっちからなんか飛んでくるんだが、あれはなんだろうな？」

「うーん、なんでしょうね？　サイズ的にドラゴンではないと思いますけど」

メルティが可愛らしく首をコテン、と傾げる。

「あはは。そっかぁ……ドラゴンではないかぁ」

空から大きな影が飛来する。鱗に覆われた赤銅色の表皮、見るからに強靭そうな鉤爪《かぎづめ》付きの後ろ脚、前脚と一体化した皮膜付きの巨大な翼、凶悪な牙が覗く顎、そして長い尾の先に鋭く光る毒針。

ここまで言えば賢明な方々には正体がおわかりだろう。そう、ファンタジーなお話ではたまに騎乗されることもあるアレである。

「ワイバーンじゃないですかやだー！」

「コースケさん頑張れ♪　頑張れ♪」

俺が無様に転げ回ってワイバーンの攻撃を回避する中、鋭い動きで飛んできた毒針付きの尾をヒョイヒョイと軽く避けながらメルティが笑う。

「クソァ！」

なんとかワイバーンから距離を取った俺はショートカット機能を使ってアサルトライフルを取り出し、その銃口をワイバーンの大きな身体に向けて引き金を引いた。

雷の落ちるような轟音《ごうおん》が連続で響き渡り、音速の約二倍で飛び出した高威力の7・62mm口径のライフル弾頭がワイバーンの表皮をズタズタに引き裂いて体内を蹂躙《じゅうりん》した。

『GYAAAAAA!?』

「おらぁぁぁぁぁ！　往生せいやぁぁぁぁっ！」

血飛沫《ちしぶき》と共にワイバーンが空中で踊る。三秒間の死の舞踏の末、ワイバーンは力なく地面へと落ちた。辺りに硝煙と濃い血の匂いが立ち込める。

「相変わらず凄いですねぇ、その武器」

「弾数には制限があるから、無敵ではないけどな」

空になったバナナ型マガジンを素早く交換する様子をメルティがニコニコしながら眺めている。

「れべる、上がりました？」

「あー……お、上がってるな」

聖王国軍の兵士を爆発ブロックで大量殺傷して以来、俺が直接的に戦うことは殆どなかった。レベルアップも20で止まっていたのだが、ここ数日の戦闘経験でレベルが上がっていた。今の戦闘でまた一つ上がって、これでレベル23である。

レベルが上がったことによってスキルポイントも手に入ったので、スキルも新たに取得したり、取得済みのスキルのレベルアップをしたりもした。

★熟練工――：クラフト時間が20％短縮される。
・解体工――：クラフトアイテムを解体する際の獲得素材量が10％増加。
・修理工――：アイテム修復時間を20％短縮、必要素材数を20％減少。
★大量生産者Ⅱ――：同一アイテムを10個以上作成する際、必要素材数を10％減少。100個以上の場合は20％減少。
★伐採者Ⅱ――：植物系素材の取得量が40％増加。
★採掘者Ⅱ――：鉱物系素材の取得量が40％増加。
★解体人Ⅱ――：生体系素材の取得量が40％増加。
★創造者――：アイテムクリエイションの難易度が低下する。
★強靭な心肺機能Ⅱ――：スタミナの回復速度が40％上昇。
★俊足Ⅱ――：移動スピードが20％上昇。
・豪腕――：近接武器による攻撃力が20％上昇。
☆優秀な射手Ⅱ――：射撃武器による攻撃力が40％上昇。※ＬＶアップ！
★鉄の皮膚――：被ダメージを20％減少。

☆生存者――：体力が10％上昇、体力の回復速度が20％上昇。※NEW！
・衛生兵――：回復アイテムの効果が20％上昇。
・爬虫類の胃袋――：空腹度の減少速度が20％減少。
・ラクダのこぶ――：乾き度の減少速度が20％減少。

取得済みのスキルが『★』で、未取得のスキルが『・』で、スキルレベルを上げたり、新たに取得したりしたスキルに『☆』がついている。今回は射撃攻撃の威力が上がる優秀な射手のレベルを一つ上げて、新たに生存者のスキルを取得した。今後も前面に立って戦闘をするつもりはあまりないが、いざというときのために生存性は上げておきたいからな。

そして、様々な行動によって解放されるアチーブメントだが。

★初めてのクラフト――：初めてアイテムをクラフトする。※スキルをアンロック。
★初めての解体――：初めてクラフトアイテムを解体する。※スキルをアンロック。
★初めての採取――：初めて採取を行う。※スキルをアンロック。
★初めての採掘――：初めて採掘を行う。※スキルをアンロック。
★初めての獲物――：初めて生体素材を獲得する。※スキルをアンロック。
★初めての修復――：初めてアイテムを修復する。※スキルをアンロック。
★初めての作業台――：初めて作業台をクラフトする。※各種作業台やアイテムのアップグレードが可能になり、メニューにステータス、スキル、アチーブメントの項目が追加される。

★初めての鍛冶施設――：初めて鍛冶施設をクラフトする。※アイテムクリエイション機能がアンロックされる。

★初級ビルダー――：建築ブロックを合計５０００個設置する。※まとめ置き機能をアンロック。左右対称モードをアンロック。

★中級ビルダー――：建築ブロックを合計５００００個設置する。※ブループリント機能をアンロック。

★初めての合体――：異性と初めて合体する。あんたも好きね。※体力とスタミナが10ポイント上昇。

★テクニシャン――：合体中に相手を満足させる。やるじゃない。※異性への攻撃力が10％上昇。

★スケコマシ――：20人以上の異性から好意を持たれる。Ｎｉｃｅ Ｂｏａｔ．※異性への攻撃力が10％上昇。

★タフガイ――：レベル20に到達する。アクション映画の主役も張れるレベル。※身体能力が50％上昇。

★初めての殺人――：初めて人族を殺害する。ひとごろしー。※人族への攻撃力が５％上昇。

★暗殺者――：存在を悟られることなく人族を一〇〇人殺害する。これで君も立派なアサシン。※テイクダウン機能をアンロック。

★大量殺戮者――：一度に一〇〇〇人以上の人族を殺害する。やりますねぇ！　※人族への攻撃力が10％上昇。

★英雄――：人族を単独で三〇〇〇人殺害する。これだけやればただの人殺しじゃないね？　※半径１００メートル以内の味方の全能力が10％上昇し、好感度が上がりやすくなる。
★爆弾魔――：爆発物で生物を一〇〇体倒す。どかーん。楽しいよね。※爆発物で与えるダメージが10％上昇。
☆地底人――：地下で十四日間以上過ごす。※暗視能力が向上する。ＮＥＷ！
☆毒喰い――：致死性の毒を受けて解毒薬を使わずに毒状態から完治、生還する。※毒ダメージ50％軽減。ＮＥＷ！

地底人と毒喰いの二つが増えているだけだった。うーん、もっと積極的に変な行動をした方が良いんだろうか。

高いところから飛び降りるとか、大怪我をしてみるとか……痛いのは嫌だな。もう少し穏便な内容だと長時間潜水するとか？　溺れるのも嫌だな。でも沢山泳いでみるのはアリかもしれないな。今度やってみよう。

「それは良かったです。引き続き張り切っていきましょう」

「あんまり張り切りたくはないなぁ……おっかないし」

「頑張りましょう。強くて困ることはあんまりないですよ」

確かに強くて困ることはないかも知れないが、命かけてまで強くなりたいとは思わないなぁ……俺、どっちかというとプレイヤーをどんどん強くするよりも拠点を充実させて罠とか防衛兵器満載の要塞を作って楽しむタイプだし。

「この山地を越えたらアーリヒブルグはもう目と鼻の先ですから、気合を入れて行きましょう」

「え？　そんなに近いのか？」

「はい。天気が良かったら山頂からアーリヒブルグが見えるかも知れませんよ」

「へぇ……思ったよりメリネスブルグとアーリヒブルグって近いんだな」

「直線距離では近いですね。ソレル山地がありますから、普通は最短距離で突っ切るのは無理ですけど」

「俺とメルティだからこそってのはあるかもな。二人だけってのも大きそうだ」

「人数が増えるとあまり速度は出せませんからね。なんだかんだ言って私達の移動速度はかなり速いですから」

「確かに」

メルティは勿論のこと、俺も登ることに関してはかなりの速さを発揮できる。二段ジャンプもできるし、タフガイの効果で身体能力が一・五倍に上がっているから指さえしっかりかかれば片腕で自分の体を持ち上げられるようになっているからな。傾斜が緩いところならストレイフジャンプで速度も出せるし。

「よぉし、気合が入ってきた！　ワイバーンでもなんでも来てみろってんだ！　俺の邪魔をするなら全部蜂の巣にしてやる！」

Different world
survival to
go with the master

第二話
グランドドラゴンのグランデ

とは言ったけれどもね？


「あれは無理じゃないかな」

「大丈夫大丈夫。いけますよ」

　俺達の行く手を塞ぐ存在。

　それは雄々しくそそり立つ一対の立派な角を頭に生やした一頭の竜だった。黄土色のいかにも頑丈そうな鱗がみっしりと生えている表皮。口から覗く凶悪な牙。鎚のような突起がついている長い尾。雄大さを感じさせる大きな翼。

　あー、俺見たことあるよ。こういうやつ見たことある。ハンターになってああいうドラゴンとか狩るゲームで。こいつ地中からハリケーンミキサーめいた攻撃とかしてくるやつじゃない？　ちょっと見た目がそんな感じだよね。

「いや無理無理。あんなの突っ込んできたらそれだけで死ぬ。アサルトライフルも効きそうにないし」

　いくら貫通力の高いアサルトライフル弾でもあいつの鱗は貫けそうにない。

「あの物騒な魔法の杖ならいけるんじゃないですか？」

「いけるかもしれないですけれどもね？」

　ドラゴンにでも遭遇した時の為にと用意していた対戦車擲弾発射器――ロケットランチャーを取り出す。実はこいつは正確に言えば無反動砲に分類される武器だ。所謂《いわゆる》バズーカと同じ原理で弾頭を発射し、その後に弾頭がロケットモーターで加速するのだが……細けぇこたぁいいっこなしだな。

「とりあえず、こいつで一撃する。多分怯《ひる》むだろうから、メルティが速攻でとどめを刺す。そういう作戦でどうかね」

「そうですね。アレ相手に手加減をするとコースケさんが死んでしまいそうですし」

メルティが怖いことを言う。俺もむざむざとやられるつもりはないが、相手が相手だからな……あんな尻尾で薙《な》ぎ払われたらそれだけで挽き肉になりそうだ。

「ちなみにアレってメルティなら一人で勝てるのか？」

「飛ばれる前に仕留められれば恐らくは」

もうメルティだけで良いんじゃないかな？　そう思わなくもないが、ただ彼女の陰に隠れているだけというわけにもいくまい。

「どこを狙えばいい？」

「顔か首、それか胸ですね。翼の付け根でもいいですよ」

「わかった」

それにしてもこっちが風下で良かったな。こっちが風上だったら匂いで俺達の位置がバレていたかもしれない。そうすれば奇襲もできなかっただろう。

覚悟を決めて物陰から攻撃の隙を窺《うかが》う。あいつがデカイせいで距離感が今ひとつ掴めないが、距離は百メートルくらいだろうか？　これくらいの距離なら十分このロケットランチャーの射程圏内だ。

ドラゴンは何をしているのか、ウロウロとしていて落ち着きがない。時折何かを探すかのように辺りを見回したりしている。何かを探しているんだろうか？　もしかしたらこの距離で俺達の殺気を感じているのか？

「この武器、狙撃には全然向かないんだ。どこに当たるかわからんぞ」

「なんとかしますよ」

「そうかい……行くぞ。真後ろは爆風で危ないから絶対に立たないようにしてくれ」

「わかりました」

「よし……撃つぞ！」

　安全装置を解除し、物陰から飛び出す。照準器にドラゴンを捉えた。

　そんな俺の行動に気付いたのか、こちらに目を向けたドラゴンがギョッとした顔をしたように見えた。

「うん……？」

　違和感を覚えるが、相手の動きを待つわけには行かない。俺はロケットランチャーのトリガーを引いた。ズドォン！　という発射音とシュゴゥッ！　というロケットモーターの駆動音が聞こえた。

『のじゃあああぁぁぁっ（ＧＹＡＯＯＯＯＯＯＯ）⁉』

うん？　なんだ今の声は。ドラゴンの悲鳴のような声に重なって女の子の声がしたぞ。そしてかなり遅れて爆発音が聞こえてくる。発射煙で見えないが、どうやら避けられてしまったようだ。

　素早く物陰に隠れて弾頭を再装填しながらメルティに声をかける。

「メルティ、なんだか妙だ！　ドラゴンの声に重なって女の子の声が聞こえる！」

「えっ⁉」

凄まじい速度でドラゴンへの距離を詰めようとしていたメルティが地面を削りながら急停止する。

その時、丁度ロケットランチャーの発射煙が晴れてドラゴンの様子が顕《あらわ》になった。無理な体勢で横っ飛びでもしたのか、ドラゴンはなんだか無様に見える体勢で地面に伏していた。

「えっと……？」

メルティがどうしたら良いのか困惑している。困惑しているんだが……なんかメルティさん、身体から凄い闘気じみたオーラが立ち昇ってますけど？　スーパー○イヤ人か何かかな？

「仕留めないと危ないと思いますけど」

「いや、なんか様子がおかしい。ちょっと待ってくれ」

俺は油断なくロケットランチャーを構えながら物陰から出てドラゴンの様子を見てみる。ロケットランチャーを向けられたドラゴンが待て、落ち着け、とでも言うかのように手を突き出しているように見えるのは気のせいだろうか？

「なんだか怯えているというか、戦いを避けたがっているように見えるんだが」

もしやメルティの圧倒的なカラテを察知しているのでは？　俺は訝《いぶか》しんだ。

「そうですか？　爪の生えた手をこちらに翳して威嚇しているように見えるんですが」

「俺にはどちらかというとやめてくれってジェスチャーに見えるんだけど……実はドラゴンって物凄く頭が良くて人間の言葉を理解できるとかだったりしない？」

行く手にいるドラゴンが「そうそれ！」と言わんばかりに身体に対して随分と小さな前脚の指を俺を必死に俺に向けてくる。

「そんな話は聞いたことがありませんけど……」

「でも、明らかに俺の言葉を理解してるよな、あいつ。なぁ？」

俺の言葉にドラゴンがコクコクと頷く。

「ほら、頷いてる」

「えぇ……」

メルティが困惑の表情を浮かべる。確かにドラゴンって言えば強くて凶暴ってイメージだものな。でも、話の通じるドラゴンとかも結構多いんだよな。物語とかだと。この世界では違うのかね。

「何か話しかけてみたらどうだ？」

「じゃあ、右手を挙げてみてください」

ドラゴンはメルティの言葉にしたがって右手を挙げ――なかった。何を言っているのかわからないのか、首を傾げている。

「メルティの言葉がわからないのか？　右手を挙げてくれって言ってたんだが」

ドラゴンは俺の言葉に頷いてから右手を挙げた。これはもしかして。

「俺の言葉しかわからないんじゃないかな、こいつ」

「なるほど……？」

ドラゴンはまたもや「そうそれ！」とでも言うかのように俺を指さしてくる。

「コースケさんはドラゴンと話せる、と。新たな能力ですね」

「凄いんだけど使い所があんまり無さそうだよな」

何故？　とは考えない。考えるだけ無駄だからだ。そもそも俺の能力だってわからないことだらけだしな。でも、敢えて何か理由を考えるとすれば心当たりが無いこともない。

「俺、異世界から来た稀人なのに最初からみんなと言葉が通じたんだよな」

「そうですね？」

「文字も何故か読み書きできるんだ。全然知らない筈の文字なのに」

「なるほど。稀人《まれびと》であるコースケさんはこの世界の全ての言語を読み書きして話すことができると？」

「その可能性がある。お前もそう思わないか？」

「え？　じゃあもしかして妾《わらわ》の言葉も通じるの？」

ガオー！　という咆哮に重なってさっき聞いた女の子の声が聞こえてくる。ボリュームがでかいでかい。耳がおかしくなる。

「もう少し小さい声で話してくれ。あと息が生臭い」

「生臭い⁉　乙女に向かってなんて言い草を⁉」

ドラゴンが愕然とした表情で口をあんぐりと開ける。わぁお、牙が凄い鋭い。

「コースケさん、やっぱり危ないのでは？」

「いや、普通に話してるだけだから……とりあえず、ここ通らせてもらっていいか？」

俺が聞くと、ドラゴンは急に牙をむき出してふんぞり返った。

「ククク、我が領域を通ろうと言うのか？　命が惜しくないと見えr――」

「やっぱこいつ悪竜の類かもしれん。メルティさんお願いします」

「はーい」

両手を激しく発光させたメルティが笑顔で一歩踏み出す。

「まってまってゆるしてそいつ魔神種じゃろ？　絶対ヤバいやつじゃろ？　妾痛いの嫌いだし死にたくないから！」

こいつ口調安定しねぇな……さて、どうしたものか。

◆　◆　◆

「それで、なんで私達はドラゴンと一緒に食事をすることになったのでしょうか？」

「まぁまぁ、俺に少し考えがあるんだ」

「これおいしい！」

天に向かって咆哮したドラゴンが興奮した様子で急拵えの食卓——高さ二メートル、横幅二メートル、奥行き二メートルに積んだ木材ブロックだ——の上に大量に積み上げられたハンバーガーを一つ一つ手に取ってひょいひょいと口に放り込み始める。

「考えというのは？」

「まぁまぁ、見ていてくれ。上手くいったら旅程を大幅に短縮できるかもしれないぞ……ほら、飲み物もあるぞ」

「のみもの？」

「ああ、エルフの蜜酒だ。ほら、飲んでみろ」

インベントリから蜜酒の入った醸造樽を取り出し、天板を取り外して勧める。ドラゴンは樽の匂いをスンスンと嗅いだ後、樽を片手で持って中身を少し口に含んだ。

「おいしい！　あまい！」

蜜酒の味が気に入ったのか、ビタンビタンと強靭な尻尾で地面を叩き、グビグビと樽の中身を煽り始める。そしてもう片方の手にはいくつか纏めて掴み取られ、グシャリと潰れたハンバーガーだったもの。

「おい、お行儀が悪いぞ」

「おお、これは失敬」

ドラゴンが握り潰していたハンバーガーをまとめて口に放り込み、ケチャップで汚れた手を長い舌でペロペロと舐める。それも行儀が悪いと思うが、まぁあまり小煩くしても良いことはないか。

「俺達も食おうか」

「はぁ……まぁいいですけど」

俺達もドラゴンと同じハンバーガーを食い始める。仲良くなるには同じものを一緒に食うのが一番だよな。ドラゴンも俺達がハンバーガーをパクつくのを興味深く眺めているようだ。

「竜と人間が同じものを食っているというのはなんだか不思議な感じじゃの」

「そうか？」

「コースケさん、ドラゴンはなんて言っているんです？」

「竜と人間が同じものを食っているのはなんだか不思議な感じがするとさ」

「なるほど。確かに」

メルティが納得するように頷く。そんなに不思議かねぇ？　人間だって犬だって野生の熊だってハンバーガーは美味しく食べると思うけど。食い物なんてそんなもんだろうと思う。

「でも、美味いだろ？」

「うむ、うまい！　お前は魔法使いなのか？　何もないところから何故このようなものを出せるのだ？」

蜜酒を飲んで酔いが回ってきたのか、ドラゴンが機嫌よく咆哮しながら質問をしてくる。うん、超うるさい。

「俺は稀人だからな。特別なんだ。ちなみに、そのハンバーガーは俺にしか作れないぞ」

「なん……じゃと？」

ドラゴンが愕然とする。同じようなものは作れないこともないと思うが、全く同じものを大量に作るという一点においては俺の右に出るものはいまい。少なくともこの世界には。

「もっと食いたくないか？」

「たべたい」

「毎日食べたいか？」

「たべたい」

「なら俺についてくるか？　俺にしか作れないぞ、それは」

「ついてく」

コクリ、コクリ、コクリとドラゴンが素直に三度頷く。よし、餌付け成功だ。

「あの、コースケさん？　何か嫌な予感がするんですが」

「ははは、気のせいだろう」

何か不穏な気配を感じたのか、俺とドラゴンとのやりとりを見ていたメルティが問いかけてくるが、俺はそれを華麗にスルー。ふふふ、飯を食い終わったらびっくりさせてやろう。

◆
◆
◆

「これは前代未聞ですね」

「そうなのか？　こんな世界だしこういう伝説とかないの？」

「私は聞いたことないです」

「ほー」

ロープを思い切り引っ張り、しっかりと固定されていることを確認していると地面が大きく揺れた。

「なんかこう、むず痒いんじゃが」

「急拵えだから我慢してくれ。アーリヒブルグについたらもっとつけ心地の良いやつを用意するから」

「むぅ……」

揺れ動く地面が諦めたかのように溜息を吐いた。まぁうん、地面じゃないんだけれどもね。

そう、こいつは先程までハンバーガーをドカ食いしていた例のドラゴンである。

今、俺達はドラゴンの背中に生えているトゲのような鱗に命綱のロープを括り付けて絶賛フライトの準備中というわけだ。背中で俺達がわちゃわちゃしているのがむず痒く感じるのか、時折大きく身を捩《よじ》るのでなかなか作業が進まない。

「ドラゴンに乗って空を飛ぼうなんてよく考えつきましたね」

「俺の世界で流通しているファンタジー小説――冒険活劇では割とよくある話なんだけどな」

「え、コースケさんの世界にドラゴンっているんですか？」

「いいや、いないよ。想像上の生物だな。気が遠くなるくらい大昔には似たような生き物がいたらしいけど」

恐らく恐竜の化石から想像されたんだろうけどな。

「うーん？」

「まぁそのうち機会があったら詳しく話すよ。よーし、準備ＯＫだ。飛んでくれ、グランデ」

「うむ、しっかり掴まっておれよ」

ドラゴン――名前がないというのでグランデと名付けた――が大きな翼を広げ、咆哮する。そうすると、羽ばたいてもいないのに風が唸り、強風が発生し始めた。

「ウヒョー！　すげぇ風！」

グランデが何度か翼で宙を打つと、ふわりとその巨体が浮かび始める。どうやらドラゴンは翼で直接飛んでいるわけではなく、ハーピィと同じように風の魔法を応用して飛ぶらしい。いや、ドラゴンの方が魔法の比重が高そうだな。渦巻いている風の勢いがハーピィとは比べ物にならない。目を開けるのもやっとだ。

やがて激しい上昇気流が収まり、グランデは滑るように空を滑空し始めた。かなりの速度が出ているようだが、全く風が吹き付けてこない。なんでだ？

「どうじゃ？　妾の風除けの結界は。なかなかのものじゃろう？」

「おお、快適だぞ。流石はグランデだな」

「そうじゃろうそうじゃろう。父上や母上にも上手だと褒《ほ》められていたのじゃぞ」

俺の素直な称賛を受けてグランデは嬉しそうな声を上げる。飛んでから全く言葉を発していないメルティの様子を窺ってみると、真っ青な顔でブルブルと震えていた。もしかしたら高所恐怖症だったのだろうか。

「アーリヒブルグの場所はわかるのか？」

「うむ、あっちの方向にある人間の大きな住処ということであれば問題ないぞ。何度か遠目に見たことがある」

「そりゃいい。それにしても空の景色っていうのは凄いな」

「ふふふ、そうじゃろうそうじゃろう。本来は我ら竜族と鳥どもにしか見ることの出来ない世界じゃ。しかと堪能するが良いぞ」

「そうさせてもらうとしよう」

そうだ、ゴーレム通信機でシルフィ達に連絡しておくとしよう。じゃないとアーリヒブルグに着いた途端に大騒ぎ――というか迎撃されかねない。昨日からメリネスブルグのライム達には通信が繋がらなくなっていたから、そろそろアーリヒブルグの通信圏内に入ってもおかしくないはずだ。ドラゴンに乗って帰ったらさぞかしびっくりすることだろうな。皆の反応が実に楽しみだ。

◆　◆　◆

Ｓｉｄｅ：シルフィ

コースケからメリネスブルグを出るという連絡を受けて今日で一週間ほどだ。普通に街道を移動すると一ヶ月近くかかる行程だから、会えるのはまだまだ先だとわかってはいるのだけれど……暇があるとゴーレム通信機の前に来てしまう。

それはコースケと関係を持つ皆も同じようで、ゴーレム通信機の前に来るといつもアイラか、ハーピィ達の誰かがいたりする。特にハーピィは数も多いし、いつも全員が偵察その他の任務に出ずっぱりというわけではないので、非番の者が通信機の番をしているようだ。

今日は小柄な茶色羽の子が番をしているようだった。確か彼女はペッサーだったな。

「あ、姫様！　こんにちは！」

「ああ。こんにちは、ペッサー」

私が彼女の名前を呼ぶと、彼女は少し驚いたような顔をした。どうやら名前を覚えられているとは思っていなかったようだ。

「何を驚いているんだ？　当然名前は覚えているよ」

「えへへ、ありがとう！」

彼女にとっては殊《こと》の外《ほか》嬉しいことであったらしい。ペッサーが屈託のない笑みを浮かべてはにかんでみせる。同じ男を愛している仲なのだから、当然だと思うのだけれどな、私としては。

「まだ連絡は来ないと思うんだがな。ついここに来てしまう」

「だねー。ボクはこの前の通信の時には外回りで出ていたから、暫く旦那さんの声を聞いていないんだ。早く旦那さんの声が聞きたくって……」

「そうか……そうだな。私も早くコースケの声が聞きたいよ」

「えへへ、姫様もボクと同じ――」

その時だった。ゴーレム通信機が着信のアラームを鳴らしたのは。

「こちらアーリヒブルグ」

「は、はやいすぎりゅ……」

ペッサーがこちらに翼を伸ばしてなんだかプルプル震えているが、今はそれどころではない。私は抱え込んだゴーレム通信機の受話器を取り上げ、既に応答する態勢になっていた。

『お、おお……速いな、シルフィ』

「コースケ⁉　どうしたんだ、随分と速いではないか？」

「旦那さん⁉　姫様！　ボクにも、ボクにも聞かせてー！」

「ああ、すまんすまん」

ゴーレム通信機を机の上に置き、すぴーかーもーどという状態にする。これでペッサーも声が聞けるし、同じく話すことが出来るようになる。いや、私としたことが取り乱してしまった。ペッサーに申し訳ない気持ちが湧いてくるな。

『うん、メルティの案内で道なき道を突っ切ってきてな。今はそこそこ高い山に登って、下山中だ』

「道なき道？　高い山……？」

「それってまさかソレル山地じゃ……？」

「まさかだろう。あそこはワイバーンの巣窟だし、ドラゴンの目撃情報もあるんだぞ？　いくらメルティでも……いや、メルティなら……？」

ああ見えてメルティは大雑把というか、適当というか、雑なところがあるからな……結果的にそれがベストな選択だったりするのだけれど。いや、それでも流石にソレル山地はないだろう。オミット大荒野並みの危険地帯だ。

『ソレル山地で間違いないぞ。まぁ、それは良いんだ。重要なことじゃない』

「ボクは重要なことだと思うけど」

「私もだ」

『とにかく、その山でドラゴンと仲良くなってな。そのドラゴンに乗って帰るから、多分あと一時間くらいでそっちに着く』

「……すまん、よく聞こえなかった。もう一回言ってくれるか？」

『ドラゴンと仲良くなったから、乗って帰る。あと一時間くらいで』

あまりにも現実味のないコースケの言葉に思わず眉間《みけん》に寄った皺《しわ》を揉《も》みほぐす。心なしか頭痛もしてきている気がする。チラリと横を見ると、ペッサーが声も出さずに固まっていた。驚くだろうな。私も困惑している。

「言葉通りに受け取るとして、私達はどうすればいい？」

『できるだけ広い着陸地点を確保しておいてくれ。あと、パニックが起きないように予め通達しておいて欲しいのと、間違っても迎撃とかされないように取り計らってくれ。北方向からそっちに向かうから』

「わかった、取り計らおう。他には？」

『交渉次第ではグランデ——俺とメルティが乗っていくドラゴンに滞在してもらうことになるから、小麦粉と肉を用意しておいてもらいたいな。多めに』

「肉はともかく、小麦粉をか？　ドラゴンがパンでも食べるというのか？」

『ハンバーガーが気に入ったらしい』

「ハンバーガー」

ハンバーガーというのはパンにひき肉を平べったく成形して焼いたものを挟んだ料理だったな。ドラゴンがあれを好んで食べるというのか？　想像がつかん。

『うん、ハンバーガー。あとエルフの蜜酒もな。そういうわけでドラゴンを連れて帰るから、苦労をかけるが頼むよ』

「わ、わかった。早急に手配しておく」

『ありがとうな。もうすぐ会えるのが嬉しくてたまらない。早く会いたいよ、シルフィ』

「私もだ、コースケ……」

「ボクも！　ボクも待ってるからね旦那様！」

『その声はペッサーか？』

「うんっ！　そうだよ！　ペッサーだよ！」

声だけで自分のことをわかってくれたのが嬉しいのか、ペッサーが涙を浮かべながら何度も頷く。

『ペッサーも心配かけてごめんな。もうすぐ会えるから、シルフィを手伝ってやってくれ』

「わかった！　待ってるね！」

『頼んだ。じゃあ、また後でな』

通信を終え、私とペッサーはしばし互いに見つめあう。

「……本当だと思うか？」

「旦那様が嘘を吐く理由はないと思うなぁ……ちょっと信じられないけど」

ペッサーが翼で涙を拭いながらそう言う。確かにペッサーの言う通りだ。

「そうだな……ちょっと信じられないが、コースケが嘘を吐く理由がないな。よし、まずは主だった者をここに集める必要がある。頼めるか？」

「うん！　皆を集めてくるねっ！」

ペッサーは元気よく返事をして通信室から飛び出していった。

「私は皆に伝える内容を考えなければならないんだが……」

コースケがあと一時間ほどでドラゴンに乗って帰ってくるから、着陸地点の確保とドラゴンの食料となる食物を集めなくてはならない。住民に通達して混乱を抑制し、迎撃などもしないようにしなくてはならない。

「おかしくなったと思われるんじゃないだろうか……？」

どう伝えたら良いのかわからず、私は重い溜息を吐く。もうあれだ、こうなったら『コースケのやることだから』と言ってゴリ押そう。コースケの常識の通じなさは皆わかっているだろうから。

◆
◆
◆

「見えてきたぞ」

グランデの背に乗って空中遊覧を楽しむこと一時間ほど。

地上に顔を向けていたグランデが到着の知らせを寄越してきた。うーん、流石はドラゴン。俺達の足で徒歩数日の距離がたったの一時間とは。

「流石はドラゴンの翼だ。速いな」

「ふふふ、そうじゃろうそうじゃろう。もっと褒めても良いんじゃよ？　妾は褒められると伸びる子じゃからな」

グランデがグルグルと機嫌良さそうに喉を鳴らす。その音と重なって美少女声が聞こえてくるのが物凄い違和感。いつかはこの違和感にも慣れる時が来るのだろうか？

え？　ドラゴンもイケるんじゃないかって？　流石にいくら美少女声のメスでもガチのドラゴンはちょっと……流石に俺、そこまで極まった性癖は持ち合わせてないから。

「なんて言ってるんですか？」

何故か俺の身体にガッチリと抱きついたメルティが耳元で囁《ささや》いてくる。うん、耳元で囁《ささや》かれるのはゾクッとするけど抱きつく力が強すぎて苦しい。というか若干痛い。

「もう見えてきたってさ。それで速いって褒めたら自分は褒められると伸びる子だからもっと褒めろと」

「褒められると伸びるドラゴン……首でも伸びるんでしょうかね？」

「そういう物理的な意味じゃないと思う」

「わかっています。現実を受け入れ難いだけですから」

メルティが心なしか遠い目をする。いつも動じないというかマイペースなメルティがこんな顔をするのは珍しい気がするな。ドラゴンの背に乗って空を飛ぶというのがそれほどまでに刺激的な体験だったということだろうな。うん。きっとそう。

実は高所恐怖症じゃないかという疑惑があるけどきっと気のせい。

「着陸地点を作ってもらってあるはずなんだが、それっぽいのは見えるか？」

「街の外、西側の空き地に昼だというのに篝火《かがりび》が焚いてあるな。あれではないか？」

「じゃあそこに降りてくれ。攻撃はされないはずだから」

「ほんとじゃろうな？　魔法とか投げ槍とか飛んできたら泣くぞ？」

「大丈夫大丈夫、俺を信じろ」

「おっかないのう……」

ぶつくさ言いながらグランデが旋回し、高度を下げ始める。うおお、落ちる時みたいなこの内臓がゾワゾワする感覚！　何がとは言わないけどヒュンッてなるわ！

「……」

「痛い痛い痛い痛い」

メルティが俺の胴体にギュッと抱きついてくる。怖いんですか？　怖いんですね？　でももう少し力を緩めてくれないと俺の肋骨がヤバいから。ちょっと手加減して。ギブギブ！

胴体を締め付けてくるメルティの腕を必死にタップしている間にグランデが着陸を完了した。揺れや衝撃などもなく、実に優雅なランディングだったようだ。

「降りたぞ。降りたけどめっちゃ囲まれとる。武器も構えとる。めっちゃ怖い。たすけて」

「大丈夫だ、いま武器を降ろさせるから。ちょっと我慢しろ」

グランデは物言いが尊大なくせにえらく臆病だな。人間……じゃなくて人族に対して何かトラウマでもあるんだろうか？

なんとか目を固く瞑《つむ》って俺に抱きついていたメルティを宥《なだ》めて引き剥《は》がし、身体を固定していたロープを解いてグランデの背中から降りる。

一緒に地面に降り立ったメルティの顔が少し赤い。必死に俺に抱きついていたのが今になって恥ずかしくなったのだろうか。

「私のことは良いですから。ほら、皆さんに言葉をかけてください」

赤くなった顔を見られていることに気がついたのか、メルティが片手で顔を隠しながらもう一方の手で俺をグイグイと押してくる。ふふふ、からかうネタができたな。あまりからかうと物理的に潰されそうだから扱いには気をつける必要がありそうだけど。

グランデの陰から出て手を挙げると、周りを囲んでいた解放軍兵士達が大きくどよめいた。そのどよめきにグランデがビクッと身を震わせる。どれだけ怖いんだよ。

「みんな、ただいま！　このドラゴンの名前はグランデだ！　結構怖がりだから、武器を収めてくれ。俺の友達でもあるから！」

俺の言葉を聞いた解放軍の兵士達は迷いながらも武器を収めていく。その様子を見たグランデが大きくため息を吐いた。生臭い。

「コースケ！」

解放軍兵士の囲いを突破して俺に駆け寄ってくる人影が一つ。見間違えようもない。シルフィだ。

「シルフィ！」

駆け寄ってきたシルフィを抱きとめ、抱きしめる。シルフィもまた俺を痛いほどに抱きしめてくる。いや、痛いほどじゃない。痛い。ミシミシいってる。ストップストップ、折れちゃう。締まる締まる苦しい！

「こーすけぇぇぇぇぇ……」

「ぐ、ぐぐ、お、おれも……あ、あいたっかっ――」

これを受け止めるのも男の甲斐性！　男の甲斐……いや無理。視界が白くなってきた。シルフィの背中をタップするが、シルフィは俺のタップに気づく様子もなく声を上げて泣いている。俺を力強く抱きしめたまま。

「い、いきっ……グァッ……」

俺は締められた鶏かなにかのような声を出し、意識を失った。

遠くで「こーすけぇぇぇぇぇっ⁉」というシルフィの声が聞こえる気がするけど無理。神スキルの食いしばりさんは俺のスキル欄にはないんだよ、シルフィ。

◆　◆　◆

気がつくと、見慣れた天井だった。

「起きた」

大きな瞳が俺の顔をじっと覗き込んでいた。目が少し赤いのはもしかして泣いていたのだろうか？

まだ上手く回らない頭でそんなことを考えながら、目の前の愛しい存在を抱き寄せる。

「ただいま」

「ん、おかえり」

アイラが俺の胸に顔を埋めてグリグリと擦りつけてくる。俺はなすがままにグリグリされながらア

イラの頭と背中を撫で続ける。んー、帰ってきたって感じがするな。

「コースケさん！」

「旦那さん！」

俺とアイラの様子に気付いたのか、ハーピィさん達がどやどやと駆けつけてくる。皆口々に俺の無事を喜び、翼で俺の頭を擦ったり感極まって涙を零《こぼ》したり、キスの雨を降らしてきたりした。おいこら、今誰かキスじゃなくてペロって舐めなかったか？　ちょ、服を脱がせるのはＮＧですよ！

「と、ところでシルフィは？」

「あそこ」

ハーピィさん達の猛攻撃をしのいだ俺が問いかけると、俺の胸の上ポジションを守り抜いたアイラが部屋の隅に向かって指をさした。身体を起こしてアイラの指がさす方向に視線を向けると、そこにはどんよりオーラを纏ったシルフィの姿が……体育座りして膝に顔を埋めたまま震えていらっしゃった。

「シルフィ、そんなところにいないでこっちに来てくれよ」

「いいんだ……わたしはもどってきたこーすけをしめおとすだめなおんななんだ……ほうっておいてくれ」

どよーんどろどろどろというオーラがすごい。アレは闇の精霊的な何かが作用しているんじゃなかろうか。

「気にするなよ、シルフィ。ちょっと感極まっただけだろう？」

あと俺が殊の外ひ弱――いやアレは無理だろう。でもそんなことはおくびにも出してはいけない。ここは包容力、包容力を発揮するんだコースケ。

胸の上を占拠するアイラをそっとどかしてベッドから抜け出し、部屋の隅でどんよりしているシルフィの傍に移動する。

「シルフィ。なぁ、顔を見せてくれよシルフィ」

「うぅ……」

顔を上げたシルフィの顔はそれはもう酷いことになっていた。泣いたせいで目は赤くなっていて、まぶたも腫れぼったくなっており、鼻水まで……美人が台無しじゃないか。

インベントリから布切れを取り出し、涙を拭いた後に鼻も拭いてやる。

「俺は怒ったりしてないから、な？」

シルフィの額にキスをしてそっと抱きしめてやる。また涙が溢れ出してきたのか、シルフィが顔を押し付けてきた右肩の辺りがじわりと温かくなる。よしよし。

シルフィが泣くのを宥めていたらいつの間にかアイラ達は部屋から出ていっていた。どうやら俺とシルフィに気を遣ってくれたらしい。

「ほら、立ってあっちで座ろう。な？」

「うん……」

俺の肩から顔を離したシルフィからでろーんと糸が伸びた気がするが見なかったことにしておく。明日にでもまとめて洗ってしまえば良い。今はとにかくテンションがどん底のシルフィを元気づけてやるのが先決だ。

「シルフィとまた会えて俺は嬉しいよ。でも、そんなに泣いてばかりだと俺も悲しくなっちゃうぞ。俺は全く気にしてないから。な？」

シルフィは暫くグズっていたが、やがて落ち着いたのか鼻をすする音も消えた。そして何事か呟いたかと思うと、いきなり光った。

「うおっ⁉　何の光ィ⁉」

光が収まると、シルフィのまぶたの腫れは引いて、目の充血も治り、ついでに俺の肩も綺麗になっていた。シルフィが精霊魔法で色々とやったらしい。

「ごめんなさい、コースケ」

「だから怒ってないって。それだけ心配してくれたってことだろ？　寧ろ嬉しいよ、俺は」

「うぅ……」

シルフィがまた泣きそうな声を出しながら抱きついてくる。そのうちに泣き疲れたのか、シルフィはそのままスヤスヤと寝てしまった。

そんなシルフィをベッドに寝かせて俺は台所に立つ。俺もお腹が空いたし、シルフィにもなにか食べさせてやりたいからな。

うーん、何を作るか。そうだ、俺が初めてシルフィに作って食べさせたケバブというかブリトーもどきでも作るとしよう。調理作業台のある今ならもっと美味しくて完璧なブリトーを作れるはずだ。

それだけじゃ寂しいからスープも作るか。これは普通のコンソメ風味な具だくさんスープで良いだろう。クラフト能力を使わずに自分の手で作ったほうが良いだろうか？　と思いつつもやっぱり美味しいほうがより良いと思うし、何より俺が作ったことには変わりないので問題ないだろうと結論付ける。

そう言えば、グランデの世話もしないといけないよな……日の傾き加減とかを見る限り、何時間も気絶していたってわけじゃないようだ。グランデには悪いが、シルフィともう少し触れ合ってから彼女の面倒を見ることにしよう。

そうしているうちにシルフィが目を覚まし、ベッドの上で不安げに辺りを見回し始めた。すぐに俺を見つけてパッと顔を輝かせる。

「飯、作ったぞ。一緒に食べよう」

「うん！」

なんかシルフィが幼児退行している気がする。まぁ、可愛いから良いけれども。

「俺達が出会って最初に作ったのと同じ感じのものを作ってみたぞ」

「懐かしいな」

皿の上に載ったブリトーに目を向けてシルフィが目を細める。スープも配膳し、食事の準備が整った。

「じゃあ、食べようか。いただきます」

「いただきます」

二人でブリトーにかぶりつく。まず感じるのは刻んだ野菜のシャキシャキ感。そして次に来るのが甘辛いタレで味付けされた肉の味と、マヨネーズベースの少し酸味のあるソースの味。あの時に食べたものよりも確実に洗練されている味だ。美味い。

「ふふ、あの時のやつより美味しいな」

「腕が上がったんだ」

グッと力こぶを作る真似をしてみせるとシルフィがクスクスと楽しそうに笑った。良かった、どん底まで落ち込んでいた気分はかなり晴れたようだ。

「スープも美味しいな」

「この複雑な味をイチから作ろうとしたら物凄い手間らしいぞ」

コンソメスープのレシピなんかは俺もよくは知らないが、普通に作ろうとすると物凄い手間暇と材料費がかかるらしいとは何かで見たか聞いたかして知っている。ビーフシチューやカレーなんかも市販のルーを使わないでイチから作ろうとすると手間だって聞くな。ホワイトシチューはまだマシらしいけど。

「ようやっと帰ってこられてホッとしたよ、本当に。何よりシルフィの顔をまた見られて本当に良かった」

「私もだ。感極まってコースケを締め落としてしまったのは痛恨の失態だった……」

「感情が爆発したらそういうこともあるだろ。次に気をつければ良いじゃないか」

「うん」

少し普段の口調に戻っていたのが、また少し幼い感じに戻った気がする。シルフィもなんだか不安定みたいだな。それもそうか、俺だって今になって心がざわざわするというか、落ち着かないというか、今にも踊りだしそうな気分なんだから。

俺がキュービに攫《さら》われた後の話をお互いに話し合いながら食事を進める。食事が終わったら蜜酒を出して晩酌をしながら更に話を続ける。いくら話しても話し足りない。お互いにそんな気分だった。

「そうか、ライム達は今も城の地下で母様達を守ってくれているんだな……」

ライム達の存在と、シルフィの家族達の話を聞いたシルフィは再び涙を零した。しかし、彼女にとってはそれは吉報でもあったようだった。

「父様がその身を犠牲にして守った母様達や姉様達を必ずやこの手で解放してみせる。絶対にだ」

決意を新たにしたシルフィが拳を握りしめ、意思の光を瞳に漲《みなぎ》らせる。

「その件なんだがな……」

そうなるとアドル教の懐古派とエレンの話をしないわけにはいかない。

俺は一切の偽りなしにエレンとのことをシルフィに打ち明けた。シルフィに対して中途半端にはぐらかすのはあまりにも不誠実だからな。

アドル教の聖女と接触を持ったことはゴーレム通信機で報告していたが、エレンとの……その、関係については流石に詳しくは話していなかったからな。皆に言うことじゃないし。

エレンのことを話すうちにシルフィの目が細く、冷たくなっていく。コワイ！

「そうか」

「そうなんだ」

「メルティとそうなるのは予想していたが、まさかよりにもよってアドル教の聖女とな……ふーん」

じっとりとした視線にじっとり冷や汗が浮かんでくる。

「聖女は美人だったのか？」

「そうだな、美人だったな」

「ふーん……でも、コースケは私が一番だって言ったんだな？」

「勿論だ。そのうち本人に会うこともあるだろうから、その時には確認してもらってもいい。エレンには一番にしてくれますか？　って聞かれたけど一番はもう決まってるから無理って言ったんだ。俺の一番はシルフィだからな」

真正面からシルフィの視線を受け止め、しっかりと伝えるべきことを伝える。こういう時は正攻法に限る。下手な小細工は良くない。

「そ、そうか……」

俺の方針が功を奏したのかシルフィが顔を赤くして視線を逸らす。良かった、伝わった。俺は内心ほっと胸を撫で下ろした。

「じゃあ、その……証明、してくれるか？」

シルフィがそう言ってチラリとベッドに視線を向ける。

「勿論だ」

「や、優しくだぞ……？」

「お任せあれ」

俺とシルフィの長い夜が始まった。

◆◆◆

翌日。

「今日は私の番」

俺は頑張った。

◆◆◆

更に翌日。

「「「次は私達の番です！」」」

俺はとても頑張った。

◆◆◆

更に更に翌日。

「ふふ、次は私の番で良いですよね？」

「許して！」

「魔神種からは逃げられません♪」

「あぁぁぁぁぁぁぁぁ！」

俺は頑張らされた。

◆
◆
◆

「愛が重い」

「お主はつがいのメスが多いんじゃな」

「成り行きでな」

「成り行きのう……ぼんやりしとるなぁ。まぁ、死なない程度にするんじゃぞ。日に日に弱るお主を見ていると心配になってくる」

特大サイズのチーズバーガーを咀嚼《そしゃく》しながらグランデが俺に憐れみの視線を投げかけてくる。

連日の搾取により俺の体力は風前の灯だ。具体的に言うと体力とスタミナの最大値が三割ほどまで落ちている。普段なら何でもない作業や動作が気怠《けだる》くてたまらない。あと足腰が痛い。筋肉痛的な意味で。

「ハハハ、大丈夫……これでも身体は丈夫な方だし、養うだけの甲斐性はあるから」

「本当かのう？」

疑わしげな視線を向けてくるドラゴンってレアなんじゃないだろうか。というか、お前もまさに今俺に養われてるところだろう？　いや、まぁこれは約束の分と放置したお詫びだけどさ。

「で、だ。グランデよ、お前は一体いつまでここに滞在するんだ？」

「んむ？　そうじゃのう……飽きるまでじゃな」

「その間ずっとハンバーガーを食いたいわけだな？」

「うむ」

当然だ、と言わんばかりにグランデが頷く。なるほどなるほど。想定通りの返事ありがとう。

「なるほどな。だが、グランデよ。俺がいた世界には『働かざるもの食うべからず』という言葉がある」

「ほむ？」

特大サイズのハンバーガーを咥《くわ》えたままグランデが首を傾げる。

「つまり、食い扶持《ぶち》を稼がないやつにタダ飯を食わせることは出来ないということだ」

「ふむ？　しかし妾は誇り高き竜じゃぞ？　その竜を働かせようというのか？」

特大チーズバーガーをもぐもぐとやりながらグランデが俺を見下ろしてくる。うん、口元にケチャップとチーズがついてるせいで威圧感も威厳もなんもねぇわ。

「誇り高き竜だからこそ施しを受けないものじゃないのか？　ただ食っちゃ寝するだけじゃ家畜……いや、家畜は毛や肉や乳や皮を提供するからそれ以下だな。ペットじゃないか」

「ペット⁉　高貴なる竜になんたる言い草⁉」

グランデが手から特大チーズバーガーを取り落として愕然とした表情をする。

「つまり、働いて欲しいというわけだ。なに、別に地を這う俺達人族のように朝から晩まで汗水垂らしてあくせくと働けというわけじゃない。例えば一日に一匹か二匹ワイバーンみたいな大型の魔物を狩って持ってきてもらうとか、剥がれて落ちた鱗を提供してもらうとか、ちょっと出かけるの面倒だなーって時は血をちょっぴり提供してもらうとか、そういうのでいいんだ」

「ふぅむ……」

グランデが食事台（連結した木材ブロック）の上に取り落としたチーズバーガーを拾い直し、口元に運びながら思案する。

「それに、ハンバーガー以外にも美味い食い物はたくさんあるぞ」

ピクリ、とグランデの尻尾が反応する。

「ここに滞在して働いてくれる限りは様々な美味い食い物を提供しよう。どちらか一方だけが得をするという取引じゃない。対等な取引をしようじゃないか」

「うーむ……しかしなぁ。こんな事が知られたら父様や母様になんと言われるか」

そこで家族に知られた時のことを気にするのか。

「それも考え方一つだ。ほんの少し俺達に力を貸す代わりに俺達人族に貢物《みつぎもの》をさせていると考えれば良い」

「ふぅむ、確かに……もむもむ」

真面目な顔で特大チーズバーガーをぱくつきながら思案するドラゴン……シュール。

「うむ、良いだろう。その取引に乗ろうではないか」

「そうか、それは嬉しいな。とりあえず、お前にはここまで運んでもらった恩があるから、今日も含めてあと三日はのんびりと過ごしてくれ。その後からは約束通り働いてもらうということでどうだ？」

「うむ、良いだろう。契約成立じゃ」

こうしてアーリヒブルグにグランドドラゴンのグランデが滞在することになった。

後でアイラに聞いてみたのだが、グランドドラゴンというのは特に土魔法系統の力に優れている種族であるそうだ。やろうと思えば小高い丘程度なら小一時間で真っ平らに整地することが出来るらしい。整地能力だけならミスリルツールを持っている俺よりも上だな。

その他には空を飛べるのは勿論のこと、地面に潜る事もできるのだそうだ。鱗は岩石質で非常に硬く、その角や爪、牙を加工した武器は土属性の魔力を帯びた強力な魔法武器になるらしい。鱗で作った鎧や盾などは非常に丈夫で、土魔法による攻撃に耐性がつくのだとか。

え？　素材としての説明ばかりだって？　仕方ないだろう。人族にとってドラゴンっていうのは強大な魔物の一種だと思われていたし、倒した際にはその身体を色々なモノに加工して役立ててきたという歴史しかないいんだから。

ついでに、肉は非常に美味で血や臓物は非常に効果の高い薬の素材になるのだそうだ。例えば、欠損した部位を治す再生薬の材料とかな。

「じー……」

実は、さっきからアイラが物陰からそっとグランデを観察し続けているんだよな。グランデの言葉は俺にしかわからないから会話には参加してないけど。

「のう、コースケよ。あの単眼族の娘が妾を見る目が怖いんじゃが」

「大丈夫だ、多分」

グランデからそっと目を逸らす。流石に襲いかかって血肉を採取するようなことはないと思うから。きっと。

◆
◆
◆

俺がアーリヒブルグへと帰ってきて今日で五日目。

特大チーズバーガーを食うグランデと協力の約束を取り付けた俺はグランデに熱視線を送るアイラを引っ張って作戦会議室へと向かった。

「グランデはこっちの条件を飲んでくれたぞ」

「前代未聞だな」

「ん。ドラゴンを餌付けして手懐《てなず》けた人なんてコースケが初めて」

「ドラゴンスレイヤーならぬドラゴンテイマーであるか。流石はコースケなのであるな」

シルフィやアイラ、レオナール卿がこぞって俺を称賛する。ふふ、もっと褒めて良いんだぞ。

「しかし……大丈夫なのか？　もし暴れられでもしたら大事だぞ」

「何らかの安全対策は必要ではないでしょうか」

ダナンとザミル女史は懸念を抱いているようだ。確かに彼らの心配はもっともだろう。もし、グランデが突如殺意を持って暴れだしでもしたらアーリヒブルグは大被害を被ることになるのは確実だ。

全長二十メートルくらいはあるグランデの巨体から繰り出される攻撃は石造りの家屋くらいは簡単に倒壊させるだろうし、あの太くて硬くて強そうな尻尾に薙ぎ払われでもしたら一撃でミンチ確定だ。

それにあの凶悪な角。あれを突き出して突進でもしようものなら、木製の城門などは一撃で木っ端《こっぱ》微塵《みじん》になりそうである。

「それならアーリヒブルグの外にグランデ用の竜舎でも作るか」

「竜舎?」

「デカイ犬小屋みたいな」

「竜に犬小屋……?」

シルフィが微妙な顔をする横でアイラがコクリと頷く。

「コースケの中におけるグランデの地位が如実に表れている」

「ソンナコトナイヨー」

なんだかんだと言いくるめたが、結局は飯を出す代わりに働かせるというわけで……まぁうん、本人(本竜?)は美味しいものをたらふく食べられて幸せ。俺達はグランデに働いてもらえて幸せ。双方幸せなんだから問題は何もない。いいね?

「まぁ、グランデ関連はコースケに任せるとして……問題は聖王国関連だな」

「でありますな。アドル教が一枚岩ではないという話でありましたが……」

「実際のところ、奴らと共存できるのかというところだな。私は無理だと思いますが」

レオナール卿とダナンはアドル教を奉じる連中と理解し合うのは無理、というスタンスであるようだ。彼らはアドル教を奉じる聖王国の連中に家族を殺されているからな。それも、愛する妻や子供たちを。他の面子《めんつ》も似たり寄ったりだ。

「ですが、現実問題としてアドル教を奉じる人間を一人残らず根絶やしにするというのは不可能でしょう」

「ん、私もそう思う。それならアドル教を私達に都合の良いように変えてしまったほうがよほど楽。流れる血も少ない」

メルティとアイラはエレンとエレンの所属する懐古派を通じてアドル教の分断工作をする方が得策だと考えているようだ。これはアドル教を奉じる人達と融和するというよりも、アドル教の信者同士で争い合わせて勢力を削いだほうが俺達に理があるという観点からの発言のように思えるな。

「私もメルティやアイラの意見に賛成だ。手を取り合えるかどうかはまた別の問題として、アドル教の連中が一枚岩ではないというのであれば、奴らの争いを利用するというのは一つの手として有効だろう。私達が達するべき目標はメリナード王国の奪還だ。その目的を達するためであれば、懐古派との共闘、協力はしても良いと私は思う」

「しかし、姫殿下……」

「最初から頑なに拒絶をし続けては手に入れられる機会を逃しかねん。私達がコースケを受け容《い》れられたように、もしかしたらアドル教の懐古派、そして懐古派が探究しているというアドル教の原初の教えとやらは我々にも受け容れることができるものかもしれないだろう」

シルフィが俺を引き合いに出してダナンとレオナール卿を説得する。

確かに、最初はメリナード王国の皆さんに寄って集《たか》ってリンチされかけたからね、俺。あの恐怖は今でも覚えている。今でこそ親しく付き合い、言葉を交わす仲ではあるが、俺とこの世界の住人との出会いは決して穏やかなものではなかったのだ。

「むぅ……そう言われると何も言えませんな」

「今回の話もそのコースケが持ってきた話であるしな……」

「何も聖王国と戦うのを今後一切取りやめるという話ではない。私達の目標がメリナード王国の奪還であるということは変わらないし、そこを譲るつもりもない。メリナード王国を奪還した後は聖王国の本国との戦いもあるだろう。私も聖王国への恨みや憎しみを完全に捨て去ることなどは不可能だ」

シルフィが厳しい表情でそう言う。

「だが、永遠に戦い続けることなどできはしない。どこかで線を引かねばならない。そういう時はいつか必ず来る。その時のためにアドル教の……聖王国の連中と接触し、対話するための窓口を持つことは必要だと思う」

シルフィの主張にダナンとレオナール卿はしばし考えこみ、そして頷いた。

「姫殿下がそう仰るのであれば」

「ならば吾輩達は万が一の事態に備えるのみなのである」

「よし、では我々はアドル教の懐古派と接触し、聖王国との交渉をしていく。同時に、防備を整えて占領地の維持と発展に力を注ぐ。領地の拡大は暫くしない。敵が攻め寄せてくれればこれは撃滅する。

こういう方針で今後は動くぞ」

「「「御意」」」

会議室に集まっていた解放軍の上層部全員がシルフィの言葉に頷いた。さぁ、これからまた忙しくなるぞ。

◆　◆　◆

さて、方針も決まったということで俺も皆と連動して解放軍のために動き出す。やはり俺がいないと色々と始まらないよな！

「コースケはしばらくグランデの世話と、彼女を養うための作業をしてくれ」

「あるぇー？」

俺に対聖王国軍関係の仕事は回ってこなかった。まぁうん、それもそうだよな。今後は切った張った吹き飛ばしたの話ではなく、政治の話になるわけだから。エレンとの繋ぎをするため、顔を合わせての会談をする際には同行するように予め言われたが、その前の予備交渉に関してはゴーレム通信機とライム達を利用した通信ラインが確保されているわけで、俺の手助けは要らない。

クロスボウやそのボルトに関しては既に解放軍の職人達による生産が軌道に乗っており、俺が作らなければならないのはハーピィ用の航空爆弾と銃士隊用の弾薬、歩兵用の手榴弾くらいのものである。

そして、俺が攫われて以降本格的な戦闘は発生していないらしいので、それらの武器弾薬もさして消費されていない。魔物退治のために多少消費されたようだが、その程度である。

「要は、干されたわけじゃな」

「干されてなんかないやい！　俺はあれだよ、ほら、真打ちとかそういうのなんだよ」

必死に抗弁する俺をグランデが優しい瞳で見つめてくる。何笑ってんだアイラ呼ぶぞ。

ちなみに、一度攫われたせいか俺には常に護衛がつくことになった。とは言っても流石にグランデに近づくのは怖いのか、ちょっと離れたところに待機してるけど。今日の護衛はピンク羽ハーピィのブロンと橙羽ハーピィのフィッチだ。

「とにかく、お前もずっと野ざらしでいるのは嫌だろう。頑丈で快適な竜小屋を作ってやるぞ」

「いや、別に要らぬが」

「なんですと？」

「妾はグランドドラゴンじゃぞ？　寝床なんぞ地面を掘ればすぐじゃ、すぐ」

そう言ってグランデは少し勢いをつけて水に飛び込むかのように地面に飛び込んだ。頭から。

するとどうしたことか、まるで地面が水面のようにどぷりと波打ち、何の抵抗もなくグランデを飲み込んでいくではないか。グランデが地面に沈み込んだ後しばらく地面が鳴動していたが、それもやがて終わってグランデが地面に穴を空けながら這い出してきた。

「ほら、こんなもんじゃ」

「なぁにこれぇ」

地面にぽっかりと開いた穴は底が深く、まるで底を見通せない。

「グランドドラゴンはな、こうやって地面に穴を掘って巣穴にするのじゃ。夏は涼しく、冬は温かい。湧き出す水なんかは土をしっかり固めて対策してあるぞ」

くっ、流石はディ○ブロス。穴掘りはお手の物かよ。

「……これだと雨が入ってくるだろう？　屋根をつけてやるよ」

「おお、それは助かるの」

地面に空いた巨大な穴の四方に石材で太い柱を立て、雨が入らないように屋根を作る。ははは、ブロックのまとめ置きが出来るようになっているからな、これくらい楽勝だぜ。

石材の屋根の四方にレンガブロックを組み合わせて「ぐらんで」と名前を入れておいてやろう。ははははは。

「ご苦労じゃの」

「終わってしまった」

グランデのせいで課せられた仕事が一時間で終わってしまった。クソッ、バカでかい犬小屋みたいなものを作ってやろうと思ってたのにまさか自分で巣穴を作るとは。このコースケの目をもってしても……いや、よく考えれば当たり前か。

というかドラゴンだものな。竜小屋も何も考えてみれば野ざらしで寝ててもなんの違和感もなかったわ。むしろ律儀に巣穴を作ることの方が驚きだったわ。

「食事場も作るか」

「おお、それは良いの。雨風の吹き込む場所で濡れたはんばーがーを食べるのは嫌じゃからの」

「お前が出入りしやすくて雨風が吹き込まないようにする、なおかつ俺も出入りしやすいようにするってなかなか難題だな？」

「そう言われればそうじゃの。そういえば、ここに巣穴を作って大丈夫だったのか？　人族というのは住処を徐々に広げるのじゃろ？」

「あー、それもそうか。ちょっと一旦撤去してお伺いを立てるとしよう」

そう言うわけで、俺とグランデは掘った巣穴を埋め戻し、巨大な屋根を撤去してメルティに相談することにした。

「あの魔神種のメスは怖いんじゃが……」

「でも変なところに作って後で怒られるのはもっと怖くね？」

「それは怖いの。では、任せたぞ」

「ですよね」

グランデはデカい。俺と一緒にアーリヒブルグに入るわけにもいかないので、メルティのところに行くのは俺一人だけということになる。いや、ハーピィのブロンとフィッチも居るから三人か。

「私は後ろで待機していますね」

「右に同じく」

にっこりと笑みを浮かべ、メルティとの話し合いに参加することを拒むブロンとそれに追従するフィッチ。そうだよね、君達には関係ない話だものね。わかってるよ。

二人を引き連れて活気溢れる街中を歩いていると、途中途中で解放軍や住人の皆さんに声をかけられる。

「おっ、今日は調子良さそうだな。相手が多いのも大変だなオイ」

「アンタ捜すの大変だったんだから、もう攫われるんじゃャいわよ」

「お、ドラゴンテイマーだ。ドラゴンに食わせてた奴、今度食わせてくれよー」

皆結構気安く声をかけてきてくれる。かしこまられるよりは百倍マシだな。皆に適当に言葉を返しながら辿り着いたのはお役所だ。そう、メルティ達元内政官や元役人などの国家組織運営に携わっていた人々の牙城である。

旧メリナード王国領の解放が進み、奴隷として使役されていた人材が徐々にアーリヒブルグに集まりつつある。長いブランクを抱えている老人などもいるが、それはそれ。やる気のある若者を、そういった人物の部下にして目下人材育成に力を入れているところであるらしい。

「ちーす、三河屋でーす」

「おや、勇者殿」

「……勇者？」

役所の受付にいた山羊獣人《やぎじゅうじん》の男性が俺の顔を見るなり意味不明なことを言ってくる。勇者？　俺が？　こいつは何を言っているんだ？

「姫殿下にアイラ殿、ハーピィの皆様方、挙げ句にあのメルティ殿までまとめて相手にする貴方《あなた》が勇者でなくてなんだというのか。しかも生きている」

「生きてて驚愕されるってのは新しいな。でもまぁ、俺じゃなかったら死んでいる可能性は無きにしもあらず」

　実際、俺の特異な体質と生存者のスキルがなかったら自動回復が間に合わなくて腹上死していた可能性はあるかもしれない。

「それで、性なる勇者殿は一体何のご用事で？」

「性なる勇者はやめろ。グランデ——俺が連れてきたドラゴンの巣と食事場を街の外に作りたいんだが、どこに作れば良いかと思ってな。街の拡張とかを考えると適当に作るわけにもいかないだろう？」

「なるほど、そういうことでしたか。では、メルティ殿をお呼びしますので少々お待ちを」

　山羊獣人の役人が役所の奥へと引っ込んでいく。何気なく活気のある役所内を見回してみると、何かの手続きに来ている住人が結構いるな。商人風の人、子連れの母親、若い男女、老人、様々だが人間も亜人も別け隔てなく生活しているようだ。少なくとも表面上は。

　解放軍がアーリヒブルグを制圧し、旧メリナード王国領南部を実効支配してからまだ日が浅い。人間と亜人の対立が問題化してくるのには十分な時間だと思うが、思ったよりも穏便に事が進んでいるようだ。

　それがシルフィ達がうまく舵取りをしている結果なのか、それとも聖王国に支配されていた旧メリナード王国時代と同じ——つまりかつての姿に戻っただけなのか、それは俺にはなんとも判断するのが難しいところだな。

　ただ、他国を侵略して属国化したとしても、その土地に元々住んでいた人々を追放なり虐殺なりして自国民を住まわせるというわけではないだろう。二十年という月日は決して短くはないが、世代が完全に交代するほど長い時間でもない。元からここに住んでいた亜人ではない人間の旧メリナード王国民も多いはずだし、こんなものと思えばこんなものなのかもしれないな。

「コースケさん、呼ばれてきましたよ」

ブロンとフィッチに挟まれて壁際に設置されていた長椅子に座り、両脇から羽でモフモフされながら待っていると山羊獣人に連れられたメルティがやってきた。キャスケットのような帽子を被って頭を隠している辺りに少し胸が痛む。

メルティの角を元に戻す再生薬に関しては目下アイラが材料を掻き集めて錬金術で下処理をしているところである。それも数日で終わるらしいので、あとはグランデから血を貰《もら》えればなんとかなるらしい。

アイラ曰く。

『ドラゴンの新鮮な生き血は錬金術師にとって垂涎《すいぜん》の逸品。錬金術の秘奥《ひおう》に辿り着くための鍵になる』

とのことだ。さすがは竜の血だな。俺もクラフト素材として非常に興味があります。グランデよ、お前の身体を材料的な意味で狙っているのはアイラだけではない。俺もその一人なのだよ、ふふふ。

「コースケさん？」

ニヤニヤとしているといつの間にかメルティがすぐ側まで来ていた。

「おお、すまない。話は聞いているかもしれないが、グランデの住処の件なんだ」

「はい、場所ですよね。大きさはどれくらいになりそうなんですか？」

「そうだなぁ……余裕を見て五十メートル×五十メートル分くらいは敷地が欲しいな。街の外で構わんから」

「なるほど、そこそこの広さは必要ですよね。まぁ、街中ならともかく街の外であれば特に問題ないと思います。今後の拡張のことを考えると北西方向にしてもらいたいですね。そっち方面には今後も街を広げる余地があまりないですし」

メルティが簡単な地図を取り出し、街の北西方向の辺りを指差す。アーリヒブルグの城門は北東と南西にあるので、北西に作るとなると通うのにはちょっと遠いなぁ。

「もう少し門から近いところになりませんか」

「なりません。城壁一枚隔てたところにドラゴンがいると思うだけでも怖がる人が多いのに、門の傍とか街道の横にいたりしたら人も荷も来なくなりますよ」

正論すぎてぐうの音も出ない。グランデが食っちゃ寝して日々のんべんだらりと過ごすだけの安全な駄竜だと知れれば、度胸試しスポットとか観光スポットにそのうちなるかもしれないし、そうなれば多少は扱いも良くなったりするだろう。それまでの我慢だな。

「わかった」

まぁ、ショートカットするということであれば城壁に登って飛び降りる着地地点に藁ブロックでも置いておけばいいだろう。帰りは普通に歩いて帰るしかないけど。

「はい、聞き分けが良くて結構です。ところでコースケさん、今晩なんですが」

「はい」

「ちょっと仕事が忙しいので晩御飯はこちらで取ります。私の分は用意はいりませんので」

「了解。良かったら何か置いていこうか？　冷めても美味しいものもあるぞ」

「あ、本当ですか？　なら是非」

嬉しそうな顔をするメルティにチーズやハム、生野菜などを挟んであるサンドイッチの詰め合わせを渡して役所を後にする。帰りに屋台で何か買ってグランデに食わせてやるか。護衛についてくれているブロンとフィッチと一緒に食べ歩きでもしながら行くとしよう。

◆◆◆

「こんなものかな」

「悪くないのう！」

ガオーッ、と機嫌良さそうに吼《ほ》えながらグランデが尻尾でドカドカと地面を叩く。うん。うるさい。あと地面が揺れてる。体感震度二くらいで。

喜ぶグランデと俺の前に鎮座しているのはジャンボジェット機の格納庫のような大きさの……なんだろう。竜小屋？　である。

壁は厚さ三メートルの石材。天井も厚さ二メートルの同じく石材製。どうせこっち方面には開発はしないというニュアンスだったので、思い切り広く作った。入り口はグランデが翼を大きく広げたままでも悠々と入れるように幅四十メートルほど。高さも二十メートルくらいある。内部は更に広く、横幅は六十メートルほど。高さは三十五メートルで作った。建物の外観そのものは円形のドーム状で、明かり取りのために天井の一部を薄くしてガラスブロックにしてある。

窓掃除は大変そうだけど、ハーピィの皆さんに頼むか自分で掃除させるかすればいいだろう。窓掃除をするドラゴン……ちょっと見てみたいな。

「早速中に入ってみろ」

「うむ！」

グランデが尻尾を振りながらのっしのっしと竜小屋に入っていく。尻尾を振り回すのをやめろ、危ないから。

「中も明るくて良いのう」

「ガラス部分は脆いから尻尾とかぶつけて割るなよ」

「流石にあの高さじゃとわざとやらん限りは大丈夫じゃろう」

グランデが天井のガラス部分を見上げる。俺にとっては遥か上だが、全長二十メートルほどはあるグランデなら後ろ脚で立ってジャンプするなりすればあの凶悪な角がなんとか届くかもしれない。

「しかし殺風景じゃの」

「お前の巣穴しかないしな」

竜小屋の中にあるのは奥の方にあるグランデが掘った巣穴だけである。この中で寝れば良いんじゃや？　とも思ったのだが、地面に掘った穴のほうが暖かいし落ち着くらしい。

「食事場でも作るか」

「いいのう。どこに作る？」

「汚れた時に水洗い出来る方が良いよな。そうなると中じゃないほうが良いかな？」

「水洗いはいらんじゃろう。臭いがしてきたら浄化するなりブレスで焼き払うなりすれば良いし」

「ブレス……お前ブレス吐けるの？」

「何を言うとるんじゃ。これでもドラゴンじゃぞ」

「いや、吐ける素振りも見せないからてっきり吐かないのかと……というか浄化って、魔法も使えるのか」

「当たり前じゃ。魔法が使えんと空も飛べんではないか」

「なるほど……ブレス吐いてみてくれよ、ブレス。是非見てみたい」

「仕方がないのう……」

　とかなんとか言いながらグランデがドームの外にのっしのっしと歩いていく。ドラゴンっぽいところを見せられるのが嬉しいのか、また尻尾の動きが機嫌が良さそうだ。あぶねっ、だから振り回すなって。

「良いか？　よく見ておくのじゃぞ？」

　そう言ってからグランデは息を大きく吸い込み、空に向かって激しい火炎を吹き上げた。それは正に灼熱の炎であるらしく、空に向かって吐いているというのに地面から見上げる俺のところまで熱気が伝わってくる。

「すげー！　ドラゴンのブレスすげー！」

　これには俺も大興奮である。あんなのを向けられたら一瞬で骨まで焼き尽くされそうだな！

うーん、俺の能力で防ぐなら壁を設置した上で地面に潜るのが一番だろうか？　レンガブロックは耐熱性が高いと思うけど、あのブレスはかなり温度が高そうだから壁だけだと回り込んできた熱で大やけどしそうだな。

あ、でも地面に潜ったら蒸し焼きにされるか？　やっぱり大きく厚い壁を作るのが一番か。

「はっはっは、そうじゃろうそうじゃろう！　妾は偉大なるグランドドラゴンであるからな！」

俺の反応にご満悦なグランデがビッタンビッタンと尻尾で地面を叩く。揺れる揺れる。

ちなみに護衛のブロンとフィッチは百メートルは離れているアーリヒブルグの城壁の上からこちらの様子を見守っている。流石にドラゴンの傍に近寄るのは怖いらしい。

「それじゃあ食事台は竜小屋の中に作るか」

「のう、コースケ。その竜小屋という名前はどうにかならんのか」

「ええ……どうにかって。どう呼べば良いんだ？」

「もっとこう、かっこいい名前をだな。まるで犬小屋の竜版みたいではないか」

俺の中では正にその通りなのだが、本人は気に入らないらしい。かと言ってあまり仰々しい名前をつけても呼びにくいしな……ドラゴンドームとか。

「そもそも小屋という規模ではないじゃろ、これは」

「確かに」

改めて見上げてみると、なかなかに巨大な構造物だ。これを小屋というのはたしかに無理があるかもしれない。

「じゃあグランデの家で」

「普通じゃな」

「普通が一番だろう」

あとで入り口の上に「ぐらんで」と彫ったデカイ石版でも設置しておいてやろう。

結局、食事台はグランデの家の中、入り口の脇に作った。ちょうど良い高さを求めて何度も作り直させられたが、最終的には俺もグランデも満足な出来のものが出来たので良かった。形はあれだ、仏壇の前に置いてある供物台みたいな感じ。

「早速おやつでも食うか?」

「おやつとな?」

「アーリヒブルグの屋台で色々買ってきたんだよ。俺の作るハンバーガーはそりゃ美味いだろうが、それ以外の人族の料理ってのもなかなか美味しいものが多いと思うぞ」

「ふむ、それは少し興味があるの」

「供物台の上に俺を上げてくれ」

「うむ」

グランデの手によって供物台の上に運んでもらう。むんずと掴むんじゃない。もっと優しく掴め。

「まずは木の実入りのパンだな」

「ほう」

供物台の上にあぐらをかき、買い込んできたクルミのような木の実が入ったパンをぽんぽんと目の前に積み上げる。グランデが顔を寄せてきてフンフンと匂いを嗅いでいる。あんまり強く吸うと鼻の穴の中にパンが入るぞ。

「食ってみろ」

「うむ……ふむ、仄《ほの》かに甘いの。あと、これは木の実かの？　少し香ばしい感じがするの」

「それだけじゃ物足りないだろう。そこでこいつだ」

次に取り出したのはじっくりと焼かれた何かの肉である。何の肉かは聞いてこなかったが、美味しそうな匂いだったし、食ってみたら美味かったのでまるごと買ってきた。店頭では肉の塊を削ぎ切りにして、希望があればパンと一緒に販売していたのだが、肉だけをまるまる売ってきてもらったのである。

「おお、肉か。ううむ、うまそうな匂いじゃのう」

「食え食え。他にも色々あるぞ」

取り出した肉の塊に手を伸ばし、まるごとむしゃむしゃとやり始めるグランデを見ながら次々と買ってきた物をインベントリから取り出していく。大鍋のスープもグランデにとってはカップスープみたいなもんだな。

「どうだった？」

「うむ！　美味かった！　なかなかどうして人族の料理というのも侮れんな。だが妾はコースケの作るハンバーガーが一番美味いと思う」

「ははこやつめ」

グランデ用に作ってある特大ハンバーガーを出してやる。高さ的な意味じゃなくて横幅的な意味で大きいやつだ。

グランデは特大ハンバーガーの出現に目を輝かせ、片手で持ってもぐもぐと食べ始めた。うーん、なんかこう、ペットに餌とかおやつを与えている感覚だ。ペットというにはちょっとデカすぎるか。

「ところで、グランデはドラゴンだよな？　ドラゴンってどれくらいの頻度で飯を食うものなんだ？」

「そうじゃのう……かなりいいかげんじゃな。食おうと思えばいくらでも食えるし、食わないでいようと思えばかなり長く食わないでもいられる」

「なるほど……？　ということは、毎日たらふく食っていると太ったりするのか？」

俺の言葉にハンバーガーに食らいつこうとしていたグランデは大口を開けたままギクリと身を震わせた。やがて落ち着きを取り戻したのか、今までよりもかなり遅いペースでちまちまとハンバーガーを食べ始める。

「そういうことも、ない、とは言えなくもない、かも、しれんの？」

目を逸らしながらボソボソとそんなことを言うグランデを見ながら想像する。ブクブクに太ったグランデの姿を。

「ぶふっ」

「笑ったな⁉　お主、今笑ったな⁉　何を想像したのじゃ⁉」

「いやぁ、ブクブクに太ったグランデを想像するとな？」

「そ、そのようなことにはならぬ！　妾は自己管理の出来る乙女竜じゃからな！」

ガオーッ、と吼えながらグランデは尻尾で地面をベシベシと叩く。今度は機嫌が悪いジャスチャーであるらしい。

「そこはグランデを信用するとしようじゃないか。で、実際のところどれくらいの頻度で食う？　その感じだと一日三食は食い過ぎなんだろう？」

「う、うむ、そうじゃの……一日に二度……？」

「二度？」

「い、いや、一度でも大丈夫じゃが……」

グランデが心なしかしょんぼりとした雰囲気を醸し出す。

「じゃあ、とりあえず朝晩の二度でどうだ？　一度に食う量を減らせば大丈夫だろ」

「そ、そうじゃな！　一度に食う量を減らせば問題あるまい！」

「特大ハンバーガー二個……いや、三個くらいか？」

「そうじゃの、それくらいでまずは、じゃな」

「参考までに、今まではどれくらい食ってたんだ？」

「……」

俺の質問にグランデがツイっと顔を逸らす。そのままジトーっと見ていると、根負けしたのかグランデがボソリとつぶやいた。

「だいたい一週間に一回、これくらいのイノシシとかを焼いて食っておった」

これくらい、と言って馬くらいの大きさを自分の手で示す。

うん、その量だと一日二回特大ハンバーガーを三個ずつ、計六個も食ってたら確実に太りそうだね。

「大丈夫じゃから。妾、運動するから」

「飯を狩りに行く必要もなくなったら余計運動しなくなるんじゃないのか？」

「……」

俺の言葉にグランデが沈黙する。いや、俺は良いんだけどさ。太ったグランデが飛べなくなったりしたら一番困るのはグランデだろうし。

「俺としてはその分働けばいいんじゃないかと思うが」

「働く？　妾がか？」

「俺と他に何人か乗せて、南のオミット大荒野とか、その更に南の黒き森とかに飛んでもらえれば助かるな。あっちの方にも生産拠点とか、色々あるんだよ」

「ぐぬ、黒き森か……まぁ、いいじゃろう」

グランデが黒き森という言葉を聞いて若干嫌そうな顔をする。そういえば、奥地にはドラゴンが住んでるって話だっけ？　知り合いでもいるのかね。

「そりゃ助かる」

オミット大荒野のど真ん中には食料生産の拠点があるからな。あそこから大量の食料を運べるようになれば非常に助かる。ついでに黒き森のエルフの里と産物のやり取りができればなおよしだ。

グランデは単純に戦力としての価値以上に俺の移動手段としての戦略的価値のほうが高いかもしれないな。俺の輸送能力とグランデの高速移動能力。この二つが合わさるとそれだけで聖王国は涙目になるんじゃないだろうか。

「なにか企んでおるな？」

「企んでいるぞ。ハンバーガーを餌にどうやってグランデを利用してやろうかってな」

「稀人とはいえ、矮小《わいしょう》な人の身で妾を利用しようなどとは片腹痛いわ。あまり生意気なことを言うと一噛みにしてやるぞ」

「その矮小な人間に餌付けされてるグランデがそう言うのはどうなんだ……？　というか、俺を噛み殺したらハンバーガーが食えなくなるぞ」

「むぅ……それはこまる」

「そうだろう。だから、俺はグランデに美味いものを提供する。グランデはその対価に少しだけ力を貸す。そういう関係でいようぜ。何も俺だって食い物を盾にお前の嫌がることを無理強《じ》いしようとは思ってないから」

「本当じゃろうな……？」

グランデがじとりとした視線を向けてくる。いやだなぁ、本当ですよハハハ。無理強いはしないさ。もしかしたら粘り強い説得はするかもしれないけど。

「少なくとも、グランデを人族同士の争いの矢面《やおもて》に立たせて利用しようとは思ってないよ。それだけは約束する」

これは本当だ。グランデを直接聖王国の連中と戦わせるつもりはない。俺や少人数の輸送くらいには協力してもらうかもしれないが、直接聖王国の軍隊に突っ込ませて暴れ回らせたり、ブレスを吐かせたりするつもりはないのだ。ハーピィさん達の空中空母役はちょっとやってみてほしかったりするけど。

とはいえ、グランデはドラゴンだ。俺との個人的な友誼《ゆうぎ》……というか俺の出す餌で餌付けされているだけで、別に俺に対して恩があるわけでもなければ人族同士の争いに関わる理由もない。無理強いはできないなとも思っている。

「ふむ……その約束、違えるなよ。その時はハンバーガーを食えなくなったとしてもコースケを噛み殺してやるからな」

「ああ、約束だ。ほら、蜜酒も飲めよ。気に入ってたろ？」

「いただこう。ううむ、甘露」

俺も蜜酒の瓶を取り出してグランデと同じように蜜酒を飲む。この甘ったるい酒も飲み慣れるとなかなか美味しいもんだ。

さて、明日は何をしようか？　目の前で美味そうに樽を傾けるグランデを見ながら俺は明日の予定をあれこれと考えるのであった。

Ｓｉｄｅ：？？？

「……またあの聖女か。とことん祟ってくれる」

アーリヒブルグから遥か東。光差し込む執務室で苛立たしげな声が響いた。声の主は金糸や銀糸で飾られた白い僧衣を身に着けている――一目で高位の聖職者であると知れる初老の男であった。

男の視線の先には小さなメモ用紙のようなものが広げられていた。メモ用紙には細かい文字がびっしりと書き込まれている。それは彼が西方の属国、メリナード王国に派遣している密偵からの報告書であった。

「しかし、これは好機か」

暫く聖女の姿が見えないので部下にその動向を探らせていたのだが、まさかあんな西の辺境にいるとは思いもしなかった。いくら聖王国内を捜させても見つからないはずだ。

だが、あの聖女が聖王国内にいないのであれば忌々しい懐古派を駆逐する好機だ。奴らなど真実を看破するあの聖女がいなければどうということもない弱小勢力に過ぎない。我々主流派だけでなく、他の教派も喜んで協力してくれることだろう。

それに、メリナード王国の情勢も都合が良い。解放軍と名乗る賊軍が暴れているようだが、所詮は辺境の属国に存在する反乱勢力だ。聖王国の正規兵を差し向ければ鎮圧は容易《たやす》い。ついでにあの厄介な聖女ともども忌々しい懐古派を始末することもできよう。

「背教者どもめ……お前達の命運もここまでだ」

男は昏《くら》い嗤《わら》いを漏らしながら羽根ペンを手に取る。

Different world
survival to
go with the master

第三話
アーリヒブルグでの日常

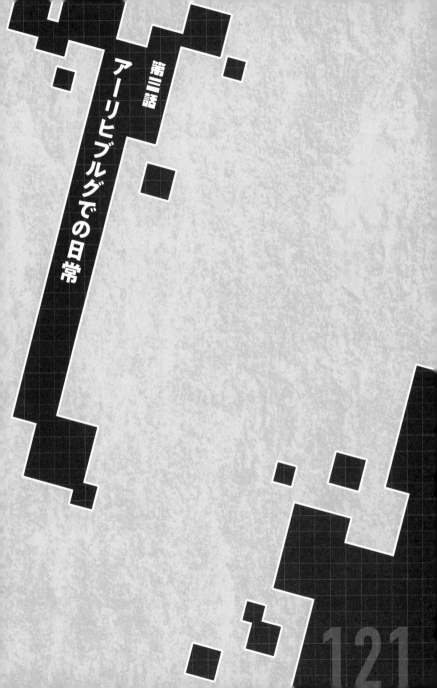

「つまり、暇だから構って欲しい？」

「そうとも言う」

グランデの住居を作った翌日、俺はアイラの元を訪れていた。と言っても二人きりというわけではなく、ここはアイラの職場。つまり研究開発部のアーリヒブルグ支部である。

猿人族《えんじんぞく》のサイクスはここにはいない。かつて最前線拠点と言われていた拠点——今は中央拠点と呼ばれている——で研究開発本部の本部長に就任しているからだ。あっちで嫁さん達と一緒に日夜励んでいるらしい。色々と。今度スタミナ持続回復薬をダース単位で送ってやろう。

当初の予定からかなり前倒しで旧メリナード王国の領地に侵攻したから、オミット大荒野に築いた拠点がかなり後方になっちゃったんだよな。

アーリヒブルグが最前線になるわけだが、アーリヒブルグからオミット大荒野までは徒歩で十日以上、馬車でも三日から四日はかかる。更にそこから中央拠点までは徒歩五日、更に後方の本拠点——今では後方拠点と呼ばれている——までも徒歩二日だ。

しかも、オミット大荒野に入ると馬車は本来の速度を出せないので、徒歩とさして変わらないスピードになってしまう。なので、普通にアーリヒブルグから後方拠点まで移動すると早くとも片道十日。往復だと二十日以上だ。なかなかに遠い。情報だけはゴーレム通信機のおかげで割とすぐに届くようになっているんだけどな。

まぁ、今はそれはどうでもいい。重要なことだけど今の俺に必要な情報ではない。今の俺の重要な問題とは、即ち俺にやることがないということなのだ。

「何から何までコースケに頼り切りになるような状態は健全ではない。勿論、まだまだコースケの力に頼りたい場面はこれからも沢山出てくるだろうけれど、それは今じゃない。何もせずにのんびりとするのも大事」

「でも何かしてないと落ち着かないんだよなぁ」

「コースケは勤労意欲が高すぎる」

「俺の住んでいた世界だと毎日朝から晩まで働くのが当たり前なんだよ。そりゃ一週間に一度や二度は休みがあるけどさ」

「まるで奴隷労働」

「言い得て妙だな」

　毎日朝から晩まで働き、休日は泥のように眠る。生きるために働くというよりは、働くために生きているというような状態が常態化する。そりゃ休み時間や帰宅してから寝る前に少しは趣味の時間は取れるのかもしれないが……いや、考えるのはやめよう。心が痛くなる。

「でも、やることがないなら提案できることはある」

「ほう、それは？」

「こっち」

　アイラが椅子から降りてテクテクと歩き始める。そう、彼女は小柄なので椅子に座ると足が床に着いていないのである。かわいい。

　それはそれとしてアイラの後についていく。興味があるのか、他の研究開発部の面々も俺達の後にぞろぞろとついてくる。ちなみに、アーリヒブルグの研究開発部の面々はアイラを含めて亜人十三名、人間三名の十六名だ。内訳としては魔道士四名、錬金術師四名、薬師二名、鍛冶職人三名、彫金師一名、木工職人二名となっている。

「ここは倉庫か？」

「ん、そう。ここには色々と研究に使う素材が置いてある。当然、魔化された素材もある」

「魔化された素材……おお、付与作業台か！」

「ん、私も気になってたから」

「そうだな、是非試してみよう」

改めて付与作業台のレシピをチェックする。

・付与作業台――素材：ミスリル×5　宝石類×12　魔力付与された石材×20　魔力付与された木材×10　魔力付与された粘土×10　※素材がありません！

「ミスリル五個、宝石類十二個、魔力付与された石材を二十個、木材を十個、粘土も十個だな」

「ん、ミスリルと宝石は金庫から出す。石材はあっち、木材はそこ、粘土はあそこの隅にある」

「わかった」

アイラが金庫を開けに行っている間に指示された場所にある石材や木材、粘土などをインベントリに収納していく。

「おお、消えたぞ」

「本当に魔力の流れがないんですね」

「やっぱりアイラさんの言う通り魔法ではなく奇跡の類、それに連なる現象ですか」

「不思議だ」

その光景を見ていた研究開発部の新メンバー達が驚きの声を上げる。ははは、この手の反応は何度聞いてもなんだか気分が高揚するな。

「持ってきた」

「おう、ありがとう。しかし、大丈夫なのか？　これだけで結構な金額だと思うが」

「元々コースケの採掘したものだから」

「ああ、なるほど」

キュービに拉致られる前に放出していった素材の備蓄分か。多分、魔力付与された素材は俺が帰ってきた時に備えて手配しておいてくれたんだな。

「ありがとう、アイラ」

「ん」

アイラが薄く頬を染めて笑みを浮かべる。俺はその頭をなでなでした。可愛い。

「もう、撫でるのは良いから早く試す」

子供のように扱われるのが少し嫌だったのか、アイラが頬を赤くしたままプンプンと怒る。

アイラが可愛くて生きるのが辛いが、アイラの好奇心を満たすためにも付与作業台をさっさと作るとしよう。

　インベントリから改良型作業台を取り出してこの場に設置し、付与作業台のクラフトを開始する。

作業にかかる時間は……二時間ッ！

「二時間かかるわ」

「がーん……出鼻を挫《くじ》かれた」

　アイラが大きな目を見開いてから残念そうな表情をする。うん、俺も残念だ。

「俺からもちょっと聞いてもらいたいことがあるんだが、良いか？　アイラだけでなく、皆にも意見を聞かせてもらいたいんだけど」

「ん、勿論」

「ええ、良いですよ」

「お役に立てるなら」

　皆さんも同意してくれたので、改良型作業台はここに放置してもう一度研究開発部の開発室へと移動する。

　開発室はかなり広い部屋だ。作業台があちこちに置かれ、中央には話し合いをするための大きなテーブルが置いてある。このテーブルでもちょっとした作業ができるようになっているようだ。

　皆が席に着いたのを確認し、俺は口を開いた。

「実はな、能力的に伸び悩んでいるんだ」

「伸び悩んでいる……？」

「うん。アイテムクリエイションという能力で色々と新しいものは作り出せるんだが、結局のところ、俺の能力のキモは作業台なんだよ。作業台を改良することによって加工できる材料が増えたり、より精密な物が作れるようになったり、同じものをより短時間で作れるようになったりするんだ」

「なるほど。つまり、基礎技術の向上が必要ということ」

「それも本人の腕、ということではなく機材面でのということですね」

「でも、それはなかなか難しいのではないですか？　加工技術の躍進というのは一朝一夕でできるものではないでしょう」

アイラや職人さん達が議論を交わし始める。うんうん、理解が早くて助かるなぁ。

「なんとなくだが、指針はあるんだよ。恐らく、強力な外部動力が必要なんじゃないかと思うんだ」

「外部動力？」

アイラが首を傾げる。研究開発部の職人達も今ひとつピンとこないようだ。

「まずはこいつを見て欲しい。これは初期の作業台だ」

そう言って俺はインベントリからアップグレードする前の普通の作業台を取り出し、設置してみせた。基本的には木製の作業台に道具箱や、加工品を固定するための万力などが取り付けられているだけのシンプルなものだ。

「そしてこっちが改良型作業台。言うなればレベル2の作業台だな」

そうして次に俺が取り出したのは作業台が持っていた要素に加えて足踏み式の旋盤《せんばん》がついた改良型の作業台だ。改良型作業台を作ることによって各種中間素材やアイテムの下降時間が飛躍的に短くなり、俺のクラフト能力は大幅に強化されたのだ。

「見ての通り、作業台と改良型作業台の大きな違いは旋盤だ。これは鍛冶職人とか木工職人なら扱ったことがあるか？」

「いいえ、無いですね。これはどういったものなので？」

「あー、俺もそんなに詳しくはないんだけどな。自分の使っているものなのにって感じなんだが」

軽くだが、旋盤でできることを解説する。つまりこれは回転する台に材料を固定し、それに刃物を押し付けることによって材料を切削加工するためのものなのだ。硬い金属なんかを切削加工してネジや筒を作ったり、穴を空けたりすることが出来ると思ってくれれば良い。

改良型作業台ではボルトアクションライフルなんかも作れてしまっているので、実のところ改良型作業台は旋盤だけでなくフライス盤とかその他の加工機械の要素も内包しているのかもしれないけど。

「ふーむ、なるほど。同じものを大量に作るのに向いているのですね」

「剣や槍を作るのには向かないが、魔道具の細かい部品なんかを作るのには重宝しそうだ」

「使い方次第では宝石の研磨にも使えそうですね」

鍛冶職人達は旋盤そのものにかなり興味を惹《ひ》かれたようである。それと彫金師さんは宝石職人も兼務しているようで、鍛冶職人と同じく興味津々のようだった。

「作業台の違いはわかった。それで、外部動力というのはどういうこと？」

「おお、話が逸れたな。見ての通り、今のこいつの動力は人力だ。これを人力じゃなく、魔法の力でどうにか出来ないかっていうのが俺の相談なんだよ」

「わざわざ魔法の力でやるの？」

アイラが首を傾げる。うん、人力でも出来るんだからわざわざ魔法動力にする意味が見いだせないんだな？　その疑問ももっともだ。でも、ちゃんと理由はあるんだ。

「人力だとどうしてもムラが出るだろ？　強く、早く踏みすぎたりする。すると回転にムラが出る。つまり品質にばらつきが出る。そこで魔法の力を使って一定の出力で加工機械を回せるようになれば？」

「……同じ品質のものがたくさん作れる？」

「そういうことだ。更に出力を可変式にすれば色々な加工がしやすくなるし、なんなら材料を切削用の刃に押し付ける力やタイミングも一定にできればなお良い」

「つまり、ゴーレムコアで出力を制御して、ゴーレムアームで加工する？」

アイラが首を傾げながら呟く。流石はアイラだ、理解が早い。

「そう、それだ。最終形は入力したデータに従って一から十までモノを作ってくれるようになれば最高だな」

「おいおい、それじゃ俺達職人の出番が無くなっちまうよ」

鍛冶職人が微妙な表情をする。うん、そうだよな。

「実際のところ、俺の発想はそういうものなんだ。俺のいた世界ではそういう機械が朝から晩まで自動で動いて大量のモノを作っていたんだ。勿論、そんな俺の世界にも職人って呼ばれるような凄腕の人達は活躍してたけどな」

どんなに機械化が進んでも高品質の一点物を作る職人はいたからな。ごく少数だけど。

「逆に言えば凄腕じゃねぇと生き残れねぇってことか……こいつは恐ろしいな」

「だよな。俺の力は正直言ってこの世界の職人さんに真正面から喧嘩売ってる力だから。でも、だからこそ力の振るい方には気をつけるつもりだ」

俺は別にこの世界の職人さん達を路頭に迷わせて駆逐したいわけじゃないからな。

「研究開発部で作り出したものの一部が厳重に管理されて持ち出し厳禁なのは、コースケが絡んでいるものがいろいろな意味で危険だから。それと、旋盤は後方拠点で既に魔法動力や水力動力のものが実用化されてる。そっちの研究成果を取り寄せればゴーレム技術と合わせて可変出力型の魔法動力を作ることは簡単にできると思う」

「そうか、じゃあ作ってもらっても良いか？　俺も協力するから」

「任せて」

アイラがコクリと頷く。よし、これでうまく行けば作業台がアップグレードできるな。後は付与作業台の出来上がりを待って……、鍛冶施設もアップグレードできないかな？　ゴーレム技術を使えばそっちも行けそうな気がするな……これもまた別にアイラに相談してみよう。

◆　◆　◆

部材を集めた俺達は早速開発を始めることにした。

「一定の速度でこの部分を回し続けられれば良いということだよな？」

「そういうことだな。今はこの踏み板の上下運動をクランクを介して回転運動にしている感じだ」

改良型作業台を眺めていた鍛冶職人が構造を精査して頷く。

「なら、方法は二つだな。この踏み板の上下運動をゴーレム式にして制御するか、こっちの直接的な動力になっている車輪のような部分をゴーレム式にするかだ」

「ゴーレムの制御という意味で言うなら踏み板の上下運動を制御するほうが楽。要はゴーレム式バリスタと同じ要領だから」

「ああ、つまり腕なり足なりをここにつければいいんだものな。連続稼働時間とかメンテナンス性、燃費なんかが問題だと思うが」

「単に上下運動させるだけなら燃費も部品の劣化も問題にならないと思う。どれくらいの強さにするかにもよるけど」

「ゴーレムアームで上下運動をさせるなら踏み板は要らないですね。直接ゴーレムアームでクランクを上下させれば良いですし」

「部品点数を少なくしたほうが故障も少なくなるな。ゴーレムアームを使うことを前提としてそもその設計を見直すか」

皆で意見を交換しあいながら新しい作業台の仕様を考えていく。その段階で参考にするために改良型作業台が分解される。まぁ、一つくらいなら良いだろう。作ろうと思えば割と簡単に作れるわけだし。

「長時間可動させるとなると、魔力の供給がキモだよな。俺には魔力なんて無いわけだし」

「ん、確かにコースケが使う上では問題がある。そこでこれが役に立つ」

そう言ってアイラがテーブルの上に置いたのは不揃いな形の透明な水晶のようなものだった。

「なんだ？　それ」

「これは魔力結晶。後方拠点の脈穴から無尽蔵に湧き出る魔力を精製して結晶化したもの。ついに生産が安定化して先週送られてきた」

「おお、あれか。そういえば前にそんなことをしてるって話してたよな」

確か他にも魔法金属の量産とか、魔法銃の作成なんかもしてるって言ってたっけ。そっちはどうったんだろうな？

「魔鉄とか魔鋼の量産とか、魔法銃の開発ってどうなったんだ？」

「魔法金属の量産化はまだ上手く行っていない」

「試作品ってのを見せてもらったがよ、まぁ良くはねぇな。確かに魔鉄、魔鋼にゃなってんだが同じ一つのインゴットの中にムラがありやがる。叩いて伸ばして均質化すりゃ使えるが、手間だな」

とても量産には向かねぇ、と言って鍛冶職人が首を横に振った。

「脈穴から汲み上げた魔力を均質化、安定化させてから金属に照射する必要があることがわかった。今はその実験中」

「なるほど。魔力や魔法はサッパリだが、そういうものなんだな」

「ん、そう。でも魔力結晶を作れるようになったから、実用化はすぐだと思う。魔力結晶を作るためには魔力を精製する必要がある。その技術が流用できるはず」

「なるほど。それで、魔力結晶っていうからにはこいつは高純度の魔力が結晶化したとかそういう感じのものってことだよな」

「そう。これを動力源として組み込めば良い」

「じゃあ新型のゴーレム作業台では空になった魔力結晶を交換できるように設計しなきゃな」

完全に機構の中に組み込んであって交換できないとかだと困る。俺が。

今までの作業台と違って稼働時間が限られることになるが、上位のクラフト台になると動力やそれを動かす燃料なんかが必要になるのもクラフトゲームではよくあることだ。妥当なところだと思う。

「直接魔力供給もできるようにしておけばコースケさん以外の人が使う場合には便利ですね」

「確かに。そうしておけば魔力結晶が無い時でも、魔力のある人が助けることによってコースケが作業台を使える。その機構も組み込む」

そういうわけで、新型のゴーレム作業台の仕様が決まった。

- 動力源は魔力。魔力の供給は魔力結晶か、魔力がある者による直接供給。
- ゴーレムアームでクランクシャフトを動かして動力を得る。部品点数は可能な限り減らす。
- 回転数をある程度切り替えられるようにする。
- 切削加工に用いる刃物は耐久性などを考慮して魔鋼かミスリルを使う。

「こんなところか」

「回転数を切り替えるとなると歯車も必要になるよな」

「部品の強度も必要になりますね」

「機構や部品の強度が保たないならそちらを単純化して丈夫にすればいい。ゴーレムの方を強化したり、制御を工夫したりした方が簡単に済む」

「それは確かに。色々と試してみるとするか」

皆であぁだこうだと議論をしながら設計図を引き始める。図があれば細かい部品を作るのは俺がすぐにできる。そう、アイテムクリエイションならね！

バラした改良型作業台を組み直し、設計図通りの細かい部品を俺が作って鍛冶職人や木工職人が組み上げる。そして錬金術師や魔道士達がバリスタ用のゴーレムアームとそのコアを改造して動力となるゴーレム機構をでっちあげる。その横で彫金師と錬金術師が魔法結晶を使ってゴーレムアームに魔力を供給する機構を作り上げていく。

途中で俺がインベントリから取り出したハンバーガーやホットドッグで昼食を済ませ、ワイワイガヤガヤとやりながら試作品を作り続けること半日。

「できた」

「試作品だけどな。要求は満たせているんじゃねぇか？」

「そうだな……そうだが、これはどうすれば良いんだろうか？」

確かに要求通りのゴーレム作業台は作ることが出来た。しかし、今まで俺が使ってきた改良型作業台は俺がクラフトした作業台のメニューを開いてアップグレードしたものだ。自分でイチから作ったものではない。

クラフト能力で作ったものだからか簡単にアクセスしてクラフトメニューを開くことが出来たのだが、目の前の試作型ゴーレム作業台にはアクセスしようとしてもアクセスすることができないのだ。

「コースケの能力でどうにかならない？」

「そうは言うがな……いや、待てよ？」

ふと思いついたことがあり、倉庫に放置していた方の改良型作業台で作っておいた付与作業台を持ってくる。

「これが魔力を付与した素材で作った付与作業台なんだが、こいつでゴーレムの動力機構を作って作業台をアップグレードすればいけるんじゃないだろうか」

「作れるの？」

「わからん。初めて使うし」

というわけで研究開発部の作業場の片隅に付与作業台を設置する。ぽん、と。

「おお、それっぽい」

設置されたのはいかにも魔法っぽい雰囲気のある作業台だった。複雑な文様と魔法陣のようなものが彫り込まれた台と、何やら光る水晶玉。そして台のあちこちに埋め込まれた色とりどりの宝石。

あー、これはあれだ。主人公が叫んで人を吹っ飛ばしたり街中を疾走したりする某大作ＲＰＧの付呪作業台に似た雰囲気だ。

　そんな益体もないことを考えながらアイラの方を振り返ると、久々に瞳から光が消えていた。ええ？　なんで？

「コースケ、なに、これ」

「え？　付与作業台だけど……何か変なのか？」

「魔力が湧いてる」

「ほほう、それは便利だな。魔力が全く無い俺の弱点を補ってくれると良いんだが」

　この作業台自体から魔力が湧くということは、この作業台そのものを魔力供給の動力源として使えたりはしないいんだろうか？　いや、わざわざそんなことをしなくてもこの作業台で無尽蔵に魔力を供給する動力炉（リアクター）なんかが作れたりするかもしれない。夢が広がるな！

「さーて、何が作れるのかなー、っと」

　俺と付与作業台を遠巻きにしてヒソヒソと何か話している錬金術師や魔道士の皆さんと、試作型ゴーレム作業台を使って何かしている職人の皆さんを放置して早速付与作業台にアクセスしてみる。

「んー？」

　どうやらアイテムクラフトの他にエンチャントという作業もできるようだ。まずはアイテムクラフトを試してみるか。

・魔力付与された石材――素材：石材×3

・魔力付与された木材——素材：木材×3
・魔力付与された粘土——素材：粘土×3
・魔鉄——素材：鉄×3
・魔鋼——素材：魔鉄×2
・ミスリル——素材：銀×5
・魔晶石——素材：魔石類×3
・魔煌石《まこう》——素材：宝石類×3　魔力結晶×5

「ふむ……？」

　地味だ。いや、俺には価値がわかりにくいから地味に見えるだけで、アイラにこの内容を伝えたら卒倒モノの可能性は十分にある。銀でミスリルが作れるのはヤバそうな雰囲気があるな。

「どんな感じ？」

「石材や木材、粘土などを材料に魔力付与された素材を作れるみたいだ。あと、鉄三個から魔鉄を一個、魔鉄を二個から魔鋼を一個作れるみたいだな」

「そう」

　アイラは驚かなかった。アイラの反応を見てそんなに変換効率は良くないのかな？　と思っていたのだが、後ろでヒソヒソと話していた錬金術師さんや魔道士さん達が凄い顔になっていた。

「それってどれくらいの時間でできるんです……？」

青肌黒白目な感じのいかにも『魔族』っぽい魔道士さんが恐る恐るという感じで聞いてくる。そうだな、作ってみるか。

「ええと……石材三個から魔力付与された石材を作るのにかかる時間が一個あたり八秒だな」

本来十秒なんだろうけど、熟練工スキルのおかげでクラフト時間が二割減ってるからね。

出来上がった魔力付与された石材を取り出して……危ねっ!? 予想よりでかかった。

「りょ、量はこれくらいみたいだ」

「え……? 今作ったんですか？ それ」

「うん、今作った」

ふと顔を上げて見ると、今話していた青肌で角と悪魔っぽい尻尾を持つ魔道士さんが白目を……いや黒目を剥《む》いていた。ちょっと怖い。

「え？ その量の魔化石材が八秒で……？」

「理不尽だ……なんでアイラさんは平然としているんですか」

「コースケのやることだから。なんとなく予想はついていた」

アイラが人間の錬金術師さんに聞かれてドヤ顔をする。

かつて理不尽コールを連発し、時によっては放心したりしていたアイラは俺と一緒に長く時間を過ごすことによってどうやら成長していたらしい。この程度では動じないようだ。

「あと、銀五個でミスリルが作れるらしい」

「「「……」」」

俺の言葉に全員が沈黙する。少し離れたところで試作型ゴーレム作業台をいじっていた職人の皆さんも俺の方に顔を向けて目を剥いている。

「銀ご――むぐぐ」

念のためもう一度言おうとしたら物凄い勢いでアイラに組み付かれ、錬金術師さんや魔道士さん達に口を塞がれた。

「コースケ、それ以上いけない。みんな、これは他言無用」

「はい」

「銀からミスリルを作れるとかちょっと何言ってるかわからないですね……本当なんですよね？」

口を塞がれていて声を出せないのでコクコクと頷いておく。

「コースケ、ミスリルの価値は同じ重さの銀に比べると約一五〇〇倍」

「せんごひゃくばい」

「コースケさんを手元に置くだけで人生左団扇《うちわ》ですね……」

「私も養ってもらおうかな……」

俺を取り押さえたり口を塞いだりしている人間の錬金術師さん（女性）や、青肌黒白目魔族の魔道士さん（こちらも女性）が怪しい視線を向けてくる。金どころかミスリルの卵を生むニワトリだものね、俺。

「申し訳ないけどこれ以上は無理。身体がもたない」

今だってシルフィにアイラ、ハーピィさん二十名弱にメルティだぞ。ハーピィさん達は元から一人の男性を中心にハーレムを作る性質があるからか、色々と弁《わきま》えてくれているから意外と負担は少ないんだけど、メルティがヤバいんだよ。アイラは身体も小さいし体力もそれなりだから大丈夫なんだけどね。

シルフィ？　シルフィは別枠です。

「今作れるのはこれだけだけど、アイテムクリエイションで作れるものは増えると思う……けどこれはアレだな。ゴーレムの動力機構を作れそうな感じではないな」

本当に素材に魔力を付与して変質させる用途の作業台みたいだ。

ゴーレムの動力機構に関しては材料を揃えれば普通に改良型作業台で作れるのかもしれないな。魔力付与作業台で色々と素材を作ってからアイテムクリエイションを試してみるのが良いか。

「あと、エンチャントって項目もあるんだ」

俺の言葉にアイラ達が身構える。いやいや、そんなに警戒するなって。そんなに酷いことにはならないと思うよ。多分。

「ははは、そう身構えるなって」

「身構えるなというのは無理」

「安心要素が一切ありません」

「今度は鉄の剣を魔剣にでもするのか？」

俺以外の全員が完全に身構えている。何かな？　拳法か何かの練習でも始めるのかな？　大丈夫だって、多分鉄の剣が魔剣――いや、何か特殊効果のついた剣になるだけだよ。きっと。

「ええと……どうやらエンチャントしたい物品と触媒になるものをセットしてエンチャントするみたいだな。エンチャントって言ったら付与とか付呪とかそんな意味だよな」

「一般的にはそう。どんなエンチャントが出来るの？」

「ええと……選べないな。何がエンチャントされるんだろうな？　選べる項目は無さそうだし、ランダムなんじゃないか」

「ランダム……」

「微妙ですね……」

「とにかくやってみるしかないだろう」

鍛冶職人さんの言葉に全員が頷き、エンチャントに使う素材や触媒を用意し始める。

「とりあえず妙なことになっても痛くないものを素材にすべきだろう」

そう言って鍛冶職人さんがどこかから用意してきたのは明らかに数打ちのなまくらと思われる鉄剣や粗末な槍などだ。出処を聞いてみると、どうやら南部平定の際に降伏した聖王国軍から鹵獲《ろかく》したものであるらしい。

聖王国の正規軍の装備にしては質がイマイチじゃないか？　と思ったら小さな村や街の防備に就いていた雇われ兵士（現地雇用）が装備していた二線級の品物であるようだ。正規軍はもう少しマシな装備であるとのこと。

「じゃあ素材はこれでいいとして、触媒だな」

「何が使えるの？」

「手持ちの素材で使えそうなのは魔力結晶とゴーレムコア、あとミスリルと魔鉄、魔鋼、ワイバーンの魔石、牙と爪、毒針、その他魔物素材に宝石ってところみたいだな」

「ワイバーンの……？　どこで手に入れたの？」

「ソレル山地で何匹か仕留めたんだ」

「あとで見せて」

「良いぞ。未解体の死骸もあるしな」

そんなやり取りをしながら付与作業台の素材欄に鉄剣をセットする。

「とりあえず素材は鉄剣で、触媒は何を使うかね？」

「魔力結晶。一番クセがない」

「わかった」

触媒スロットに魔力結晶を指定し、エンチャントを開始する。他の作業台と同じく、特に付与作業台の上に何かが出てきたりはしない。単にエンチャントメニューにエンチャント完了までのカウントダウンが表示されるだけである。

「三分かかるみたいだ」

「三分」

「鉄剣への付与作業がたったの三分……？」

アイラが光を無くした目で呟き、錬金術師さんが、訳がわからないという表情をする。本来はもっと時間がかかるんだね。その反応でわかったよ。

「そういえば宝石三個と魔力結晶五個でレアっぽい素材を作れるみたいなんだよな」

「レアっぽい素材？」

「うん。なんて読むんだろう、これ。作ってみるわ」

魔煌石ってなんて読むんだろうな？　まこうせき？　よくわからんが、宝石三つに魔力結晶を五つも使うとなるとかなりの高コストだ。きっと凄いものが出来るに違いない。

幸い、エンチャント中でもクラフトは出来るようなので魔煌石のクラフト予約をしておく。二十四分か。これはなかなか長いな？　本来は三十分ってことだよな。

「お、そうこうしているうちにエンチャントが出来上がったぞ」

「見せて」

出来上がってきたエンチャント済みの鉄剣を取り出して掲げ見る。見た目は特に変わっていないように見える。柄に魔力結晶が嵌《は》め込まれているとか、そういうことはないようだ。

「何も変わっていないように見えるな」

「ぜんぜん違う。こっちの台の上に置いて」

「おう？」

先程までゴーレム作業台の打ち合わせに使っていた大きなテーブルの上に鉄剣を置くと、アイラ達が鉄剣を囲んで盛んに議論を始めた。鍛冶職人さんが小さなハンマーで刀身をキンキンと叩いたりもしているようだ。

「全体にムラ無く均一に魔力が付与されている」

「こりゃ鉄じゃなくなってるな。魔鉄に変質してるぞ」

「魔力の流れがありますね……明らかに何かの魔法的効果が付与されていますよ、これ」

「完全に魔剣」

アイラの言葉が発されると同時に全員がぐりんっ、とこちらに顔を向けてくる。コワイ！

「コースケ、他にもどんどん試して」

「できれば同じものに同じ触媒であと二本、他にも同じ触媒を使ったものを三本ずつ作ってください」

「鉄じゃなく鋼の刀剣も素材にしてもう一組だな」

「ちょっと防具と魔力結晶の在庫も持ってきます」

アイラや錬金術師さんや魔道士さんや鍛冶職人さんが詰め寄ってくる。そして何人かが外に走っていった。素材をもっと用意するらしい。

「わかった、わかったから落ち着いてくれ。順番にやろう」

目がマジな皆さんを宥めつつ、俺はエンチャントメニューを再び開いた。

◆◆◆

「大体の傾向は掴めてきた」

テーブルの上にずらりと並べられたエンチャント済みの剣を眺めてアイラが頷く。それに同意するように研究開発部の面々も頷いた。

「素材がただの鉄、鋼の場合に魔結晶の類を使うと上位の魔鉄、魔鋼になる。素材の変質に魔力を多く使うのか、その場合は付与される魔法効果は弱くなる」

「そのようだな。付与される魔法効果はまちまちのようだけど」

アイラの発言に頷く。結局全部で二十ほど魔力結晶を使った付与をしてみたが、概ねそのような結果が出た。

魔法効果については本当にまちまちというか、安定しない。武器が軽くなったり、特定の種類の魔物に対する攻撃が強くなったり、武器自体の攻撃力が上がったりするようだ。

「最初から魔鉄や魔鋼でできている物品を素材とすれば素材の変質に魔力を消費しないからか、付与される魔法効果は向上する。また、通常の魔結晶ではなく属性付きの魔結晶である場合はその素材には魔法効果だけでなく属性が付与される」

「試行回数が少ないですが、そういう傾向のようですね」

魔道士さんが頷く。確かに魔鉄や魔鋼の武器は貴重だからか、三本しか用意できなかったものな。

ちなみに、魔法効果が強くなったというのはアイラ達が鑑定した結果と、俺がインベントリに入れて確認した結果の両方の情報を元にほぼ確定である。

例えば鋼の剣に魔力結晶を使ってエンチャントした場合は『魔鋼の剣＋1（斬撃強化Ⅰ）』になったのだが、魔鋼の剣に魔力結晶を使ってエンチャントした場合は『魔鋼の剣＋3（斬撃強化Ⅲ）』のようになった。

「触媒が魔力結晶の類でない場合、素材の変質は起きない。その代わり、触媒の性質にある程度沿った魔法効果が付与される」

「ワイバーンの毒針を使った場合、全て魔法毒の付与効果が付きましたね。牙や爪は貫通能力の向上や斬撃能力の向上など攻撃能力の向上につながることが多いようです」

「魔鉄や魔鋼を素材にした場合は素材の変質は起こらないが、頑丈になるようだな」

錬金術師さんと鍛冶職人さんが頷く。

「結論、コースケの付与作業台は魔剣の大量製造機。やろうと思えば全軍に攻撃能力増加の魔法付与がされた魔鉄や魔鋼の武具を配備できる」

「恐ろしいですね」

「無敵の軍隊だな」

「すまん、具体的にどれくらい凄いのか全然わからん」

ぶっちゃけて言うと鉄や鋼の武器と魔鉄や魔鋼の武器、そしてそれらに攻撃能力増加の付与がされた武器の性能差というものがよくわからない。

「例えば鉄や鋼の武器で同じ鉄や鋼の鎧を斬り裂いたり、刺し貫いたりするのは困難。達人が武器に魔力を込めてやっとなんとかなる」

「なるほど」

「それが魔鉄や魔鋼の武器となると、技術がなくてもちょっとした力自慢ならなんとかそれらを斬り裂き、刺し貫けるようになる。そんな武器に更に攻撃能力増加の魔法付与がされると素人でもそれができるようになる」

「ヤバいな」

「とてもヤバい。熟練の重装歩兵が普通の歩兵に武器や盾ごと鎧を斬り裂かれ、刺し貫かれる戦場になる」

対峙する敵としては悪夢のような事態だろうな。防具が防具として機能しなくなるなんて。

「この付与作業台は防具にも付与が出来るからな。防御面でも同じようなことが起きるぞ」

「全身を魔法付与された魔鉄とか魔鋼の装備で身を包んだ重装歩兵とかどう止めるんだ？　下手したら奴らの十八番も効かんぞ」

「合唱魔法か……いけるかもしれないな」

合唱魔法……確か聖王国軍の魔道士部隊が使う切り札みたいなやつだっけ。メリナード王国は大層苦しめられたと聞くけど、実際にこの目で見たことはないんだよな。多分広域破壊魔法みたいなのを何人かで使うんだろうけど。

「これは姫殿下に報告しておくべきだと思う。今晩にでも私から報告しておく」

「お願いしますね」

「頼んだぞ」

アイラの発言に研究開発部の面々が頷いた。皆の前ではシルフィと呼ばずに姫殿下と呼ぶことにしているらしい。アイラはオンオフをしっかりするタイプなんだな。

「そうだ、レアっぽい素材ができたみたいだぞ」

俺はそう言って魔煌石をインベントリから取り出した。本当はもっと前に出来てたんだけど、皆エンチャント武器の検分とかテストに忙しかったみたいだからタイミングを見計らっていたのだ。

「おお、めっちゃ光ってるなこれ。明かりに使えそう」

インベントリから取り出した魔煌石は美しい光を放っていた。光を受けて反射しているのではなく、自ら光を発しているのだ。素材にした宝石がトパーズだったからか、色はややオレンジがかった黄色。自ら光を発するその姿はまるで小さな太陽のようだ。

「コースケ、なに、それ」

「まこうせき？　かな。宝石三つと魔力結晶五つで作れるレアっぽい素材。ほら、さっき言ってただろ？」

アイラに手渡そうとすると、彼女は何かに怯えるかのように一歩後退った。なんじゃ？

「どうした？」

「コースケ、魔煌石って言った？」

「多分そう。読み方はやっぱまこうせきでいいんだな」

「それ、魔煌石なの？」

「そうだぞ。多分」

俺が頷くと、アイラの瞳が俺の手にある魔煌石に釘付けになる。他の研究開発部の面々もそれは同様で、特に人間の錬金術師さんの目がヤバい。カッと見開かれて血走ってる。青肌黒白目の魔族っぽい魔道士さんも同じように目を見開いているけど、血走ってるかどうかがわからないぶん幾分マイルド。他の人達は……なんか悟ったような表情になってますね。涅槃《ねはん》に至ったのかな？

「コースケ、魔煌石というのはミスリルの宝石版」

「ほう？」

「つまり、物凄く高価。小指の爪の先ほどの欠片でもとんでもない値段。屋敷が建つ」

「……つまりこれはとてもヤバいブツだと？」

「価格的には国でも買えそうなくらい。その大きさの魔煌石を買える人は実質、この世界のどこにもいないと思う」

「見なかったことにしてくれ」

「うん」

　こんな危険物はしまっちゃおうね。インベントリにポイだ。部屋の中の何人かが凄く残念そうな顔をしていたが、見なかったことにしよう。

「とはいえ、折角作ったんだから有効活用はしないとな。魔煌石ってのは何かを作る素材としてはどうなんだ？」

「加工方法によって色々と使える。魔力を増幅したり、大量に溜め込んだりという用途に使われることが多い。さっき言った小指の爪の先くらいの大きさのものでも私五人分くらいの魔力を溜め込める。魔力の増幅に使う場合は概ね一の魔力を五から六くらいに増やせる」

「めっちゃすごくね？」

「めっちゃすごい。だから高い。そして錬金術師や魔道士にとっては垂涎の的」

　ジーっとアイラが俺を見つめてくる。ついでにいつの間にか俺の傍まで寄ってきていた他の錬金術師さんや魔道士さん達も俺の顔をじーっと見つめてくる。この部屋には魔道士が四名、錬金術師が四名いる。八人に取り囲まれるのは流石に怖……九人いる？

「研磨……さっきの綺麗な石を研磨したい……」

目を血走らせた彫金師さん（男性）が俺を取り囲む女性の魔道士・錬金術師さん達の輪の外から熱視線を送ってきていた。超怖い。

「まぁ待て、落ち着きたまえ、君達。いいかね？　さっきも言ったように魔煌石は作れる。俺ならね。宝石三つに魔力結晶五つでさっきのサイズのが。いくらでもだ。つまり、材料さえあれば全員に……そう、研究用の素材として貸与することは可能だ。そうだよな？　アイラ」

「……コースケが関わるとなれば予算や部材の手配に関しては融通がきく。魔力結晶は後方から送られてくるのを待つ必要があるけれど、宝石に関しては在庫もあるし、購入するという手もある。それに適切な場所さえあればコースケなら採掘すら可能。魔煌石も必要分が揃えられれば研究用に配備することは可能だと思う」

少し考えた後、アイラがそう言ってコクリと頷いた。俺を取り囲んでいた皆様の目に光が戻り、俺を取り囲んでいた重圧が一気に霧散していく。良かった、不幸になる俺はこの世界にはいなかったんだ。

「よしよし、じゃあ皆で魔煌石を有効活用する方法を探そうじゃないか」

巨大な容量のバッテリーにも増幅器にもなる新素材か……夢が広がるな！

◆　◆　◆

「なるほど、それで今日はずっと研究開発部にいたのか」

「うん、ずっと一緒だった。相変わらずコースケには常識というものが通じない」

「銀からミスリル、宝石と魔力結晶から魔煌石ですか……壊れますね、経済が」

「うまくやれば解放軍は今後資金に一切困らなくなるな」

　研究開発部で一日を過ごしたその夜、俺達は皆で集まって夕食を取っていた。面子は俺とシルフィ、アイラにメルティ、それにハーピィさん達である。各地での哨戒任務や偵察任務に就いているハーピィさん達もいるので、流石に全員とはいかなかったが。

「綺麗やねー」

「ムード感あって照明に最適……」

「きらきらピカピカしたものが好きなのは半ばハーピィ種の習性みたいなものだよね」

「これ一つが国一つ買える価値があると考えるとちょっと落ち着きませんけれど……」

　俺達が食事を取る大きな食卓の中央に鎮座するもの。それは三本ほどの銀色の燭台であった。問題は、その燭台で光を放っているのが蝋燭《ろうそく》などではなく色とりどりの光を放つ魔煌石だというところだろうか。

「知らなければただの明かりの魔道具に見える」

「事実は国一つを購入することができそうな大きさと量の魔煌石ですけどね。物凄い成金趣味な照明ですよね、これ」

「市場価格はともかく、材料費で見れば俺からすると無料に近い代物だからなぁ」

材料となる宝石は然るべき岩場で俺が採掘をすればポロポロと手に入るし、魔力結晶も今後は定期的に、いくらでも手に入る予定だ。そりゃ魔力結晶の抽出装置を作るのにはそれなりにコストがかかったのだろうから無料とはいかないだろうけど。

「コースケは物の価値というものがわかっていない」

「見たことのないもので、しかも作ろうと思えばいくらでも自分で作れると思うとなぁ。そういう意味ではこの世界の常識というものを知らない俺ならではの対応なんだろうな」

「そうかもしれないが……それにしてもこの銀の燭台は一体どういう意図なんだ？」

「あ、それな。銀じゃなくてミスリルの燭台なんだ」

「……頭が痛くなってきた」

シルフィがスプーンを片手に眉間に寄った皺を揉み始める。まぁまぁ、俺には俺の考えがあるんだよ。

「こんな代物を用意したのは慣れてもらうためだ」

「慣れる？　何にですか？」

「ミスリルと魔煌石に。流石にその大きさの魔煌石は使わないけど、皆にミスリルと魔煌石を使ったアクセサリを贈る予定だから」

俺の言葉に全員が息を呑《の》む。

気持ちはわからなくもない。俺だって屋敷が建つレベルの装飾品を贈るからと言われたら正直ビビる。というか多分引く。あまりに高価すぎて普段使いするのは絶対に無理だろう。

「アイラに協力してもらってな、身を護る効果か魔力タンクとしての効果を持たせたいと思ってる。正直、俺は戦いの時に皆の隣に立って守れるほど強くないからな。でも、身を護るためのものは作れる」

魔力を増幅し、蓄えるという魔煌石の特性を聞いて思い浮かんだ発想は色々あるのだが、そのうちの一つが皆の身を守るためのアクセサリだ。指輪でも、ペンダントでも、腕輪でもなんでもいい。

魔法のバリア的なものを展開するのでもいいし、単に魔力を増幅するアンプのようなものでもいい。大量の魔力を蓄えておいて、いざという時にそこから魔力を引き出せる魔力タンクでもいいだろう。どれにしたってシルフィやアイラ、ハーピィさん達やメルティの身を護るには有用なはずだ。

「この世界的には物凄く高価な装飾品ってことになるだろうけど、それより何より皆の身の安全のほうが大事なんだ。いざとなれば使い潰したっていい。何度だって作ってやる。だから、作って渡すものはできるだけ身につけて欲しい」

「それで慣れてもらうっていうことですか、これで」

「そんな感じ。まぁ、俺にとってはこういうお遊びに使えてしまうものだっていうことをわかってもらうためだな。だから、遠慮せずに俺がアクセサリを贈ったら身につけて欲しい」

「……わかった。それがコースケの望むことなら。皆も、良いな？」

シルフィの言葉に全員が頷く。

「魔煌石とミスリルを使ったアクセサリですか……コースケさん、その」

「うん、それとは別に例のものは作ってもらおうな」

「はい」

メルティがとても幸せそうな笑みを浮かべる。その様子を見たシルフィやアイラが怪訝《けげん》な評定をした。

「何の話だ？」

「コースケさんが掘った宝石でアクセサリを作ってくれるって約束をしてたんです」

そう言ってメルティが俺が研磨した宝石を懐から取り出してニコニコと笑う。シルフィとアイラの視線が俺に向いた。

「魔煌石とミスリルのアクセサリに慣れる前に普通の宝石のアクセサリに慣れるべきだよな」

「そうだな」

「うん」

「勿論みんなの分もあるぞ。さぁ、好きな宝石を選んでくれ」

俺はテーブルの上にこの間掘った宝石の原石を全て放出する。ハーピィさん達を含めても十分に行き渡るだけの数があるからな。これだけあれば問題あるまい。

「色々ある」

「研磨される前でも綺麗なものだな……」

アイラとシルフィだけでなく、ハーピィさん達も目を輝かせて宝石の原石を物色し始めた。やっぱり女性は宝石が大好きだな。俺も嫌いじゃないけど。

「私達は首飾りかアンクレットかな？」

「耳飾りでもいいかも？」

「私達、腕も指もないからねー」

ハーピィさん達は早速どんなアクセサリが良いかと話し合っている。うん、あとで皆の希望を聞くとしよう。

その夜はアクセサリを贈ることに対するお返しなのか報酬の前払いなのか、皆さんのサービスがいつもより激しかったことをここにご報告いたします。干からびるかと思った。

◆◆◆

「さて、グランデよ」

魔煌石を作れるようになって数日後の朝。俺はグランデに朝食の特大テリヤキバーガーを出しつつ声をかけた。

「なんじゃ？」

早速一つ目にかぶりつきながらグランデが大きな頭を傾げて見せる。うん、顔が凶悪だけどその仕草は可愛い。凶悪な見た目で可愛らしい仕草をするとギャップが凄いせいか妙に可愛く見える時がある。

「今日からは働いてもらうことになる」

「うむ、そうじゃな。これを食ったら久々に山に戻ってワイバーンでも狩ってくるかの」

「いや、それには及ばない」

俺の言葉にグランデがもう一度首を傾げる。

「働かなくて良いのか？」

「いや、そうじゃないんだ。グランデ、お前の血を分けて欲しい」

「ふむ……？　妾は痛いのは嫌なんじゃが？」

「できるだけ痛くないようにするし、傷はすぐに塞ぐから。血を分けてくれ」

俺の懇願にグランデは返事をせず、考えるような仕草をしながら特大テリヤキバーガーをもぐもぐした。

「目的によるの。恐らく妾の血で薬か何かを作りたいんじゃろうが、妾とてそう何度も何度も血を取られるのは嫌じゃぞ。痛いとかそういうの以前に、気持ち悪いし」

「わかる。自分の血を取られてそれを薬にされるのはあまり気分の良くないことだよな。俺だってグランデの立場だったら正直あまり歓迎したいことじゃない」

同意をちゃんと得る分、蚊だのダニだのノミだの吸血ヒルだのよりはマシだろうが、自分の身体や血液を糧とするような対象に好意を抱けないのは生物としての本能のようなものだろう。

「俺と一緒にここに運んでもらった女性がいただろう。メルティって言うんだが」

「あの魔神種か」

グランデはメルティとの出会いのことを思い出したのか、喉の奥でグルルと唸った。グランデはメルティが苦手だものな。

「うん、彼女だ。彼女はな、人間の国に囚われた俺を助けるために自分の角を切り落としたんだよ。人間に紛れるために」

「ほぉ、そりゃ剛毅《ごうき》なことじゃの。つがいのオスを助けるために自分の角を切り落とすとは。見上げた根性じゃ」

「そうだろう。だが、俺はそんな彼女の角をどうにかしてやりたいんだ」

「なるほど、それで妾の血か」

「そうなんだ。頼めるか?」

グランデは俺の言葉に頷いてくれた。

「良いじゃろう。しかし、そう何度も頼られても困るぞ?」

「もちろんだ」

「うむ。ではこれを食い終わったら早速やるとしよう」

「ああ、採血が終わったら蜜酒の大樽を出すよ」

採血前に蜜酒を飲んで血液に酒の成分が混ざったらアレだしな。いや、ドラゴンならなんてこと無いのかも知れないし、そもそも飲んですぐに影響が出るものとは限らないけど気分的にね?

「大樽とな?」

「いつものやつよりでかいやつだ。俺が四人くらい入れる大きさの」

「それは楽しみじゃのう！」

本当に楽しみであるらしく、グランデの尻尾がビッタンビッタンと地面を叩き始める。揺れる揺れる。というかその尻尾の下に粉砕したいものでも置いておけば作業が捗《はかど》りそうだな。今度道路舗装用の砕石作業でもさせてみるかな。

程なくしてグランデが食事を終えたので、採血作業をすることにする。

「さて、どうやって採血するかな。人間なら指の先でもちょっと切れば良いんだが」

「指の間とか爪の隙間とかは嫌じゃぞ。痛いから」

「拷問じゃないんだからそんなことしないって」

流石にドラゴンサイズの注射器なんてないしな。というか、ドラゴンの鱗と皮に阻まれて普通の注射器じゃ刺さりそうもないけど。

「こいつで腕に傷をつけるか」

「ミスリルか？　それなら鱗も皮も貫けるかもしれんの」

俺が取り出した剣を見てグランデが頷く。これは前に俺用にと作ったミスリル製のショートソードである。さらわれる前に作っていたものを先日回収したものだ。

今まで全く使う機会が無かったが、最初に使う用途がグランデからの採血とは……まぁ、俺がこんなものを振るって戦うような状況はもうほぼ詰んでるような状況だろうし、インベントリの中で死蔵される結果になっていたのは妥当といえば妥当か。

「深く突き刺すんじゃなくて、薄く傷つける感じで斬るぞ」

「うむ。鱗は頑丈だし、皮も厚いからやるなら思い切りやるのじゃぞ。何度も斬りつけられるほうが痛いし怖いから」

「わかった」

と言っても、俺は剣なんてまともに扱えないんだよな。まぁ、武器を右手に持って左クリックを意識すれば自然に身体が動いてくれるからな。コマンドアクションの導きに任せるとしよう。

何度か左クリックを意識して素振りをし、感覚に慣れたところでグランデに声をかける。

「よし、行くぞ」

「うむ。こい」

左クリックを意識し、身体が自然に動くに任せてグランデの前脚、というか腕を斬りつける。物凄い手応えだったが、やはり硬い鱗と分厚い皮に守られているせいかさほど大きな切り傷にはならなかったようだ。

しかし、大きくないと言っても傷は傷。次第に血が流れ出してくる。

「……いたい」

「ごめんな。血を取ったらすぐに治してやるから我慢してくれ」

「……うん」

今にも泣きそうなグランデの声に物凄い罪悪感を感じる。あまり痛いのを長引かせてもかわいそうなので、流れ出てくる血を手早くガラス容器に採取して蓋をしていく。最終的に五百ミリリットルの容器を三つほど満杯にしたところで採血を終えてグランデの傷にライフポーションをぶっかけた。

みるみるうちにグランデの傷が塞がっていき、すぐに傷跡が見えなくなる。ついでに傷をつけた際に一緒に切れてしまった鱗も拾い集めておいた。

「いたくなくなった」

「うん、薬で治したんだ。ありがとうな、グランデ」

「うん」

傷跡を確認するために寄せてきたグランデの顔を撫でてやる。長い舌でペロペロと傷跡を舐めて確認を終えたのか、グランデは恐る恐るといった感じで右腕を動かし始めた。

「大丈夫みたい」

「俺が言うのもなんだが、良かった。グランデ、ありがとうな。今晩は痛い思いをさせたお詫びにデザートもつけてやるから楽しみにしてろよ」

「でざーと？」

「ああ、甘くて美味しいやつを用意しておくよ」

「たのしみにしてる」

グランデの尻尾がベシベシと地面を叩き始めた。機嫌が直ってきたようだ。

「じゃあ、約束の蜜酒の大樽だ。今日はこれを飲んでゆっくりしていてくれ」

「わかった」

食事台の上に蜜酒の入った大樽を置き、グランデに別れを告げて俺は研究開発部へと足を向けた。

メルティに使う再生薬を作ってもらわないとな。もしかしたら俺の調合台のレシピも増えるかもしれない。グランデに痛い思いをして出してもらった血は貴重品だ。決して無駄にしないようにしよう。

◆　◆　◆

「これっ、これっ！　あのドラゴンの生き血ですか⁉　生き血ですよね⁉」

「これっ、これはアレだよな⁉　あのドラゴンの鱗の破片だよな⁉」

グランデから分けてもらった血と鱗の欠片を研究開発部に持って帰ったら薬師さんと鍛冶師さんのテンションがヤバかった。昨日のミスリル＆魔煌石ショックは薬師と鍛冶師には関係なかったからね……いや、ミスリルは鍛冶師さんにも響いてたけど。

「コースケが帰ってきてから研究開発部は大忙し」

「やることがあるのは良いことじゃないか……生き血一本は薬師で研究用に使ってくれ。破片も好きにしてくれていいぞ」

「「「イィィヤッホォーウ！」」」

薬師二名と鍛冶師三名が小躍りしながらテーブルの上の素材を掻っ攫っていく。薬師さん大丈夫？　イエー！　ドラゴンの生き血イエー！　みたいな感じで転けて生き血の瓶落として割ったりしない？　補填はしないよ？

「もう一本は錬金術師と魔道士で使ってくれ。というか、この生き血でメルティの角を治す薬を作って欲しいんだよね」

「うん、そうだと思っていた」

俺の言葉にアイラはわかっていたとでも言うように即座に頷いた。

「最初からこれを狙っていた？　コースケ、竜の血が再生薬の材料になることをどうして知っていたの？」

「いや、仲良くなったのは自然の流れ。ドラゴンの血が強力な回復効果を持つ薬になるんじゃないかと思ったのは……まぁ、俺の元いた世界の架空のお話ではそういう強い薬の材料になるって描写が多かったからだな」

「不思議。コースケの世界にはドラゴンはいないはず」

アイラには寝物語として元の世界の話を結構聞かせている。向こうの科学技術で作られた色々な道具の話や、向こうの世界の神話、昔話、この世界の動植物や生き物との類似点、空想や幻想にしか存在しない生き物達の話。

ドラゴンの話はアイラと俺が関係を持って割とすぐの頃に話した覚えがある。

「不思議だよな。意外と俺の世界とこの世界は薄皮一枚を隔てた向こう側なのかもしれない」

たまに俺のように何かの拍子にあちらからこちらへ、こちらからあちらへ紛れ込んでしまう生き物がいるのかもしれないな。それが元になって世界各地の不思議な伝承や神話が作られたのかも。

「とにかく、再生薬の件は任せて。ドラゴンの新鮮な生き血があるなら作業そのものは難しくない。必要な素材は全て揃っている」

実にご都合主義な展開だが、よくよく聞いてみれば自然な理由だった。元々交通の要衝であるアーリヒブルグは即ち南部における交易の一大拠点でもあるのだ。当然、南部の各地から色々なものがこのアーリヒブルグに集中する。つまり、資金さえあれば割と何でも揃う環境なのだ。

そして、解放軍は新技術の研究開発にかなり力を入れている。そこには俺という存在の影響が大きいんだろうな。俺が持ち込んだクロスボウや爆弾、ボルトアクションライフル、それに俺とこの世界の技術者が協力して作り上げたゴーレム通信機に、ゴーレム式のバリスタ。数の少ない解放軍の武力を支えているのはそういった新技術だ。

それがわかっているだけに、シルフィもメルティも研究開発事業に潤沢な資金を回しているのだろう。幸い、資金に関しては俺が採掘したミスリルや宝石類に加え、異常な速度で収穫することができる畑から生産され続ける作物がある。俺が普通の地面を単に耕しただけの畑でも二週間で作物が収穫できるのだ。一ヶ月に二回である。そりゃ資金も潤沢だろう。

「もう一本はどうするの？」

「俺の研究用。俺も何か作れるかもしれないし」

そう言って俺は調合台を取り出し、レシピを確認する。
・蒸留水――素材：飲料水×2
・スモールライフポーション――素材：薬草類×1　飲料水×1
・ライフポーション――素材：薬草類×3　蒸留水×1

・ハイライフポーション――素材：薬草類×5　蒸留水×1　アルコール×1
・マジックポーション――素材：薬草類×3　蒸留水×1　アルコール×1　魔力結晶類×1
・ポイズンポーション――素材：毒草類×1　蒸留水×1
・ハイポイズンポーション――素材：毒草類×3　蒸留水×1　アルコール×1
・キュアポイズンポーション――素材：薬草類×1　毒草類×1　アルコール×1
・キュアディジーズポーション――素材：薬草類×5　毒草類×2　蒸留水×1　アルコール×2
・リジェネレートポーション――素材：ハイライフポーション×3　キュアディジーズポーション×1　竜の血×1
・アルコール――素材：酒×1
・硝石――素材：厩肥《きゅうひ》類×1　灰×1
・火薬――素材：硝石×1　硫黄×1　木炭×1
・火薬――素材：硝石×1　アルコール×1　繊維×1

「あ、なんか俺も再生薬っぽいの作れそう」

「……うん」

アイラがわかってた、とでも言いたげな瞳を俺に向けてくる。そんな目で見られてもですね……？

これは竜の血があるから登録されたのか、それとも竜の血から『そういうのが作れないかなー？』と考えた時にアイテムクリエイションされたのかわからんな。ともあれ作ってみるか。

「はい、クラフト開始ー。えーと、二十四分？　結構長いな」

「再生薬、作るのに徹夜で三日かかる」

「……」

「三日かかる」

「そんな顔で言われても！」

アイラがどろりと濁った瞳で俺を見上げてくる。クラフト時間についてはもう仕方ないじゃないか。俺が決めたことじゃないし！

「でもほら、出来上がってくるのが俺の望むものかどうかは……いや俺の望むものの可能性が高いけど。でもアイラ達の知っている再生薬とは別物かもしれないじゃないか」

もしこのリジェネレートポーションがアイテムクリエイションで出現したレシピだというのなら、俺の願望を忠実に汲んでいる可能性が非常に高い。それは実際に及ぼす効果として、この世界で一般的に知られている再生薬とは別物である可能性がある。

「とにかく、一本だけでなく作れるだけ作って。実験しなきゃ怖くて使えない」

「はい」

大量生産者スキルの影響で十個作ると一個分コストが浮くから、一度クラフトをキャンセルして材料となるハイライフポーションの数を揃えてから再度クラフトを開始する。こうすることによって九個分のコストで十個のアイテムが作れるわけだ。クラフト時間も十倍だけど。

「これで四時間後に十個できるな」

「ん、実験動物を集めておく」

「実験動物……」

実験、実験か……再生薬の実験ってことは、実験動物の四肢とかを切り落として再生するんだよな……いや、動物実験は重要だよな。うん。でもできればその場には居合わせたくないな！

爆発物や銃、クロスボウでいいだけ聖王国軍をぶっ殺しておいて今更なんだと思わないでもないが、できれば見たくはない。それが人情というものではなかろうか。

「いきなり人に飲ませる訳にはいかない」

「うん、わかってる。絶対に必要なことだよな」

アイラが頷く。そうだよな。この辺りのことについてはまだ黒き森にいた頃にアイラに耳にタコができるほどよく言われたことだ。俺だってもちろん覚えている。

「ドラゴンの血はこれで良いとして……次は魔煌石だな」

昨日のうちに大量生産……とまでは言わないが、ある程度量産しておいた魔煌石をインベントリから取り出してテーブルの上に並べる。その数、二十三個。これを全部使って破壊兵器を作ったら聖王国を滅ぼせるんじゃないだろうか？　いや、そんなことはしないしさせないけれども。

切り札として開発を進めるか……？　いや、ダメだな。俺の能力は破壊する方向でなく、創造する方向にウェイトを置いて使っていくべきだ。破壊と殺戮《さつりく》の果てにハッピーエンドが訪れる展開なんてあまり想像できない。

強い力だからこそ、発展と繁栄に使うべきだな。

「コースケは何をするの？」

「魔煌石を付与作業台で使ってみようかと」

「……何に？」

「さしあたってミスリルのツルハシかな？」

俺が使うもので使用頻度の高いものといえばツルハシ、シャベル、伐採斧、クワである。武器はそれに比べると使用頻度は相当落ちる。ぶっちゃけ、俺が自身で戦うことなんてそうそうない。この前のメルティとの旅では戦ったけども。

「なんでツルハシ……？」

「いやぁ、戦闘力の低い俺が魔法の武器を持っても仕方ないだろ？」

「コースケ、ソレル山地を怪我一つなく突っ切ってきてドラゴンを従える人を戦闘力が低いと言うのは無理がある」

「いや、強いのは俺じゃなくて武器だし」

あんなもんアサルトライフルを構えて撃てるなら誰だって撃退できるさ。でもまぁ、ある程度冷静さを保って対処するのは意外と難しいのかも知れないな。俺の場合はコマンドアクションで身体が正確無比に動いてくれるから難しくないけど。

「とは言えだな、俺が先陣をきって戦いの場に出ることなんてまずないだろう？　そんな俺が高度な付与をされた強力な魔法の武器なんて持っていても仕方がないじゃないか。それなら日常的に使う採取道具に有用な付与をした方が百倍マシだろう」

どうせそんな武器を作ってもインベントリの肥やしになるのが関の山だ。作るにしても、完全に趣味的な品になるだろう。まぁ、採取作業だって安全というわけではない。使い勝手の良い武器に付与をしておくのは無駄ではないと思う。

あ、でも銃に弾数無限のエンチャントがつかないかは実験してみたいな。アサルトライフルとかライトマシンガンあたりに弾数無限がついたら最強……いや、銃身が加熱してすぐにダメになるか。でもやってみる価値はあるよな。付与される効果が弾数無限でなくとも例えば自動修復とか耐久強化とかでも有用なわけだし。

「うん……でも、ツルハシに魔煌石……」

アイラは俺の言葉に理屈では納得したようだが、感情的には納得出来ないらしい。それはなんとなくわからないでもないが、スルーしてくれ。

「というわけで、さぁやってみよう」

付与作業台のエンチャント欄にミスリル製のツルハシと魔煌石をセットし、エンチャントを開始する。作業時間は変わらず三分。これはスキルに影響されず一定なのだろうか？

そんなことを感じながら待つこと三分。アイラも横で俺の動静を見守る中、ミスリルのツルハシのエンチャントが完了した。

「できたぞ」

付与作業台から付与の完了したミスリルのツルハシを取り出す。

「なんだか凄い魔力が……」

「ええと、なになに？」

・ミスリルのツルハシ＋9（自動修復、効率強化Ⅲ、幸運Ⅲ）

「どうなったの？」

「＋9だってさ。自動修復、効率強化Ⅲ、それに幸運Ⅲってなってるな」

エンチャントされる効果というものはランダムなのだが、ある程度素材となるアイテムの用途に即したものが付くということは実験の結果わかっている。例えば、剣だと斬撃強化がつく可能性が高く、次に刺突強化が付く可能性が高い。稀に打撃強化が付くことがある。それに対して槍は刺突強化が付くことが多く、次に打撃強化。斬撃強化が付くことはあまりないといった具合だ。

ただ、今回実験に使った槍に関しては一般的な短槍ばかりだったので、数を揃えて組織的に運用する長槍の場合は刺突よりも打撃強化が優先して付く可能性も高い。ザミル女史の流星みたいな斬撃も重視している槍だったら斬撃強化が付きそうな気がするし、斬ることよりも打撃力を重視した造りの剣なら打撃強化が付きやすくなるかもしれない。

この辺りはもっと色々やってみないとわからんね。

「幸運はどういう効果？」

「わからん。採掘量が上がるか、レアな素材の採掘率が高くなるかのどっちかじゃないかね」

自動修復と効率強化ってのはなんとなくわかるけどな。幸運はマジでわからんね。

「シャベルと斧もやってみるか」

「ん、思う通りにやってみるといい」

アイラの許可ももらったので、早速俺の手持ちの採集道具を付与作業台に突っ込んでエンチャント予約を入れていく。さぁ、どうなるかね？

◆◆◆

「これはひどい」

「たしかにこれはひどい」

目の前に広がるのは広大な耕地。正確に測っていないからどれくらい広いのかはわからないが、多分横幅二十メートル、奥行き五十メートルくらいは耕されていると思う。

「は、畑が……？」

「え？　一振りで？　え……？」

後ろで俺とアイラの様子を窺っていた農民の方々が唖然とした声を上げている。うん、わかる。

「小石とか岩とか低木とかその他諸々はどこへ……？」

多分全部耕されたんじゃないかな。

「前はもっと小さかった」

「範囲拡大のエンチャントが入ったからだろうなぁ」

そう言って俺は燦然《さんぜん》と光り輝くミスリル製のクワに目を向けた。

・ミスリルのクワ＋９（自動修復、効率強化Ⅲ、範囲強化Ⅲ）

どうも魔煌石を使って採取道具にエンチャントをすると自動修復と効率強化が必ずつくようである。三つ目の効果には若干振れ幅があるようだが、数を作って試すわけにもいかない。いや、試そうと思えば試せるんだけれどもね？　ミスリルも作れるようになったわけだし。

でも、作ったところで誰が使うのかっていうね。俺じゃないとこんな使い方はできない……いや、待てよ？　エンチャント効果に関して言えば、別に俺でなくても効果はあるはずだよな？

「アイラ、このクワをちょっと使ってみてくれるか？」

「？　いいけど、私は素人。コースケのような力もない」

「うん。でもほら、エンチャントの効果は俺でなくてもあるはずじゃないか。この場合、効率強化や範囲拡大がどう作用するのか興味が出てな」

「確かに。やってみる」

俺の言葉にアイラが素直に頷き、俺の手からクワを受け取ってまだ耕されていない地面に向かって振りかぶる。

「んっ」

サクッ、という軽い音と共にだいたい一メートル×一メートルくらいの範囲の土が耕された。小石もろとも。少し大きめの石はそのまま残っているようだ。

「すごい。私にも効果がある」

「この土、俺が耕した土と比べると生育速度とかどうなってるんだろうな？」

「実験する価値はある。もう少し耕す」

クワを振るって俺と同じような不思議現象を起こすことが出来たのが嬉しかったのか、アイラが興奮した様子でクワをブンブンと振り始める。耕すうちに楽しくなってきたらしい。その気持ち、よくわかるぞ。

最終的に小一時間ほどで俺が一振りで耕したのと同じくらいの面積を耕したアイラはクワを支えにぜーはーと荒い息を吐いていた。

「はぁ……はぁ……労働は大変」

「よく頑張った」

そう言って俺は持続的にスタミナを回復するという魔法薬をインベントリから取り出し、アイラに手渡した。水だと思って飲んだアイラがあまり美味しくない薬の味に驚いて口の中身を噴射するという事故があったが、薬の内容に気がついたのか恨めしそうな顔で俺を見ながらなんとか中身を飲み干す。

「ほい、口直し」

「先にこっちが欲しかった」

「アイラのことを思っての処置だ」

アイラの耕した畑から大きめの石などを取り除いている農民の方々の作業を見守りながら暫し休憩する。俺は疲れてないけどね。クワを一振りしただけだし。

「この畑で適当な作物を育てて、生育の速度などを報告して欲しい。報告は総務の研究開発部窓口に」

「わかりました」

この実験畑を管理するのは解放軍の行政機構に雇われた農民だ。彼らは彼らで自前の畑を持っているのだが、空いた時間でこの畑の世話もしてもらうらしい。報酬に関しては別途支払われるそうで、なかなかに乗り気な様子である。

気合を入れて作業を始める彼らに別れを告げ、アイラと連れ立って森の方へと移動を開始する。

「いやァ、なんつーかあれだなァ。農作業の大変さの七割くらいが消えてるよなァ」

「そっすね。あのクワが行き渡ったらどこの農村も安泰っすよ」

「無理だろ。あれミスリル製らしいぞ。しかも魔法も付与されてるみたいだし」

そんな俺達の後ろをついてくるのは晴れて冒険者業に復帰していた赤鬼族のシュメルと、そのパーティメンバーらしき同じく赤鬼族の女性、そして一つ目鬼――サイクロプス族の女性の三人だ。

アーリヒブルグを占拠し、南部を平定した時点でシュメルは解放軍から抜けて冒険者業に復帰したらしいのだが、今の状況下で冒険者に一番多くの仕事を依頼するのは解放軍なわけで……所属は変わったが、結局のところ殆ど解放軍の一員として働いているような状況であるらしい。

エンチャントを終えた俺とアイラは早速その効果を確かめるために動こうと思ったわけだが、急なことで解放軍の兵から護衛を用意することができなかった。そこで、丁度依頼を終えて暇だったシュメル達に俺達の護衛を引き受けてもらうことになったわけだ。

「それにしてもコースケは相変わらずだなァ。ドラゴンも手懐けたって聞いた時は流石に耳を疑ったよォ」

「しかもグランドドラゴンっすからね。頭おかしいっす」

「巡り合わせってやつだな」

「巡り合わせでそうなるなら、アンタはよほど運命か幸運か不運の女神様に好かれてると思うよ」

サイクロプス族の女性が大木槌を担いだまま肩を竦める。

「それにしても、特徴的なパーティだな?」

「同じような種族同士で組んだほうが色々と楽だからねェ。気を使う必要もないし」

「私達デカいっすからね」

「野営した時に寝返りで押し潰したりしてな」

「押し潰す……」

「ふむ……」

俺とアイラの視線が三人の豊満な胸部装甲に注がれる。アイラはどろりと濁った視線を、俺は学術的好奇心に富んだ視線を。特にアイラはサイクロプス族の彼女の胸をガン見している。うん、アイラの頭より大きいね。是非押し潰されたい。

「そんな目で見られても困るんだけど」

「千切りたい」

「ワオ猟奇的ィ。俺はアイラが大好きだから気にしない」

「……うん」

危ない気配を発するアイラの背中をそっと撫でてなんとか落ち着かせる。確かにアイラのおっぱいは小さい。だがそれはそれ。大きくても小さくても等しくおっぱい、貴賤はないのだ。

「コースケは姫様もアイラもハーピィ達もまとめて食っちまう雑食だからねェ。あたしらも気をつけないと美味しく頂かれちまうよォ？」

「え？　マジっすか？　こわ」

「単眼族の子でも大丈夫なら確かにアタシも危ないな」

「俺から迫ったことは……いやなんでもない」

シルフィとアイラはともかく、ハーピィさん達とメルティにはどちらかというと捕食された感じなんだが。あとはライム達も……エレンはまだ手を出してないからセーフだよな。

しばらく歩き、森に到着した。

「さて、次はこいつだが」

「これは確か収量増加だった？」

「うん、そうだ」

・ミスリルの伐採斧＋９（自動修復、効率強化Ⅲ、収量増加Ⅲ）

「収量増加ってのは具体的にどうなるんだろうな」

「確保できる丸太の数が増えるとか？」

「なにそれ怖い」

　戦慄しながら適当な木に向かって斧を叩きつけると、まるで豆腐を切るかのようにサクッと木が切れてしまった。一撃だ。

「なんだいこりゃァ……」

「意味がわからないっす」

「たまげるねぇ……」

　どすーん、と木が倒れ、次の瞬間ボコボコボコンッ！　と音がして丸太が増えた。比喩表現でも何でもなく、倒れた木が地面に接触した瞬間に増えた。切った木の大きさに対して、明らかに丸太の量が多い。多分通常時の三倍……いや四倍くらいに増えている。丸太が半ば山みたいになってるもの。

「原理は知りたい」

「……わかりそうか？」

「見当もつかない」

「だよな」

　アイラはもはや何かを悟ったかのような穏やかな表情をしていた。木を切っただけで完璧な丸太になるだけでも理解できないのに、更にそれが増える。三倍か四倍に。もう考えるだけ無駄な気がする。

　あとこれ、倒れる方向によっては危ない。増えた丸太に押し潰されかねない。

「これを一般人が使ったらどうなるんだろうな?」

「シュメル」

「アタシがやんのかい? まァいいけどさァ……」

シュメルが俺からミスリルの伐採斧を受け取り、振るい始める。一般人サイズだからシュメルが使うと妙に小さく見えるな。

「なんかすごい切れるねェ、これ」

「効率強化Ⅲがついてるからな」

「魔法の伐採斧とか聞いたこともないっすよね」

「そんなものをミスリルで作る変わり者も、伐採斧に魔法を付与しようとする変わり者もそういないだろうね」

「照れる」

「褒めてないと思うっすよ」

下っ端《ぱ》言葉の赤鬼さんがジト目で俺を見てくる。なかなか良い突っ込みっぷりだな、君。

「よっと……おォ?」

さして時間もかからずに木が倒れ、倒れ……?

「なんで二本あるんだ?」

「いや、なんか増えたよ?」

「えぇ……」

シュメルが切った木は二本に分裂していた。当然枝とかが払われているわけではないので、もう枝と枝が絡んでしっちゃかめっちゃかである。

「増えるのは凄いけどこれじゃ使えない」

「実質俺専用だな、これは」

シュメルから返してもらった伐採斧で倒れた木を叩き、丸太にしてインベントリに収納する。斧は収量が増えるのは良いけど、使い所が難しいな。クワは俺以外が使ってもそれなりに使えると思う。

「次はツルハシを試そう。岩場か岩壁を探したいところだな」

「ならあっちっすね」

大斧を担いだ赤鬼さんが先に立って歩き始めたので、その後を追って歩き出す。

「そろそろ腹ァ減ってきたなァ」

「着いたらメシにするか。俺が出すぞ」

「いいねェ。アンタの飯を食うのは久々だよ」

「コースケの出すごはんは美味しい」

「そうなんすか？」

「期待しておくよ」

赤鬼さんとサイクロプスさんは俺の飯を食ったことがないらしい。アーリヒブルグ解放後にシュメルと合流したっぽいし、俺が直接作った飯を食ったことはないんだろうな。何を出すかね？

「シュメル、何かリクエストはあるか？」

「いつか食った腸詰め肉が美味かったねェ」

「了解。んじゃソーセージと何か適当に出すか。アイラは何かリクエストはあるか？」

「ん……パスタがいい。ミートソースの」

「ミートソースパスタとソーセージね。適当にサラダもつけるか」

「岩場で食うんすよね？」

「そんなの作れるの？」

赤鬼さんとサイクロプスさんが首を傾げている。普通に考えれば無理だよな、ミートソースを出先で作るのは。でも俺だとそんなのはどうにでもなるんだ。ストックしてあるし、なんならその場でクラフトすることすら可能である。

「ほう、これはなかなかの岩場」

小一時間ほど歩いて到着したのはゴロゴロと大きな岩が沢山転がっている岩場であった。一体どういう経緯でこんな地形が形成されたのかは俺には皆目見当もつかないが、ツルハシの性能を試すのには最適な場所と言えるだろう。

「まずはメシだな。メインはパスタで良いか？」

「大盛りで頼むよォ」

「それは難しいからお代わりしてくれ」

作れば作れると思うが、わざわざ大盛りとか特盛りのパスタなんて作ってないからな。俺のインベントリ内にあるのは標準サイズのミートソーススパゲティだけだ。

木材ブロックを適当に置いて食事台を作り、丸太を加工した椅子を設置して全員に濡れた手ふきを渡す。俺が何もないところから次々に色々なものを取り出すのを見て、赤鬼さんとサイクロプスさんが困惑しているな。

「シュメル姉から何度か聞いてたけど、ほんと不思議っすね」

「魔道士の使う魔法を見ても驚くことが多いけど、アンタのはそれに輪をかけて不思議だね」

「魔道士から見ても不思議。理解不能」

赤鬼さんとサイクロプスさんの言葉にアイラが頷く。俺自身どうやってこんな不思議現象が起こっているのか理解していないので、説明することもできないんだよな。別に解明しようとも思ってないからいいんだけど。そういうものだと思えば慣れるものだ。

さぁ、腹ごしらえしたらツルハシでの試掘だ。ある程度岩を砕いたらショベルも試してみるか。

・ミスリルのツルハシ+９（自動修復、効率強化Ⅲ、幸運Ⅲ）

手に持ったアイテム名をもう一度確認し、サクサクと振るっていく。

「これは楽だなぁ」

「こうなるのは予測できた」

ツルハシの一振りで俺よりも大きい岩が一瞬で粉々に砕け散って消える。そしてインベントリに追加される石材と金属の原石と宝石の原石。サクサクと岩を破壊できるので取得量がすごい。動かない岩相手に無双ゲーでもしている気分である。

「岩だらけの荒れ地が岩のない荒れ地になっていくねェ……」

「なんすかあれ。頭がおかしくなりそうっす」

「一日で砦を作り上げたとか眉唾と思ってたんだけど……」

俺の非常識さをある程度知っているシュメルはニヤニヤしながら俺の行為を見守っているようだったが、他の二人は初めて見る非常識な光景に唖然としているようだった。逆の立場だったらそうなるだろうなとは正直俺も思う。

「幸運の効果はどんな感じ？」

「明らかに鉱石、宝石の取得量が上がってる。体感二倍以上だな……三倍くらいかもしれん」

そして石材の取得量も上がっている。体感同じかそれ以上に。なんというかあれだ、小石の一片すら残さず効率的に素材化しているという次元——どころじゃねぇよ。どう見ても飛躍的に目方が増えている。

いやね？　俺の能力が質量保存の法則どころか物理法則全般に喧嘩を売りまくっているのは今更ですよ？　今更ですけれどもね。

「石ころから宝石ねェ」

「ネタっすよね？」

「冗談を言っているように見えないな」

「コースケが言うなら冗談でもなんでもない。見せて」

「よかろう。ほおら」

じゃらじゃらじゃらじゃら、と今しがた採掘した宝石の原石をインベントリから取り出してアイラの手のひらに積み上げていく。

「わっ、わっ……」

予想以上の勢いだったのか、アイラが慌てて両手で皿を作るが、その上に更に俺は宝石の原石を積み上げていく。アイラの手のひらの上にはこんもりと色とりどりの宝石の原石の山が出来上がってしまった。

「シュメル、手を出せ」

「あん？」

シュメルが同じように差し出してきた手のひらにやはり同じように宝石の原石を放出していく。ザラザラザラザラとシュメルの大きくて赤い手のひらの上に宝石の原石が積み上がっていく。

「ちょ、ちょっ！」

止まる気配のない放出にいつも泰然としているシュメルが慌てて大金砕棒を放り出し、アイラと同じように両手で皿を作って宝石の奔流を両手で受け始める。そして、アイラの何倍も大きい両手のひらの上にこんもりと宝石の原石が積み上がったところでついに在庫が切れた。

「今掘った分だけでこれだけ取れたぞ」

「「「……」」」

アイラを含めた四人の目から光が消える。アイラだけならともかく、いつも余裕のあるシュメルの目から光が消えるのは珍しいな。実にレアな光景だ。

「姉御、こいつ攫って骨抜きにしたら一生安泰じゃないっすかね？」

「それであの黒き森の魔女を敵に回すのか？　いくらなんでも割に……うーん」

赤鬼さんとサイクロプスさんが危険な相談をし始める。骨抜きにって、ぼくなにをされてしまうん？

ちょっと興味があります。

「物騒な話はやめなァ。それが目的なら別に独占する必要なんてないだろォ？」

「……」

アイラがどろりと濁ったヤバい視線を二人に向けているのに気づいたのか、シュメルが赤鬼さんとサイクロプスさんの二人を嗜める。

「それもそっすね」

「そんなことをするよりも私達も交ぜてもらう方が良いな」

二人もアイラの視線に気づいたのか、慌てて自分達の発言を翻した。うん、アイラの前でそういう発言はマジでやめたほうが良い。今のは見ている俺が怖いレベルのやベー目つきだった。

「とりあえず、しばらくは無理。私達の状況が変わったら考える」

「ま、焦るこたないよねェ。あたしらも先が長いし」

聞くところによると、赤鬼族やサイクロプス族も単眼族と同じくらい寿命の長い種族であるらしい。

なるほど……ところで状況が変わったらってどういうことですかね？　やることはやってますからそういうことですかね？　まぁ、うーん……時間の問題ではあるよね。この世界にはこれといった避妊用のアイテムは無いようだし。それでもできにくいのが異種同士の関係らしいけれど。

とりあえず、宝石の原石を二人の手の上に盛ったままというわけにもいかないので適当な大きさのテーブルを取り出してその上にぶちまけさせてみる。

「最近は宝石の原石に縁があるよなぁ」

「きれい」

「こんだけあると現実味が薄いねェ」

アイラが宝石のように瞳をキラキラと輝かせ、シュメル達もどこかうっとりとした表情をしている。ちょっと大柄で武骨な武器を携えている彼女達もやはり淑女。宝石の魅力の前には荒くれの冒険者などという立場は忘れてしまうものらしい。

「よかったら一人二個か三個くらい持っていって良いぞ」

「「「「えっ」」」」

シュメル達の目が点になる。

「一般的には価値のあるものなんだろうけど、俺にしてみれば見ての通りだからな。今回の護衛の報酬は別途出てるんだろうけど、俺からの報酬ってことで」

「い、いいんすか？」

「良いぞ。どれでも好きなのを選ぶと良い。アイラもな」

「嬉しい。今度は魔法の触媒にする」

俺が頷くと、四人の淑女は目を輝かせて宝石の原石を物色し始めた。暫く掛かるだろうから最後の検証を済ませるとするか。

・ミスリルのシャベル＋９（自動修復、効率強化Ⅲ、範囲強化Ⅲ）

範囲強化とかひでぇ事になる予感しかしないんだよなぁ。

とりあえず、サクッと地面に突き立てる。何の抵抗もなく小石だらけの地面に刃先が突き立った。

これは付与する前から同じだから驚きはしない。問題はこの後だ。

「そぉいっ！」

力強く土を起こす動作をすると、バコンッ、ガラガラガラと凄い音が鳴った。

「これはひどい」

これはアレだな。範囲はクワと同じだな。シャベルを突き立てた地点を基点として前方に向かって横幅二十メートル、奥行き五十メートル、深さ一メートルほどの地面が一瞬で抉れた。バコンガラガラというのは地面に突き刺さっていたりした岩塊が支えを失って転がったり崩れたりして互いにぶつかり、砕け散る音だ。これ、範囲内に人がいたら岩に押し潰されて死ぬんじゃなかろうか。

いや、岩がなくても突然足元が一メートルも抉《えぐ》れたらずっこけるな。これはほぼマップ兵器じみた代物なのでは？

振り向くと、宝石の原石を選ぶ作業の手を止めていた四人と目が合った。やめろ、その悟ったような瞳で俺を見るんじゃあない。俺だってこうなることは半ばわかっていたとも。だってクワがあれだったものな。

「掃除してくる」

「行ってらっしゃい」

　ゴロゴロと転がる岩を掃除すべく、シャベルに代わってミスリルのツルハシを取り出して陥没した地面に降りていく。机の上に転がる宝石の原石が大量に増え、歓声が上がったのは十分ほど後のことだった。

◆
◆
◆

　付与したミスリルツールで再びザクザクと宝石の原石を掘ってきたその夜。

「ちょっと解放軍に要望したいことがあるんだが」

　皆が集まっているリビングで俺は唐突にそう切り出した。

「なんだ？　藪から棒に」

　俺の隣でククリナイフの手入れをしていたシルフィが首を傾げる。あの二本一組のククリナイフは俺が最初にシルフィにプレゼントしたものだな。ただの鋼製だから、手入れを怠ると錆《さ》びてしまう。シルフィはそうならないようにこまめにこうやって手入れをして大切にしてくれているのだ。

「いや、今日また宝石の原石をザクザクと掘ってきたんだけどさ」

「またか」

「うん、またなんだ。それを解放軍に納めるから、ちょっと解放軍に要望を叶えて欲しい」

「出来る限りのことはしますよ。なんでもとまでは安請け合いはできませんけど」

俺を挟んでシルフィの反対側にいるメルティがそう言って頷く。良いのかね？　そう言われたら俺は遠慮なく要望しちゃうよ？

「シルフィと一緒に一週間くらい休んでイチャイチャしたいです」

「……えっ？」

「そう来ましたか」

目を点にして驚くシルフィをよそにメルティは腕を組んで考え込む。却下されないということは実現する可能性はあるのか？

いやだってさ、ここのところあんまりシルフィと二人でゆっくりとかイチャイチャとかできていないんだよ。勿論、夜は帰ってくるから仲良くすることもあるけれど、朝起きたらすぐにお仕事に行っちゃうからね。多分、俺が誘拐されてから一度も休んでいないんじゃないか？

「いくつか条件をクリアできるなら」

じっと俺の目を見つめてくるメルティに俺は自信満々に頷いてみせた。シルフィとイチャつくためなら俺も全力を出そうじゃないか。

「いや、あの、こーすけ？　めるてぃ？」

なんか俺達の横で顔を赤くした可愛い生き物が慌てふためいているようだが、俺はやるぜ。この可愛い生き物を愛でるために。

第四話

黒き森への里帰り

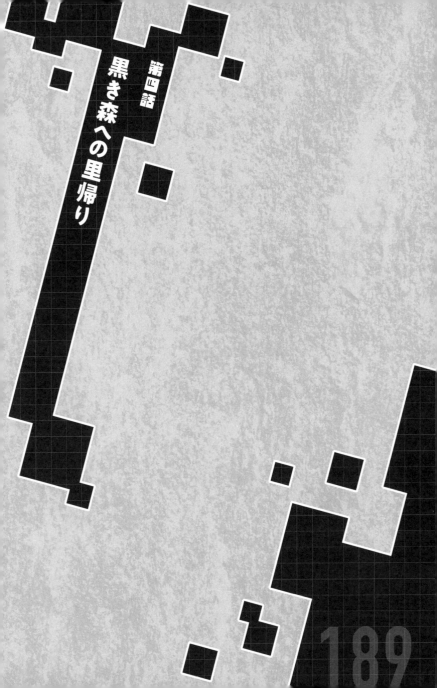

さて、俺とシルフィが二人きりのイチャつき休暇を得るために出された条件は三つだ。

一つはシルフィ自身が処理しなければにっちもさっちもいかない案件を片付けること。これはメリナード王国南部を安定統治するための諸業務やアドル教懐古派との折衝などだな。ただ、これに関してはメルティ達にある程度委任することも出来るので、作業量は大したことがない。

もう一つはいざという時に連絡を取れるようにする体制づくりだ。一週間は二人きりで過ごしたいわけだが、いつ何時シルフィや俺の力が必要になる時が来るかはわからない。そういうときに緊急連絡を取るための手段が必要だ。

これに関しては俺がメリネスブルグで作った据え置き型の大型ゴーレム通信機を使うことによって解決できそうだった。なんなら今はミスリルも魔煌石も豊富にあるわけで、更に高性能なゴーレム通信機を作ることだって可能なのだ。

これは高性能ゴーレム通信機の開発を研究開発部にぶん投げた。ミスリルと宝石と魔煌石を少々多めに提供したが、これは決して賄賂《わいろ》などではない。いいね？

並行してメリネスブルグで作った大型のゴーレム通信機も作業台で数台クラフトしておく。これをいくつかの拠点に置いておけば緊急連絡網に関しては問題あるまい。ゴーレム通信機自体が機密性の高い装備だからどこにでもポンポン置くというわけにもいかないけど。

そして最後の一つが。

「一週間ほど旅行に行くとな」

「うん。シルフィ……俺の嫁と二人でイチャつき旅行をしようかと」

「それで、その間は妾にごはんを提供できないと」

「そうなるな。勿論、その間は働く必要なんてないから好きにしてくれて良いんだが」

「ふむ……」

グランデを説得することであった。本来世話をする俺がいなくなるわけだから、ホストである俺が彼女に話を通すべきだろうというのがメルティの主張であった。まったくそのとおりである。

「このところ働き詰めでな。労《いたわ》ってやりたいんだよ」

「なるほどのう……まぁ、それは良いのじゃが。お主、どこに行くのじゃ？」

「まだ決めてないが……」

本当は黒き森にでも帰ってエルフの里のシルフィの家で二人でのんびりしたいんだが、休暇が一週間だと全力で移動しても帰るだけで休暇が終わりそうだな。

「ふむ……そう言えばお主、前に黒き森に飛んでもらうこともあるかもと言っていたな？」

「ああ、あそこにはエルフの里があるからな。俺達は元々そこから出てきたんだ」

「ならば、黒き森に行くのはどうだ？　妾が連れていってやろう」

「良いのか？　それは助かるが」

黒き森ならシルフィもゆっくり出来るだろう。長老衆やエルフの里の友人とも積もる話があるだろうし、あそこにはシルフィの家もある。

「妾も里帰りをしようと思ってな。それに、近所にいるなら変わらずはんばーがーを食えるであろう？　それとほら、あの……ふわふわの」

「ホットケーキ?」

「そう!　それじゃ!　良いじゃろ?　な?　な?」

「まぁいいけども」

　この前の採血のお礼に特大ホットケーキ(クリームといちごジャムたっぷりのせ)をグランデに食わせたのだが、彼女はそれを大いに気に入ったようだった。ハンバーガーと同じか、それ以上に。

「シルフィ達に相談してみる。グランデは俺とシルフィを乗せて黒き森まで飛んで、連れ帰ってきてくれる。そういうことでいいんだな?」

「うむ、良いぞ。向こうにいる間もちゃんとはんばーがーは頼むぞ」

「わかったわかった。それくらいならお安い御用だ」

　コミュニケーションが取れる俺がいない状態でアーリヒブルグに置いていくよりは心配しなくて済むな。メルティ達としても安心だろうし、グランデは良い提案をしてくれた。早速シルフィ達に相談しに行くことにしよう。

◆
◆
◆

「なるほど、黒き森ですか。グランデさんも連れて行ってくれるのは助かりますね。不測の事態が起こらないとも限りませんし」

　早速メルティに相談しに行くと、メルティはグランデの申し出に好意的な反応を返してきた。

メルティの言う不測の事態というのは、俺がいない間にグランデとアーリヒブルグの住人の間で何かしらのトラブルが起こったりすることであろう。何かの拍子にグランデが暴れでもしたら大惨事だからな。

まぁ、グランデは暴れる前に地中深くに潜って逃げたり飛んで逃げたりしそうだが。あれで割と臆病だし、普通に頭も良い。暴れて徹底的に破壊を撒き散らす前に逃げるだろう。

「シルフィも良いか？」

「ああ、勿論だ。久々にエルフの里に帰るのも良いだろう」

執務机に着いて何かの書類に目を通していたシルフィも穏やかに微笑む。

俺が休暇を要求してからというものの、シルフィの機嫌は非常に良い。執務中もニコニコしながらいつもよりかなり速いペースで書類を処理しているらしい。彼女も俺との休暇を楽しみにしてくれているようだ。

「あと、メルティにちょっとプレゼントがあるんだが……今、時間は大丈夫か？」

「はい？　私にですか？　時間は大丈夫ですが……」

「それは良かった。ちょっとそこのソファに座って楽にしてくれ」

「？？？」

メルティは首を傾げながらも素直に執務室に置かれているソファに腰掛けた。俺はその背後に回り込み、彼女の頭をさわさわと撫でる。

「こ、こーすけさん？」

「事後承諾ですまん。ちょっと触るぞ」

「それはいいですけど……んっ」

ザラリと硬質な感触を指先に感じる。これだな、メルティの角の生え際は。髪の毛を掻き分けて左右の角の付け根を露出させる。

「コースケさん、そこはちょっと敏感で、あまり……」

「すまん、少し我慢してくれ」

「は、はい……んんっ」

指先で角の付け根を触る度にメルティが悩ましげな声を上げて身を震わせる。これは医療行為であって卑猥《ひわい》は一切ない。良いね？

「少し刺激があるかもしれない。我慢してくれ」

インベントリから取り出した試験管のような形の薬瓶を傾け、メルティの角の付け根に琥珀色に輝く液体を垂らした。

「刺激って何を――ふあぁぁぁぁぁっ!?」

しゅわわわわ、と炭酸が弾けるような音を立てて垂らした液体がメルティの角の付け根にしみこんでいった。次は反対側。

「ひあぁぁぁぁっ!?」

おなじくしゅわしゅわと音と立ててリジェネレーションポーションがメルティの角の断面にしみこんで消えていく。うーん、これどういう構造なんだろうな？　メルティの頭蓋骨とかどういう形になっているんだろうか？　とても気になる。

「どうだ？」

「あっ……あぁ……」

メルティは顔を真赤にしてプルプルと震えていた。これは予想以上の刺激だったようだ。大丈夫だろうか？　というか、こんな場所に薬をしみ込ませたりしたら脳にも何か影響が出たりしないのか？　心配になってきた。

「お、おい、大丈夫なのか？」

心配になったのか、執務机から様子を見ていたシルフィも慌ててこちらに駆け寄ってくる。

「アイラの話では動物実験の結果も問題なかったし、大丈夫って話だったんだが――」

「んっ……にゃあぁぁぁ!?」

メルティが叫ぶと同時にメルティの頭に角が生えてきた。すぽんっ、て感じで。

え？　マジ？　そういう治り方なの？　もっとこう、徐々にグググッって伸びてくるとかじゃないの？　すぽんっ、てお前。

「はっ、はっ、はひぃ……ひあぁぁぁぁ……」

「だ、大丈夫なのかこれは」

「すまん、わからん」

角が綺麗に生え終わったメルティの様子が尋常じゃない。人様にはとても見せられない表情でビクビクと震えながら悶えていらっしゃる。

「メ、メルティ？　大丈夫か？」

「らめれすぅ……つの、つのがびんかんすぎて、ちょっとうごかしてくうきにふれるだけで……」

「なるほど……ふー」

「ひあぁぁぁぁぁっ⁉」

ちょっと悪戯心が湧いてメルティの角にそっと息を吹きかけてみたのだが、その反応は正に激烈であった。これは面白──いやヤバいな。復讐が怖すぎる。今はこんな状態だが、そのうちに慣れてくるだろう。そうしたらメルティは俺に対してどのような行動に出るだろうか？　オラ怖くなってきたぞ。

「ええと……シルフィ、後は任せた」

「なっ⁉　ちょ、ちょっと待てコースケ！」

「うぅぅぅぅぅ……」

慌てるシルフィと恨めしげな視線を送ってくるメルティを執務室に置いたまま俺は脱兎のごとく走り出す。逃げるならメルティが身動きの取れない今しかない。魔神種からは逃げられないらしいが、今なら逃げられる！　ほとぼりが冷めるまで逃げよう。距離を空けて地下に潜ってしまえばいくらメルティと言えども俺を追跡することは出来ないはずだ！

◆◆◆

ガァンッ！　ガァンッ！　と鋼鉄製の扉を叩く音がする。一撃ごとに鋼鉄製の分厚い扉が歪み、ひしゃげる。

嘘だ、嘘だ嘘だッッッ‼　なんでここがわかったんだ⁉

バキィッ！　と音を立てて鉄製の扉が貫かれた。拳で。

俺は恐怖のあまり咄嗟にミスリル製のナイフを手に取り、扉から離れる。ああ、後ろは壁だ！　まさか見つからないだろうと思っていたからあの出入り口以外に脱出口はない。い、今からでも脱出口を――拳が扉の外へと戻っていき、そこから悪魔が顔を覗かせる。

「お客様ですよぉ、コースケさぁん」

「キャアァァァァァッ⁉」

魔神種からは逃げられない。俺は高い代償を払うことになった。

◆　◆　◆

「いいの？」

「休暇で一週間独占するわけだしな。明日はアイラ、その次はハーピィ達で二日だ。私はその間にエルフの里に帰る準備をしておくよ。それに、メルティのあれは照れ隠しだろうからな」

「今日は私の番」

「何日か前にも聞いたような気がするな、その台詞」

昨日は一日メルティと遊ぶ――遊ぶ？　ことになったので、今日はアイラの番ということらしい。また一週間シルフィとイチャイチャするためにアーリヒブルグを離れるので、その埋め合わせを事前にするというわけだ。

「とは言っても、何をするかね？」

「うーん？」

「まぁ、何か特別な事をする必要はないか」

「ん、いつもどおりで良い」

互いに頷きあい、並んで長椅子にかけて話をすることにする。主な話題はこちらに戻ってくるまでの俺の話と、グランデの話、それと俺が拐われた後のアイラ達の話だ。

「コースケのところに向かおうとするシルフィ姉を止めるのが大変だった」

「想像できるなぁ」

アイラの探知魔法によって俺の現在地を特定したシルフィは単身でメリネスブルグへと殴り込む勢いであったらしい。シルフィならもしかしたら一人で潜入することも不可能ではないのかもしれないが……立場的にそれはマズいだろう。

「結局、メルティがいくことになった。角を切り落として耳の毛を剃って、帽子かフードを被れば人間と見た目が殆ど変わらないから。シルフィ姉は耳が長いし、私は顔を見られたら一目で亜人とバレる」

「なるほど……ありがとうな、シルフィを止めてくれて」

「ん、大変だった」

そう言ってアイラは横から俺に抱きついてきた。

「もう勝手にいなくなっちゃダメ」

「うん、気をつける」

俺が居ない時のアーリヒブルグの話をしたせいで寂しさや悲しさを思い出してしまったのかね。抱きついてきたアイラを抱き返して互いに抱きしめ合う。うーん、アイラは温かいなぁ。身体が小さいせいか、アイラは体温が高めだ。

「……安心する。もっとぎゅってして」

「はいはい。でもこれ以上強くすると苦しくないか？」

「いいから」

アイラがそう言って俺に抱きつく腕に力を込めてきたので、俺ももう少しだけ強くアイラを抱き締める。アイラが何も言わないので、そのまま抱き締めること数分。

「はぁ……はぁ……」

「やっぱ苦しいんじゃないか……」

アイラが顔を真っ赤にして息を荒くしていた。

「だ、大丈夫……もう少し」

「本当に大丈夫か……？」

アイラの気が済むまでギュッと抱きしめてやった。

◆　◆　◆

「コースケさん！」

「旦那さん！」

「旦那はん」

「はいはい」

　アイラと過ごした翌日と翌々日はハーピィさん達と過ごすということになっていた。ハーピィさん達の愛情表現は実にストレートである。スキンシップ多め。ハーピィさん達に抱きつかれ、羽でモフモフされながら彼女達の歌や踊りを見たり、彼女達が用意した食べ物を食べさせてもらったりする。正に『これぞハーレム』と言った感じの待遇だ。

「皆にこうやって甘やかされていると、俺なんかがこんな待遇を受けて良いものなのかといつも悩んでしまうんだが」

「私達にしてみたらお兄さんは救世主みたいなもの」

「そうですわ。ハーピィが一目置かれるようになったのはコースケさんのお陰ですのよ?」

「甲斐性も抜群やしねぇ……はい、あーん」

　口に運ばれてきた大粒のブドウのような果物を素直に食べながらそんなものかと考える。まぁ、確かに俺がハーピィ用の航空爆弾やゴーレム通信機を作り出した事によってハーピィの地位というか、解放軍という組織における影響力は大きく増したようだけれども。

「それに、私達はもとよりこういう文化なので」

「こういう文化ね」

「はい。私達のお母さん達もそんな感じでした。この中の半分くらいは私の異母姉妹です」

「マジで」

そうだよー、と何人かの声が上がる。マジか。でも全員ではないんだな？

「うちとかイーグレットはん、エイジャはんは全く血筋が別やねぇ」

「わ、私はカプリ姉様とお父さんが同じですけど。エイジャさんとレイさんは異母姉妹でしたよね？」

「「……」」

フラメの言葉にコクコクと茶褐色羽ハーピィのエイジャと漆黒羽ハーピィのレイが頷いている。ここにいる十五人のハーピィさん達は全部で三つの異母姉妹グループに分かれているらしい。

「お母さんやお父さんが違っても、コースケさんのもとで私達は一つの家族ですから」

「そうそう」

「家族かぁ……」

家族というものにはあまり良い思い出はない。詳しく語るつもりはないが、一人息子の俺が成人するのを期に離婚したような家庭だ。思春期に入る頃には両親の関係は冷え切っていて、ほとんど母子家庭みたいな環境で育ったからな。親父は家の外に愛人を作って……って今の俺の状況を考えると、俺はしっかりとあの親父の血を引いてたってわけか。

「コースケさん？」

「すまんすまん、なんでもない」

家族に関して思いを馳せているうちに何か表情に出てしまっていたらしい。心配そうに顔を覗き込んでくるピルナの頭を撫でて誤魔化《ごまか》す。

「幸せな家族にならないとな」

「……はい！」

悪い例を知っているんだから、同じ轍《てつ》を踏まないように注意していくだけだ。元の世界とこの世界じゃ結婚観も全然違うしな。この世界の流儀に従いながら、皆笑顔でいられるように努力していこう。

「じゃあ、家族を増やさないとやねぇ」

「カプリの言う通り」

「子孫繁栄ですわ」

「ＯＫＯＫ、落ち着け。その理論には特に異存はないけどもう少しソフトにというか、親愛というか情愛を育む方向でね？　心の充足みたいな？」

「うんっ、存分に育もうねっ！」

ペッサーが元気にそう言いながら俺の胸に飛び込んでくる。おい待てやめろ。全員で飛びかかってくるのはやめるんだ！

◆　◆　◆

「大丈夫か？　尻尾触るか？」

「つらい」

惨劇の一夜が明けて更に三日後の朝、精も根も尽き果ててグランデの朝飯を用意しに行ったらグランデに滅茶苦茶心配された。うん、気遣いは有り難いけどそのゴツゴツの尻尾を触ってもまったく癒やされないな。気持ちだけはありがたくもらっておこう。

「お主のつがい達はもうちぃとばかし手加減というものを知るべきであると思う」

「加減はしてくれていると思うぞ」

ハーピィさん達は数が多すぎるだけで。メルティは照れ隠しなのかなんなのか、とっても大変だったけどアイラは優しくしてくれたしな。というか、お姉ちゃんプレイが気に入ったのかなんなのか最近二人きりで仲良くする時のアイラはいつもそんな感じである。

「心は満ち足りているんだ。皆優しくしてくれるしな。身体が辛いだけで」

「なるほど……妾の血、いるか？」

「大丈夫だ。そんなに軽々しくグランデに痛い思いはさせたくないし」

「……そうか」

グランデがハンバーガーを頬張りながらビタンビタンと尻尾で地面を叩く。今日もグランデはハンバーガーのおかげでご機嫌のようだな。

俺の身体の辛さだって少し休めば治るからね。そんなに深刻な問題ではない。ああ、そうだとも。深刻な問題ではない。少なくとも寝ようと思って寝た記憶がないとかそういうレベルではないからな。朝起きたら体温高めのアイラがくっついて寝ていたり、ハーピィさん達の天然羽毛布団に包まれていたりするのはとても幸せだ。

ただ、メルティには少し手加減をして欲しい……あれで初心というかなかなか慣れないというか……テンションがおかしくなってるんだよな、彼女は。もう少し落ち着いてもらうか、俺がうまく制御できるようにしないといけない。最初はシルフィやアイラもそんな感じだったし、いずれ慣れるだろう。

「それで、出発はいつになるのじゃ？」

「明日の朝だな。朝飯食ったら飛んでもらうことになる。途中、何箇所か寄ってもらうことになるぞ」

「それは構わぬぞ。妾も小さきもの達の住処を間近で見るのは興味深いからな」

「近づいたら大事だものな」

「そうじゃぞ。魔法や矢や投げ槍が飛んでくるからな。殆ど効かないが、たまに痛かったりするから近づくのは面倒なのじゃ」

グランデがグルグルと喉を鳴らす。最近疲れているところうやってグランデと話をしてることが多い気がするな。これがペットセラピーというやつだろうか。愛玩動物にしてはちょっとデカすぎるな、グランデは。

「とりあえず、そういうことだから明日は頼むぞ」

「うむ、また夕方にな。今日は何を狩ってくるかのう」

グランデと別れて研究開発部に向かう。この三日でゴーレム作業台を作る目処《めど》も立ったので、出発前になんとか完成させておきたいんだよな。

◆　◆　◆

結論から言うと、ゴーレム作業台の作成は大詰めを迎えていた。

「これが新開発の魔煌石リアクター」

「おおっ……箱だな」

アイラが取り出したのは白銀色に輝く立方体だった。丁度ルービックキューブくらいの大きさで、アイラでも片手で無理なく持つことが出来るような大きさだ。

「うん。でも中身はすごい。純ミスリル製の魔法回路と三つの大型魔煌石を内蔵している。外装もミスリル製。金銭的な価値だけでも計り知れない」

「そうだろうな」

大型魔煌石というのは俺が最初に作ったピンポン玉くらいの大きさの魔煌石のことだ。一つでも国が買えるレベルのものがあの中に三つ入っていると考えるとその価値は確かに計り知れまい。しかも、中身にも外装にも純ミスリルをふんだんに使っているのだ。国宝レベルというのもおこがましいようなブツだな。

「それよりなにより凄いのはその性能。それは魔力を無尽蔵に生み出す」

「おっかないな」

「そう、おっかない。使い方を誤れば広範囲が吹き飛ぶ。爆心地を中心に徒歩四日以内は更地になる。そんな爆発が起こったらどんな影響をこの世界に及ぼすか……」

「本当に怖いなオイ」

徒歩一日って概ね三十キロメートルくらいだろう？　四日以内ってことは半径一二〇キロメートルが吹き飛ぶのか？　それって世界が滅びないか？

「なんか急に持っているのが怖くなってきたんだが」

「もう渡した。受け取らない」

アイラが両手でばってんを作って身を引く。よく見れば他の研究開発部の面々は部屋の隅に固まっていつか作った鍋シールドを構えている。いや、そんなもん構えても、もしこいつが爆発したら障子紙ほどの守りにもならないだろう。

「それにしてもこんな物騒なものじゃなく、もう少しライトなものを作れたんじゃないのか？」

「そこに最高の材料があれば最高のものを作りたくなるのが錬金術師の性というもの」

「さよか……」

鍋シールドを構えている面々に目を向けると、盾の隙間から親指を立てた手がニョキニョキと伸びてくる。揃いも揃って病気だな！

「とにかく、俺のインベントリに入れておけば滅多なことにはならないだろう」

「うん。よろしく」

「おう」

魔煌石リアクターをインベントリ内に入れた。特に異変は起こらないようだ。魔煌石リアクターをインベントリに入れた瞬間魔力に目覚めたりしないかな？　と少し期待していたんだが、世の中そう上手く行くものではないらしい。

「それで、こいつを材料に改良型作業台をアップグレードできないか試してみるってことだな」

「うん、そう。どれだけ高性能なゴーレム作業台を作ってもコースケが使えないのなら意味がない。そうなると、やはりコースケが使う作業台はコースケ自身がアップグレードしなければならないのだと思う」

「そうなるよなぁ」

でも、そう考えると不思議なんだよな。エルフの里で過ごしていた頃、メルティが持ってきた石臼で穀物粉を引けたんだよな。あれはＯＫでゴーレム作業台はＮＧというのはどういう理屈が働いているんだろうか？　ううむ、わからんな。

「とにかくやってみるか」

「ん、それがいい」

改良型作業台をインベントリから取り出し、メニューを開いてアップグレードの項目を探す。
・改良型作業台アップグレード――：魔力炉×1　魔力付与された木材×10　魔力付与された粘土×

20　魔鉄×5　魔鋼×10　ミスリル×20

「きた！　アップグレードきた！」

「良かった」

思わず声を上げて喜ぶ俺にアイラが笑みを浮かべる。やっとだよ！　材料もなんとか揃いそうだし、これでようやく作業台をステップアップさせられるな。

ミスリルの要求量が少々多いが、この前やったミスリルツルハシの試掘で確保した分も合わせれば問題ない。魔化素材の類も付与作業台を作った時にある程度量産しておいたから問題ない。

「よし、早速アップグレードするぞ！」

「ん、楽しみ」

「あ、光るだろうから気をつけろよ」

「対閃光防御する」

そう言ってアイラは愛用の三角帽を頭からすっぽりと被って顔を隠した。可愛いなおい。

「よし、行くぞ！」

アップグレードの項目を選択した瞬間、激しい閃光が迸《ほとばし》った。何か強力な衝撃のようなものも走ったような気がするが、錯覚だったのだろうか？　特に研究開発部の備品などが散乱しているような様子はない。様子はないのだが……。

「きゅう……」

アイラが仰向けに倒れて目を回していた。部屋の隅で鍋シールドを構えていた研究開発部の面々も何人かは目を回して倒れているようだった。

「ど、どうした!?　大丈夫か!?」

「だ、だいじょうぶ、すごい魔力波が発生してびっくりしただけ」

「魔力波」

今までのアップグレードでは物凄い光は出るものの魔力の類は観測されなかった筈だが……魔煌石リアクターの影響だろうか？　考えられるのはそれくらいだよな。

「それよりもコースケ、新しい作業台をチェックするべき」

「お、おう……本当に大丈夫か？」

「大丈夫」

自分の足で歩いて手近な椅子に座ったアイラを見て一応安心する。怪我とかをしているわけでも、気分が悪くなったりしているわけでも無さそうだ。

「どれどれ……ほほう」

見た目は非常にメカニックな仕上がりだ。実際に駆動する部分はゴーレムで出来ているためか土の色がそのままだが、作業台の各所を補強している素材は魔鉄や魔鋼で出来ており、鈍い光を放っている。そして肝心の切削加工などを行う部分に関してはミスリルをふんだんに用いているようだった。

例えば実際に加工品を削るための刃や、加工品を固定するための台、それに駆動部分などは耐久性の高いミスリル製のようである。

クラフトメニューを開いてみる。

「思ったよりは増えてないようだな？」

クラフトできるものの数はあまり変わっていないように見える。実際に何か作ってみるか……時間がかかって面倒な機械部品とか。通常の作業台だと一個あたり三十秒くらいかかる面倒くさい品なんだが、どうなるかな。

「……おお！」

一個あたりの作成時間が二秒を切ってるな。作成時間の減少効果が著しいぞ、これ。今まで加工に時間がかかっていたアイテムがより速く、大量に作れそうだ。

「使い勝手はどう？」

椅子に座ったままアイラが聞いてくる。

「かなり良いな。作業効率が段違いだ。材料さえ揃えられれば銃弾も大量生産できそうだ」

今までは火薬の材料になる硝石の入手がネックだったのだが、アーリヒブルグのような大都市ならおトイレの土にも困らない。銃弾のクラフト時間が大幅に削減できるなら、大量生産も夢じゃないな。するかどうかは別として、だけど。

「アイテムクリエイションの自由度も上がっているかもしれないな。うーん、試したいことが多い！実に楽しそうだ！　ありがとう、アイラ」

「ん、良かった」

アイラが言葉少なにそう言って頷き、微笑《ほほえ》みを浮かべた。

これはまた近い内にアイラに何かお返しをしなきゃいけないな。シルフィとの旅行中に何かアイラが喜びそうなお土産を用意してくることにしよう。

アイラの微笑みを眺めながら俺は心の中でそう決めるのだった。

◆
◆
◆

翌朝、俺とシルフィは旅の準備を整えてグランデと一緒に朝食を取っていた。

「今日はちーずばーがーだな」

「おう。朝から少し重いかもしれんが、飛ぶのにカロリーを使うだろ？　やっぱチーズがあったほうがガツンと来て腹にたまるからな」

「なるほど」

グランデが俺の言葉に頷き、グルグルと喉を鳴らす。それを見上げながらチーズバーガーを頬張る俺の横で、シルフィはなんとも言えない表情をしていた。

「私からするとただ唸っているだけにしか聞こえないんだが、会話が成立しているんだな、それで」

「成立しているんだ、これが。グルグル唸っているのに重なって女の子の声が聞こえるんだよ。俺の言葉はそのまま通じているみたいだしな」

「不思議だな……そう言えば、コースケはそもそも私達と同じ言葉を喋っているわけではないのだったか」

「そうだな。俺は俺の国の言葉を喋っているつもりだよ。シルフィ達の言葉は俺の国の言葉に聞こえるな。グランデと同じだな」

「ふぅむ、なるほど……もしかすると、お互いに言葉が通じないだけで、本当は話し合えるような種族もいるのかもしれないな」

「ちなみに、ゴブリンはダメだったぞ」

「ダメだったのか。いかにもそれっぽいのに」

「全然ダメだった」

汚い鳴き声にしか聞こえなかったからな。あいつら、粗末ながら道具や武器を使う知恵があるっていうのに、なんで対象外なんだろう？　不思議だな。わざわざ研究する気は起きないけど。

「コースケ、今日はどこに飛べば良いのじゃ？　まっすぐ黒き森に飛んで良いのか？」

「いや、まずはオミット大荒野との領域境にある砦に向かってもらいたい。そこに大型のゴーレム通信機を置く必要があるんだ」

「ふむ……恐らくだが、知っていると思う。荒野のすぐ近くにある人間の兵士がいっぱいいる施設じゃよな？　黒き森から出てきた時に見たぞ」

「そうそう、それだ。三つあるんだが、そのうちの真ん中の砦に設置したいんだよ」

「多分大丈夫じゃ。その後は？」

「砦に通信機を設置したら今度はオミット大荒野の中心部辺りにある拠点だな。そこに設置し終えたら黒き森に向かう」

「ふむ、なるほどの。そのつうしんき、というのは何じゃ？」

「遠くに居ても互いに話すことが出来るようになる装置だな。狼煙《のろし》を魔法的に滅茶苦茶発達させたものだと思えばいいぞ」

「ほう……どういう仕組みなのじゃ？」

俺の説明にグランデはとても興味を惹かれたようだった。心なしか、目がキラキラと輝いている気がする。珍しくぐいぐい来るな？

「あー、俺もそこまで詳しくはわからんが、魔力の波長で作った暗号を魔力で飛ばして、予め暗号を覚えさせてあるゴーレムに翻訳させて言葉に変換し直す感じだな。今度詳しいことがわかる人を連れてこようか？」

「そうじゃの……そうしてもらおう。その暗号が妾に理解できれば、妾も人間と話せるようになるかもしれん」

「……なるほど、それは確かに。上手くすれば翻訳機みたいなものも作れるかもしれないな」

「ほんやくき？」

「お互いの言葉を自動的に翻訳してくれる機械だよ。ドラゴンの言葉を人族の言葉に、人族の言葉をドラゴンの言葉に、って感じでな」

「そんなものが出来たら便利じゃのう」

グランデがびったんびったんと楽しそうに地面を尻尾で叩く。そんなものが出来たら実に画期的だよな。ドラゴンと話せるようになる機械とかロマンの塊だぞ。

「コースケ、随分とその竜に心を許しているみたいだな？」

「うん？　そうだな。グランデは友達だからな。最初は見た目が怖いと思っていたが、慣れてみると可愛いく感じてきたし」

見た目は凶暴そうだけど、よく見てみると仕草がなんか可愛いんだよな。どんなに大きくても、凶悪そうな見た目でも日向ぼっこしてのんびりしたり、ごろごろしたり、あくびをしたり、両手でハンバーガーをモッモッって感じで食べているのを見ていると可愛く思えてくる。不思議。

「万人に恐れられる竜もコースケから見ればペットも同然か」

「人聞きの悪いことを言うなよ。グランデはペットなんかじゃないぞ。大切な友達だ」

これでグランデが、のじゃロリ竜娘にでも変身したらまた嫁が増えそうだが、アイラに聞いてみたところ竜がそのような変身をするなんて聞いたことがないし、身体の大きさや形を大きく変えるなんていくら魔法を使ってもできるとは思えないと言っていた。

つまり、のじゃロリ竜娘の出現フラグは無い。神様が奇跡でも起こさない限り。あと、俺が何か余計なことをしない限り。

俺の能力って完全に奇跡寄りだから、何かの間違いで人化薬とかそういった類のアイテムを作り出してしまう可能性がゼロではないんだよな。魔法では無理でも、奇跡ならあり得るというわけだ。

確かに、人ならざる存在が人になるなんて奇跡以外の何ものでもないよな。

「うむ、美味かった。そろそろ飛ぶか？」

「そうするか。シルフィも大丈夫か？」

「ああ、覚悟は出来たぞ」

「大丈夫、そんなに怖くないから。着陸する時だけちょっと怖いけど、それだけだから」

「急降下はしないようにする」

グランデが頷く。うん、何が怖いって降りるときがホント怖いんだよ。お腹がぞわぞわするというか玉ヒュンになるというか……わかるだろ？

「今回は専用の鞍も作ったからな」

グランデの狩ってきたワイバーンの皮革を対価にアーリヒブルグの革職人に立派な鞍を作ってもらったからな。サイズを測る時に怖くて泣きそうになっていたが、ワイバーンの革とドラゴンの鞍を作るという功績の大きさの前にはその恐怖も些細なものであったようだ。

流石にワイバーンの皮を鞣《なめ》すのは間に合わないから、既にあった在庫の革で仕立ててくれた。そのうちワイバーンの革製のものも作ってもらうかね？

「鞍の装着よし。グランデ、苦しかったり動きにくかったりしないか？」

「大丈夫じゃ」

「よし。シルフィ、乗るぞ」

「ああ、わかった」

石材ブロックを積んで簡易的なタラップを作り、グランデの背中に乗り移る。

「ほら、シルフィ」

「うん、ありがとう」

先にグランデの背中に乗った俺がシルフィの手を取って鞍の上に迎え入れる。グランデの鞍はなんというか……なんだろう、これは。

バイクのシートのような出っ張りがあって、そこに腰掛けるようになっている。出っ張りは全部で五つあり、定員は五名。姿勢を安定させるための鐙と、身体を固定するためのベルトも人数分用意されていて、人が乗れない側面のスペースには荷物を固定するためのベルトも多数装着されているな。

なんとかしてグランデとコミュニケーションを取れるようになれば、俺以外の人でも五人までは荷物を持って移動できるというわけだ。耐久力とかも計算上は問題ないはずだが、念のためにグランデの身体の突起にもロープをかけて命綱をつけておく。万一高空から落ちたら俺もシルフィも助からないからな。

シルフィには魔法があるし、俺も藁ブロックを使えばワンチャンなんとかできるかもしれないが、用心はするに越したことはない。

領主館を出る時に皆には見送ってもらったので、離陸を見に来ている人はいな――いや、ハーピィさん達が城壁の上から俺達を見守ってるな。他にも何人かいるみたいだ。

「いってきまーす！」

「行ってくる。後を頼んだぞ！」

俺とシルフィが大きく手を振ると、城壁上のハーピィさん達や他の人達もそれに応えて翼や手を振り返してくれた。

「よし。グランデ、頼む」

「うむ、大丈夫そうだな。念の為しっかりと掴まっているのだぞ」

グランデは長い首を曲げて俺達の準備が整ったのを確認した後、咆哮を一つ上げてから助走を始め、翼を大きく広げて飛び立った。

空に浮かび上がる瞬間、グンと身体が押さえつけられるような感覚がした。どうやら無事離陸したようだ。

「おお……これがドラゴンの背から見る景色か。凄いな、これは」

「本当に凄い眺めだよな。見てるだけで飽きないぞ」

グランデの飛行高度はあまり高くない。本来はもっともっと高く飛べるらしいのだが、いくらグランデが魔法で守ってくれるとはいえ、あまり高いところを飛ぶとグランデはともかく背中に乗っている俺達には辛いからな。

「速いな……この分だと砦にはすぐに着きそうだ」

「曲がりくねった道を行く必要もないし、起伏も関係ないからな。やっぱ空を飛ぶのは地面を歩くのとは比べ物にならないくらい速いよな」

やっぱりグランデの移動能力と輸送能力は戦術レベルではなく、戦略レベルの武器になりうるなぁ。今の解放軍はゴーレム通信機によって情報面でのアドバンテージを取っているけど、移動面に関しては聖王国軍と大差はない。武器に関しては現状でも過剰なくらいのアドバンテージがあるわけだし、まだ実戦投入していない隠し玉もある。

俺が次に手を付けるべきなのは足回りかもしれないな。バイクや自動車、それに類するような高機動な移動手段の開発。これが解放軍を更に強化する決め手になるかもしれない。

まぁその、武力だけ強くしても仕方ないんだけどね？　今は事実上の休戦状態にあるわけだし。ただ、俺は外交方面で知恵を貸すのは無理だからな……俺は所詮しがないゲーム好きの元会社員である。歴史や戦史に詳しいわけでもないしな。

でも、高機動な移動及び輸送手段というのは軍事的な意味だけでなく経済的な意味でも恩恵が大きいはずだ。物流が改善されればもっと取引が活発になって経済も発展するはずである。馬車商人や馬商人、乗合馬車の運営者などの既得権益者との兼ね合いをどうするかという問題はありそうだけど。

「コースケ、そろそろ着きそうだぞ」

「え、マジ？　早くない？」

少し考え事をしている間にもう砦が近づいてきたらしい。

「地形を見ていたから間違いないと思う。グランデの翼は本当に速いな」

「そうだな。これはグランデへのお礼を奮発しないといけないな」

「ふふ、そうだな。一方的な搾取ではなく、ギブ・アンド・テイクの関係が大事だものな」

鞍の上では後ろを向くことは出来ないが、シルフィが笑ったのが伝わってくる。

「だな」

シルフィの言葉に俺は頷く。一方的な搾取をするだけの関係なんて本当に長続きしないものだからな。短期的には得をするかもしれないけど、長期的に見ると大体損をすることが多いと思う。

まぁ、互いに利益を得られる関係を構築しようとして両者共倒れなんて展開も有り得るんだろうし、それが全てとは言えないと思うけど。

「そうなると、私はコースケにどれだけお返しをしなきゃならないのか……ふふ」

「別にいいよ。シルフィと一緒にいられるならそれで」

「そういうわけにもいかないだろう。それは私も望むところなのだから、コースケの働きの対価には見合わないよ」

「それは困ったな」

「ああ、困った」

困ったと言いながら背中で笑う気配がする。後ろからするりと腕が伸びてきて、俺の身体を抱き竦《すく》めた。シルフィの腕から彼女の体温が伝わってきてなんだか安心する。

「……良い雰囲気のところ悪いがの、そろそろ着陸じゃぞ？」

「お、おう。いつでも始めてくれ」

「す、すまない」

グランデに急に声をかけられて思わず焦る。完全に二人の世界に入ってましたわ。もうすぐ着陸だってわかってたのに。

「では、ゆくぞ。しっかり掴まっておけよ」

グランデが着陸のために降下を開始する。

ちょ、グランデさん？　降下の角度がきつすぎません？　ちょ、待って。待て。

「うおわああああぁぁぁぁぁ……」

「ひいやあぁぁぁぁぁぁぁ……」

グランデさんの降下は実にファンタスティックであった……背中でイチャついたのが良くなかったんだろうか？　今度から気をつけよう。

◆　◆　◆

アルファ砦に大型ゴーレム通信機を設置した俺達はすぐに次の目的地へと飛んだ。セキュリティ関係の指示はアーリヒブルグからすぐに指令が飛ぶだろうから、俺達はノータッチだ。何せ今の俺達は休暇中の身だからな。

「一応、後方の査察と新型通信機の配備、それと黒き森のエルフとの親善というのが建前だからな？」

「はい」

建前上はシルフィの言うとおりになっている。実質的には休暇だけど。

解放軍の指導者であるシルフィが後方の拠点に顔を出して様子をその目で確かめ、要処にゴーレム通信機を配備し、暫く直接言葉を交わしていないエルフの里の長老衆と会談をしにいく。

俺はその随伴。ドラゴンであるグランデと唯一コミュニケーションを交わせる存在で、その騎手であり、俺の能力を使えば物資の輸送も簡単だ。実際、俺は今回アーリヒブルグで調達した様々な作物や嗜好品、資材その他諸々をインベントリに格納して運んでおり、先程寄ったアルファ砦は勿論のこと、これから寄る予定であるオミット大荒野の中央拠点や後方拠点にも物資を放出していく予定である。

「暫く見てないからなぁ。後方拠点とかどうなってんのかね？」

「度々ギズマが襲撃してくるようだが、基本的にはのんびりと生活できているようだぞ。土地も広いし、食料や水の心配も無いからな」

「あそこにいる人達の大半は例の岩塩鉱山で過酷な生活をして弱ってた人達だからな……療養地として特化させるのが良いかもしれないな」

「脈穴から供給される魔力もあるし、療養地としてだけでなく技術研究の拠点や魔力結晶の産地としても成長させていきたいところだな」

「そういえば、周辺に遺跡も相当数埋まってるんだよな？　探索者の拠点としても良いかもしれないな」

そんなことを話しながら今度は中央拠点に寄る。

「お久しぶりです」

「なんか……逞しくなったな」

「ははは、逞しくならなければ死んでしまうので」

割とヒョロい印象だったサイクスが変貌を遂げていた。俺の記憶よりも身体が一回り……いや、二回りは大きくなっているような気がする。これは過酷な環境にサイクスが適応したということなのか……凄いな亜人。

「逞しくなければ死ぬって……戦っているわけじゃないよな」

「戦っていますよ。ある意味」

「毎晩か」

「はい」

サイクスの目が急に光を失った。ここの研究開発部はある意味サイクスのハーレムみたいなものだものな……すまない、俺を含め殆どの男性が、あの時前線に出てしまったばかりに。

「……頑張ってくれ」

「ええ」

目が死んでいるサイクスに程よい大きさに加工してある魔煌石が入った巾着袋とミスリルのインゴットを渡しておく。今、サイクス達はゴーレム通信機の中継基地局とラジオ放送技術の研究を進めているはずなので、魔力の貯蓄、増幅能力がある魔煌石と良好な魔力導通能力を誇るミスリルは有用なはずだ。

サイクスには滅茶苦茶驚かれたが、作れるようになったと伝えたらまた目が死んでいた。

「コースケさんはどこに向かってるんですかね……？」

「ミスリルとか魔煌石を生むニワトリって言われたぞ」

「ああ」

納得された。別に『らめぇぇぇうまれるぅぅぅ』とか言ってミスリルとか魔煌石を生んでるわけじゃないんだけどな？ 材料を元に作ってるだけだよ、作ってるだけ。そのレートが少々おかしいみたいだけど。

中央拠点で昼食を取ったら再度飛び、今度は後方拠点だ。

ここは一番最初に作った大型拠点で、収容人数は三千人。現在実際に住んでいるのは千人にも満たない人数なので、かなり広々としている。

「しかし活気はあるな？」

「報告によるとギズマの襲撃も無いし、畑からは豊富に作物が取れる。脈穴から得られる無尽蔵な魔力を利用できる魔道具も普及しているし、かなり豊かな生活を送れているようだな」

「魔物除けの結界もあるものな。ここで生活している人の大半は例の岩塩鉱山で過酷な生活を送っていた人達だし、暫く療養してもらったほうが良いのかね？」

「現状は人手不足でもあるから、いつまでもそうは言っていられないがな。体調の戻った者達は採掘や遺跡の探索をぼちぼち進めているようだぞ」

「なるほどなぁ」

初めて見るドラゴンの飛来に住人達は驚いていたが、やはりここにも通信を介して情報は共有されていたらしく、いきなり迎撃されるとかそういうことはなかった。

「姫殿下、よくぞおいでくださいました」

俺達を出迎えてくれたのは恐らく犬系か狼系の獣人と思われる代表の老人と後方拠点の住人達だった。

「出迎えご苦労。ドネル」

シルフィにドネルと呼ばれた老人はかつて高ランク冒険者として名を馳せていた傑物で、二十年前の戦争時には既に冒険者を現役引退してメリナード王国のとある街で冒険者ギルドの支部長をしていた人であるらしい。もうかなりの爺様だな。

今はその頃の経験を生かして後方拠点のまとめ役のようなことをしている。

「しかしドラゴンを手懐けるとは……流石はコースケ殿ですな」

「グランデは友達ですよ」

「なるほど」

別に手懐けてペットとか下僕にしたわけじゃないので、一応その辺りは訂正しておく。ぶっちゃけていうとメルティの暴力と俺の提供する食い物で釣ったわけだから、ドネル氏の言うように手懐けたという方が正確なのかもしれないけど。

「シルフィ、俺は物資を放出してくる」

「ああ、私はドネルと少し話してから行くよ」

シルフィと別れ、備蓄倉庫へと移動する。道すがら人々の様子を観察してみるが、どの住人も穏やかな表情で肌艶も良い。ここに最初に来た時は皆ボロボロで酷い有様だったから、ここでの生活で大分健康状態は良くなったようだ。

俺の存在に気づくと、皆で口々に謝意を表してくる。

「ありがとう、あんたのおかげでまともな生活が送れているよ」

「子供たちを育てるのに何の心配もない生活ができるようになったのはあなたのおかげよ。本当にありがとう」

「ここに来て父ちゃんの病気が治ったんだ。ありがとう、兄ちゃん」

かつては俺を警戒していた亜人の難民達も今はすこぶる友好的だ。こうして感謝の言葉をかけられると、今まで自分がやってきたことがこの人達を救うことになったのだと実感させられる。

まぁ、だからといって俺のやったことが正義なのかと言うと、世の中はそう単純なものではないよな。

俺は確かにここに居る亜人の難民達を救った。だが、その何倍もの聖王行軍の兵を殺し、その家族を不幸にもしているのだ。だから何だという話ではあるのだが、その辺りはしっかりと心に留めておくべきだろう。すべての物事が正義と悪ですっぱりと分けられるような世界なら楽なんだろうけどなぁ。

謝意を示してくる住人達に対応しながら備蓄倉庫に物資を吐き出し、余剰の作物や生産物を格納する。後方拠点で作られているのは主に食料と、加工機械で作られた金属製の武器や防具、その他生活雑貨だ。

特に食料と金属加工品が多い。聞いてみると、食料は俺の耕した畑から収穫したもので、今の所、その収穫量に衰えは出ていないらしい。すげぇな農地ブロック。一体どうなってんだろうか。

あと、金属加工品は近くの採掘場から掘ってきた鉱石を魔力を使った大型炉で大量に精錬し、更に水車動力や魔力動力のハンマーで鍛え上げた品であるらしい。俺が見る限り、どれも品質が良さそうだ。

今は鉱石精錬の際に魔力を添加して魔鉄や魔鋼を大量生産する試みが進行中だとか。それが実現すれば解放軍の装備の質がもう一段向上するな。

それと、魔力結晶もかなりの数が備蓄されていた。これは製造機さえ作れば稼働させているだけでどんどんできるので、今も製造機を増産中らしい。魔力結晶はエンチャントの触媒としても使えるし、魔石や魔晶石と同じように魔道具の動力としても使えるからな。モノとしては魔石と違って加工して魔晶石にはできないが、魔石よりも高出力で安定した魔力源として利用できるらしい。

俺には違いがよくわからないが、魔石や魔晶石とはまた違った需要があるものなのだそうだ。

物資の放出と格納を終えると、丁度シルフィもドネルとの会談が終わったところだった。あとは予め用意されていた場所に大型のゴーレム通信機を設置し、動作確認を終えたら最終目的地である黒き森へと移動する。

エルフの森に帰るのは久しぶりだな。恐らくそう大きくは変わっていないんだろうけど、あの家に帰ることが出来るのは実に楽しみだ。着いたら数日はシルフィと二人でのんびりとすることにしよう。

◆　◆　◆

黒き森が見えてきたところで俺達は議論を開始した。議題はどこに降りるかだ。

「普通に里に降りれば良いのではないか？」

「今までの砦と違ってエルフの里にはグランデと俺が仲良くなったという情報が伝わっていない可能性が高い。つまり、それをやると……」

「エルフの精霊弓士から攻撃を受ける可能性があるな。最悪、精霊石の事象崩壊攻撃が飛ぶかもしれん」

「やだこわいんじゃけどそれ」

シルフィの推測にグランデがドン引きする。精霊石を使わなくても長老衆の精霊魔法は天変地異レベルだからな……あれを食らったらいくら頑丈なグランデでも相当なダメージを被ることになるだろう。そして巻き込まれた俺は死ぬ。いや、死なないかもしれないけどとても危ない。シルフィはなんとかしそうだけど。

「案その一、森の外に降りる」

「無難だな。少し歩くことになるが、一番危険が少ない。グランデは私達を降ろしたら里帰りすれば良い」

俺の出した案にシルフィが頷く。黒き森の奥にグランデの故郷があるのは既に俺もシルフィもグランデから聞いている。

「案その二、エルフの里の前に拓《ひら》いたスペースに降りる」

「ああ、そう言えばギズマ対策で結構大きく切り拓いていたな。エルフの里が人手を出して修復している可能性もあるが……まぁ見ればわかるだろう。里に距離を置いて降りることができるし、グランデを紹介することもできる。それが良いかもしれんな」

「ちなみに案その三はエルフの里に比較的近い森の中に降りるという案でした」

「一と二の折衷案だな。だが今回は第二案を採用しよう。広場が修復されていたらその三で行くぞ」

「わかった。グランデ、まずはエルフの里が見えるところまで飛んでくれ。壁の外に広いスペースがあるはずだから、そこに降りて欲しい。もし、スペースが無くなっていたらエルフの里の近くの森の中に降りてくれ」

「うむ、わかった。だが、攻撃されたら妾はすぐに飛んで逃げるぞ。痛いの嫌だし」

「ああ、それでいい」

黒き森が見えてきたらエルフの里までは何分もかからなかった。里から森の境まで歩いたら二時間はかかってたと思うんだが、あれは森を歩いていたからだったのか。上空から見ると大した距離じゃないんだな。

「コースケ、エルフの里の壁の前に場所が空いているようじゃ」

「じゃあ、そこに降りてくれ。シルフィ、場所は空いてるって」

「そうか。では、降りたらすぐに私達が一緒だということを伝えられるようにしておかねばな」

シルフィが身体を固定しているベルトを緩め始める。いや、危ないよ？　ああ、ベルトがなくても普通にしがみつけるのね。流石というかなんというか……もうグランデの背中に慣れたんだな、シルフィ。

「いくぞー！」

「うおおおおぉぉぉっ！」

「ふふふ……」

未だにグランデの急降下に慣れない俺に対して、シルフィは薄く笑みすら浮かべる余裕があるようだ。マジで適応速いっすね。

お腹がゾワゾワするように落下感も束の間、今度はグランデの身体に押し付けられるような感覚を覚える。どうやら翼を動かして落下スピードを急激に緩めたらしい。

「先に行ってるぞ」

「おう――ってえぇぇぇぇぇぇぇ⁉」

シルフィが身体を固定していたベルトを外し、宙に身を躍らせる。おいおいまだ結構高いぞ⁉

しかし、シルフィにとっては何ほどでもない高さだったらしい。いや、もしかしたら風の精霊魔法を使ったのかも知れない。グランデが着地した時にはシルフィは既にかなり前方まで進んでエルフの里の守備兵に向かって手を挙げて声をかけていた。

◆
◆
◆

「ほう……これは確かにグランドドラゴンじゃな」

「小さいのう？　まだ子供ではないか？」

「確かに少し小さめじゃが、一応成竜の範囲じゃろ。子竜はもっと棘《とげ》が少ないからの」

「それにしてもドラゴンを手懐けるとはのう。流石は婿殿じゃな」

「ちゃんと種は仕込んでおるのか？　シルフィちゃんのお腹が膨らんでいないようじゃが」

「孫の顔が早く見たいのうー。のぅー？」

事情を説明したらエルフの里の人々が総出でグランデを見物しに来た。大半のエルフたちは少し離れたところでグランデを見物しているのだが、長老衆だけ距離感がおかしい。グランデの足元まで行って鱗をペシペシしてる人もいれば、グランデの背中の鞍に乗ってる人までいる。長老衆のこのパワフルさはなんなんだ一体。

ちなみに、グランデはエルフの里から贈られた蜜酒や果物を食べながら長老衆にされるがままになっている。ちょっと鬱陶しそうだが、蜜酒と果物があるから良いらしい。こいつ食べ物で釣られすぎでは？

「そういうのは授かりものじゃからのぅ」

「なに、見ればわかるが相当『仲良く』してるようじゃし三年はかからんじゃろ」

「儂らエルフは孕《はら》みにくいからのぅ。婿殿も気張って種をつけるんじゃぞ」

「アッハイ」

「しかし婿殿……お主シルフィちゃん以外にもやっとるな？」

「これは多いのう……意外と性豪なのか？」

「おい、そのくらいにしておけ」

額に青筋を浮かべたシルフィが俺を取り囲んでやいのやいのしていた長老衆を威圧する。

「シルフィちゃんが怒ったぞ！」

「こりゃいかん、割とマジじゃ」

「退散退散！」

長老衆達が見た目からは想像出来ないほどの機敏な動きで退散していく。うん、見た目はどう見てもロリな長老はともかく、よぼよぼの爺さん婆さんにしか見えない長老がスプリンターも真っ青な速度で走り去っていくのはなんか凄いな。どうなってんだあの人達。

「まったく……グランデはこの後森の奥に行くのか？」

「聞いてみるよ。グランデ」

俺が声を掛けると、グランデはぐいーんと大きく首を曲げて俺の目の前まで顔を伸ばしてきた。微妙に酒臭い。

「この後グランデは森の奥の故郷に帰るのか？」

「うむ、そうする。ここに居座るとエルフ達の迷惑じゃろうしの」

「明日の朝飯はどうする？」

「久々に故郷で過ごすからの、別に良い。ただ、昼か夕方には一度ここに来るからはんばーがーを食わせてくれ」

「わかった。里のお土産に酒でも持っていくか？」

「おお、良いのか？　遠慮なく貰うぞ！」

グランデが嬉しそうにグルグルと喉を鳴らす。エルフ達はその様子を見て何かざわめいているようだ。

「じゃあ蜜酒の大樽を二つな。二つならなんとか抱えて飛べるだろ？」

「うむ、それで良い」

「ご両親によろしく伝えてくれ。あと、もし可能ならグランデの故郷も見てみたいから、行っても大丈夫かどうか聞いておいてくれ」

「わかった。では、また明日な」

最後に残っていた蜜酒をぐいっと呷《あお》り、丁寧に供物台に置いてからグランデは飛び去っていった。

蜜酒入りの大樽を二つ抱えて。

「どうなったんだ？　帰ったのはわかったが」

「今日は帰って明日の昼か夕方に顔を出すとさ。あとは聞いての通り、グランデの故郷に顔を出せるか聞いてもらった」

「なるほど、こちらにいる間も退屈しそうにないな？」

「外に出る用事がなかったら一日中家にこもってシルフィとイチャイチャしちゃいそうだからな。外に出る用事を適度に作っていかないと」

「そ、それは……確かに。歯止めは必要だな」

シルフィが顔を赤くして何度も頷く。二人きりだと歯止めが効かなくなりそうだものな。気がついたら休暇の一週間をぶっちぎって一ヶ月くらいひたすらイチャイチャしてしまいかねない。

「よし、とりあえず家に行くか。軽く掃除をしたら長老衆のところに行くとしよう。気は進まんが」

「そうだな、そうしよう。用事はとっとと済ませるに限るよな」

何かしらの案件を抱えたままだと休暇を心から楽しめないしな。

◆
◆
◆

こちらの世界に来てから俺が作り上げたレンガ造りの外壁を抜けてエルフの村の敷地に入る。立体駐車場めいた魔法の畑はその規模を縮小したようで、俺達がエルフの里を去った時よりもその数を減らしていた。

あの頃はエルフの村に避難していたメリナード王国の難民およそ三百名を養っていたのだし、彼らが居なくなったのであれば同じ大きさの魔法畑を運用し続けても無駄に食料が余るだけになる。恐らく、魔法畑に割《さ》いていた人員を今は他の仕事に回しているのだろう。

「この壁も懐かしいな」

「この壁のおかげで俺の能力を証明できたんだよな。そう考えると感慨深いものがあるな」

壁の上には弓矢を携えたエルフの戦士が詰めているようだ。黒き森にはそれなりに魔物も多いと聞くし、いざという時の襲撃に備えて見張りは欠かせないんだろうな。

壁の上で警備していたエルフの戦士のうちの一人が俺に一瞬鋭い視線を向けてきたが、すぐに目を逸らしてしまった。あいつは確か俺を殺気立っている難民の前に連れ出したり、シルフィにちょっかいを掛けてぶっ飛ばされていた……ええと、なんだっけ。とにかくあいつだな。

「コースケ？」

「ああ、今行く」

わざわざシルフィに言うことでもないし、向こうも何か手出しをしてきたりはすまい。俺は彼のことを頭から追い出し、先を歩き始めたシルフィの後を追った。

「おかえり、シルフィエル」

「よく無事で帰ったたね」

「ああ、ありがとう」

　村の中を歩くとエルフ達に声をかけられる。

「久しぶりだな！　ブツはまたあるのか？」

「ミスリルとかでも良いんだぞ……？」

「ＯＫＯＫ、落ち着けブラザー。明日にでも納品するから楽しみにしていてくれ」

　俺は職人の皆さんにギラついた視線を送られた。ちょうこわい。魔煌石はちょっと機密性が高いから、出してもミスリルまでだな。宝石の原石はたくさんあるし、そっちをメインにしておこう。

　そんな感じでエルフの皆さんとも軽く交流し、俺達はついに辿り着いた。

「ただいま、だな」

「ああ、そうだな。久しぶりだ」

　シルフィの家の前に着いた俺達は玄関の前でシルフィの家を見上げる。大樹がそのまま家になったようなエルフらしい住居だ。何ヶ月も放置されていたはずなのに、荒れた様子は一切見当たらない。もしかしたら家そのものが生きているんだろうか。

「さぁ、家に入ろう。まずは掃除だな」

「ああ、頑張ろう」

　こうして俺達は数ヶ月ぶりの我が家へと帰り着いたのだった。

◆　◆　◆

家の中に入ってみると、中は思ったよりもだいぶ綺麗な状態だった。

どうやら村の誰かが定期的にシルフィの家を掃除してくれていたらしく、家の掃除には殆ど時間がかからなかった。生活用の水を溜めておく水瓶を洗い、シルフィが精霊魔法で出した新鮮な水を溜めたら軽く掃除をして完了だ。

家財道具の類は家を出る前にひとまとめにしてインベントリに収納していたので、必要なものだけ出して設置する。日が落ちるまでにはまだ時間があるな。

「予想より早く終わったから、長老衆に会いに行くぞ」

「わかった」

さっさと済ませられることは済ませておくに限る。そうしたらそうしただけ休暇を楽しめるってものだからな。

シルフィと連れ立ってエルフの里を歩き、いつも長老衆が集まっている集会所へと足を向ける。道行く村人エルフに挨拶などをしながらだ。こうして見てみると、俺達が滞在していた頃よりも人々の表情が穏やかな気がする。

やはり仕方がなかったこととは言え、よそ者と一緒に過ごすことにストレスを感じるところもあったのだろう。特に、当時の難民達は半ばこの里のエルフ達に養われているような状態だったからな。

自分達だけが生きていくためであれば必要のない労苦を負わされた上に難民達はエルフの里の運営に殆ど寄与できないような状況だったのだ。そりゃ不満も溜まっていただろうな。

そんなことを考えながら歩いているとすぐに集会所に辿り着いた。シルフィも里の人々の様子を見て何か思うところがあったのか、俺と同じように少し考え込んでいたようだな。

集会所に近づくと、丁度良いタイミングで長老集のお付きの人らしきエルフさんが出てきた。

「皆様揃ってお待ちです。どうぞ」

彼女はそう言って集会所の中へと俺達を誘う。

「凄いタイミングだな」

「長老達は精霊と仲が良いからな。精霊が私達の来訪を教えたんだろう」

「精霊魔法すげぇなぁ」

天変地異を起こす達人級の精霊魔法使いになると、何もしなくても精霊の方からそういったことを教えてくれるようになるのか。それって実質的に不意打ちとかもできなくなるよな？　精霊魔法使いパネェっすわ。もし長老衆のような達人級の精霊魔法使いを倒すなら、精霊の探知範囲外から一撃で仕留めるしか無いだろうな。狙撃か、遠距離砲撃か……。

長老衆対策を考えながら集会場へと入る。別に長老衆とやり合うつもりは無いが、脅威を見れば対策を考えたくなる。ゲーマーの性だな！

「おうおう、ようきたなシルフィちゃんと婿殿よ」

「なんじゃなんじゃ、しっぽりぬぽぬぽとせんで儂《わし》らに挨拶か？　気にせず子作りに励んでも良いんじゃよ？」

「かァー、これだからお主は。そういう風にせっつき過ぎるとできるもんもできんじゃろうが。チャボ鳥だってじっと見られていたら卵も産みづらいもんじゃぞ」

「ほっほっほ、チャボ鳥みたいにポンポン産んでくれたらええんじゃがのう」

「婿殿はハーピィ達とも仲が良かったじゃろ？　もうポンポン産ませているのではないか？」

「アイラちゃんとも良い感じだったしのう。他にも増えてそうじゃな。スケコマシの気配がするからの、婿殿からは」

「精霊も異様に懐くしのう。婿殿がいるとははしゃぎすぎて術を使うのが少し面倒じゃわい」

　この五月雨《さみだれ》式のマシンガントークである。シルフィと俺が口を挟む余地がない。

　というかチャボ鳥ってあんたらね……チャボ鳥ってのはこっちの世界で飼われているニワトリのような家禽《かきん》である。俺の知っているニワトリよりかなりでかいし、割と凶暴みたいだけど産む卵は大きくて滋養があるのだ。ハーピィさんの卵のほうが大きいし美味しいんだけどね……でもあれはな……うん。ちょっと複雑な気分になるんだよな。

「長老殿、今回は解放軍の長として真面目な話をしにきたのだ。少し自重していただけるかな？」

「「「……」」」

　こめかみに青筋を浮かべながら笑顔を見せるシルフィの迫力に長老衆が黙った。流石に年の功とでも言うべきか、引き際は心得ているようである。シルフィが本気で暴れたら長老衆は無事でも集会所が跡形もなくなりそうだものな。

「うむ、メリナードの血族にして解放軍の長、シルフィエルよ。用件を聞かせてもらおう」

お前が話せ、いやお前がいけよという小声でのやり取りの後、見た目がロリな長老が厳かな雰囲気を醸し出しながら言葉を発した。しかしその前のあれこれで色々と台無しである。

「まずはメリナード王国の民を長きに渡って支援してくれたことに改めてお礼を申し上げる。エルフの里の支援がなければメリナード王国の民は荒野と森に朽ち果てるしかなかっただろう。今回、解放軍の長である私が直接この里を訪れたのは、その恩を返すためだ」

「ふむ、具体的には？」

「我々が提示できるエルフの里にとって利益のあるものとなるとやはりエルフの里では手に入れることが難しい物品の供与だろうな。鉱石や精錬した金属、宝石類などの鉱物資源、エルフの里で栽培していない農産物や食料品、その他布や絹などの生産物といったところか」

「なるほどの。しかし、それは解放軍が手に入れたものではなくコースケ殿の手によって作り出されたものではないか？　それを解放軍のものだという体で差し出すというのは少し虫が良い話ではないかのう？　解放軍が身を切って差し出したものとは言えまい？」

確かに、それらの産物の大半は俺が居なければ手に入らなかったものだろう。

「俺は解放軍の長であるシルフィの伴侶で、解放軍に所属もしているんで。何の問題も無いでしょう」

俺は肩を竦めてみせる。そもそもからして、俺は解放軍の部外者ってわけじゃないんだ。むしろ、立役者というか中心人物というかそういう感じの存在である。実際、俺はシルフィと共に生きることを選択したわけで、それはつまりシルフィの率いる解放軍に属するということと同義と考えて良いだろう。俺はシルフィの理想と目的を実現するためにこの力を振るうのだ。

「そういうわけだ。そもそもの話、誰がどのように手に入れたものだとしても懐に入ってしまえば同じだろうに。無理矢理難癖をつけるのはやめていただきたい」

「むぅ、もう少し動じてくれても良いじゃろう？」

スッとシルフィの目が細められる。それを見た、のじゃロリ長老が慌てて両手を挙げた。降参のポーズということだろうか。

「悪かった悪かった。ちょっとからかいたくなるお年頃なんじゃよ。許しておくれ」

「具体的な量については相談させてもらいたいが、とりあえず今回は鉱石や宝石類、布や絹などの保存に気を遣う必要のない物品を持ってきたので、明朝、共同倉庫に納めさせてもらう。食料品などに関しては我々の後方拠点と荒野のエルフ砦との間でやり取りをしてもらう形にするのが良いだろうと考えている」

「そうじゃな、突然食料品を大量に押し付けられても処理が大変じゃからの。それが妥当じゃろう」

「他にも何かあれば我々に出来る範囲で力を貸す。今や我々はメリナード王国領の南半分を制圧したからな。多くの国民を奴隷の身から解放して人員も増えた」

「ほう……そこまで勢力を伸ばしたのか。シルフィちゃんも頑張ったんじゃな」

「そのシルフィちゃんというのをやめろ……まぁ、正直に言えばコースケの力に頼る部分は大きい。今は聖王国軍とは膠着状態になっているが、外交的な接触を開始している段階だ」

「外交的接触？　奴らとか？　話が通じぬじゃろう？」

「奴らとは言葉は通じても会話が成り立たんからのう」

「然り、然り」

長老衆の認識としてはそういうことらしい。さもありなんといった感じだな。何せ教義として亜人の奴隷化と人間至上主義を掲げているアドル教を国教としているガチの宗教国家だ。

国を司る聖王とアドル教を司る教皇という二人のトップがいる権力の二重構造が存在するようだが、その両者は人間至上主義的な思想そのものは一致している。だから聖王国は一丸となって他民族国家である帝国と戦っているし、同じく他民族国家であったメリナード王国に攻め寄せて屈服させ、属国とすることができたわけだ。

「それが、アドル教の中にも派閥があるようでな。コースケを通じてアドル教の懐古派と呼ばれる連中と接触を持つことができた。なんでも、懐古派は現在の教義が大昔に改竄されたものではないかと疑っているらしい。オミット王国の滅亡後にそのような動きがあった可能性が高いのだと」

「ほう?」

「うーむ、そう言われればそのような気もするのう。あいつらがイキりだしたのっていつ頃からじゃったっけ?」

「そう言われればオミット王国をぶっ潰した後のような気もするのう」

「オミット王国の討ち漏らしがアドル教に取り入って教義を改竄した可能性が高いと俺は思ってるんだよね」

「「「……」」」

何やらボソボソと小声で相談し始めた長老衆に俺の考えをぶつけると、彼らは暫く沈黙した後に急に話題を変え始めた。

「そういえばあのドラゴンは凄かったのう。ドラゴンを手懐けるとは流石は婿殿じゃな」

「そうじゃそうじゃ。そんな婿殿なら儂らの可愛い可愛いシルフィちゃんとお似合いじゃて」

「べすとかっぷるっちゅうやつじゃな！」

「露骨過ぎる！　全員目が泳ぎ過ぎだろう！」

全員が俺達から視線を逸らし、顔を手でパタパタと仰いだり、扇子のようなものを取り出してパタパタとやり始める。どこからか取り出したハンカチで汗を拭っている人までいる。

「言いたいことはいくらでもあるが、今更数百年前の話をしても仕方がないだろう」

「そうじゃそうじゃ！　若いもんは未来に向かって生きなきゃいかんぞ」

「ひねるぞ」

「シルフィちゃんが反抗期なのじゃぁ……」

のじゃロリ長老が露骨な嘘泣きをする。他の長老もオイオイと嘘泣きを始める。

「真面目に」

「正直根切りに不備があるとは思わなんだ」

「丁寧に地下施設も地精にぶっ壊させたつもりなんじゃがのう」

「つまりじゃな、端的に言うとじゃ」

「「てへぺろ☆」」

長老衆の全員がばちこんとウインクをして舌を出す。その無駄に洗練された無駄のない一糸乱れぬテヘペロは一体どうやって成立しているんだ。練習でもしてるのかこいつら。

「よし、ひねろう」

「シルフィがんばぇー」

そしてシルフィがキレた。俺は部屋の隅に避難して銀色の疾風と化したシルフィを応援する。まるでヒーローショーを見守るお子様の気分だ。

「あああああ！　シルフィちゃんいかんいかん！　それはいかん！」

「わしらか弱い老いぼれじゃから！　過激なスキンシップはノーセンキューじゃから！」

「こりゃアカン！　シルフィちゃんがガチギレじゃ！」

「いだだだだだっ⁉　そこはそっちに曲がらんのじゃあぁぁあ゛ぁっ⁉」

吹き荒れる暴力の嵐！　逃げ惑う老エルフ！　そして捕まるのじゃロリ！

積もりに積もった鬱憤《うっぷん》もあったのだろう。三十分も経過する頃には全ての長老がシルフィの手によって捕らえられ、まるで蓑虫《みのむし》のごとく樹から伸びた蔓にぐるぐる巻きにされて逆さ吊りにされていた。

「おろしてー」

「これはちょいと酷くないかのう……」

「至近距離で物理で来られるとどうしようもないのじゃ……ぶっ放して集会場を壊すわけにもいかんし」

「おい、良いのかシルフィ」

「何百年も前のことを穿《ほじく》り返す気は無かったが、あのふざけた態度が気に入らなかった。ついカッとなってやったが後悔はしていない」

そう言って長老衆を見上げるシルフィの口元は笑っていたが、目が笑っていなかった……実際コワイ。

騒ぎを聞きつけてきたエルフの村人達は逆さ吊りにされている長老衆を見上げて暫し呆然とし、そして薄笑いを浮かべているシルフィを見ると納得したように頷いて長老衆の助けを求める声をスルーした。そのうち酒とつまみを片手にブラブラと揺れている長老衆を見物する人や、どこからかイーゼルとキャンバスを持ち出して逆さ吊りにされる長老衆のスケッチを始める人まで現れ始める。

「村の珍事をこうして記録するのが趣味でね」

思わず目を剥く俺に絵描きエルフさんがそう言いながら木炭を使って物凄い手際でキャンバスに下書きを書いていく。神絵師かな？

「よし、帰るぞコースケ」

長老衆の醜態が村人エルフ達の衆目に十分に晒されたことを確認したシルフィが清々しい表情をする。

「イエスマム！」

俺はそんなシルフィに忠犬のように付き従い、家路につく。やはりご主人様には逆らってはいけない。俺は何度目になるかわからないが、再び心にそう刻みつけるのだった。

Ｓｉｄｅ：？？？

「何？　反乱分子の重要人物を捕縛していた？」

状況に対応するためにあちこちへの根回しをしていたのだが、その最中にメリネスブルグから帰還した密偵がそのような報告をしてきた。

「はい。その日のうちに脱獄されたそうですが」

「あの豚め……つくづく使えん」

思わず悪態が口をついて出てしまう。メリナード王国を任せていたあの豚……名前はなんと言ったか？　まぁいい。あの豚め。聖女よりも奴の無能っぷりのほうが祟っているような気がしてくる。

報告によるとその重要人物とやらの性別は男。特に屈強というわけでもない黒髪の男だったそうだが、男を捕らえたクローネ枢機卿《すうききょう》の部下が言うには解放軍を名乗る反乱勢力の最重要人物であったらしい。

クローネ枢機卿の部下は重要人物であることをあの豚に告げたようだが、真実の聖女が自分の元へと向かってきているという情報を聞いていた豚はこれを聞き流し、結果としてその重要人物を牢へと入れてから一刻も経たないうちに重要人物は脱獄。それを知ったクローネ枢機卿の部下は豚を見捨てて全速力でメリナード王国から逃げ去ったと。

クローネ枢機卿か……一応は私と同じ主流派に属するが、どうにもあの御仁《ごじん》は油断できん。今回も誰よりも先んじて反乱勢力の重要人物とやらを捕縛していたようだしな。しかし、今回は詰めが甘かったようだ。

「……本当にそうか？」

「はっ……何か？」

「いや、なんでもない。追って指示を出す、暫く身体を休めろ」

「はっ！」

密偵が執務室から退出していく。

「仕損じるなどということがあるか……？」

クローネ枢機卿は抜け目のない男だ。その重要人物とやらを一体どうするつもりだったのだ？　拐うだけ拐ってあの無能な豚に預ける？　有り得ん。その男を始末するだけならわざわざそんなことをせずとも拐った時点で事を成し遂げることができたはず。何故、わざわざあの豚にその男を預けた？

「……情報不足だな」

その男に関する情報どころか、解放軍を名乗る反乱勢力に関する情報すら足りない。今の状態でクローネ枢機卿の狙いを推測するのは不可能だ。

「……念には念を入れるべきか」

しかし、あの豚がこのような重要なことを隠していたとなると兵の損害数や敵戦力に関しても信用はできんな。数も質もより多く、より高くすべきだろう。魔道士部隊と聖騎士も動員するか……？

「何事も慎重に、だ」

私は羽根ペンを手に取った。

第五話
エルフの里と黒き森

家に帰って夕食を取り、ゆっくりイチャイチャと過ごした翌日。

目を覚ますと、すぐ隣でシルフィが俺の顔をじっと見ていた。口元には微笑みを浮かべて、とても優しい目で。幸せそうな顔というのはこういうのを指して言うんだろう。

「おはよう、シルフィ」

「おはよう、コースケ。コースケの寝顔は可愛いな。いくらでも見ていられるよ」

「お恥ずかしい限りです。でも、シルフィが隣にいるから気を抜いていられるんだと思うよ」

寝顔ばかりはどうしようもないからね。でも、流石に油断ならない状況では間抜けな寝顔を晒《さら》すことはないだろう。シルフィに『可愛い』と言われるような寝顔を晒すことができるのは、それこそシルフィが隣にいるからだと思う。

「さぁ、起きようか。今日は共同倉庫に納品をしてしまおう。そうしたら後は自由時間だ」

「昼か夕方にグランデが来るから、昼食と夕食は里で食わないとだな」

「そうだな……ふむ。共同倉庫に納品を終えたら、村の周りの森でも散歩しようか」

「そうだな、たまには森林浴も悪くない」

つってもこの辺りの森は割と危険だからなー。オオカミとトカゲを足して二で割ったようなリザーフとか普通にいるし。あいつ怖いんだよ。装備はしっかり整えていこう。

二人揃って裏庭で水浴びをして昨夜の残滓《ざんし》を洗い流し、朝食にする。別に急ぐこともないので二人並んでキッチンに立ってお料理タイムだ。

「簡単にクラフトでも作れるけど？」

「たまには普通に作るのも悪くないぞ」

「それもそうか。時間もたっぷりあるしな」

今日のメニューは薄焼きパンと肉と野菜の花蜜炒め、それにインベントリから出した牛乳だ。この牛乳の出どころは勿論普通の牛さんである。決して牛系獣人の御婦人のものではないので勘違いをしてはいけない。

「んー、この甘辛い感じがパンに合うなぁ」

「この味付けはスパイスがネックなんだ。コースケの能力は便利だが、たまにはこういうのもいいだろう？」

「そうだな。クラフトで作る料理は便利だし早いし美味いけど、シルフィの手料理はあったかい感じがするなぁ……好きだ」

「そうか」

シルフィがニマニマと笑みを浮かべながら俺の食べる様子を見つめている。そんなに見られるとちょっと食べづらいけど、シルフィが喜ぶなら良いか。

◆◆◆

「やぁ、ちょっと久しぶりだね」

朝食を終えて身支度を整え、共同倉庫に向かうと倉庫番のエルフが俺達に声をかけてきた。前にも倉庫番をしてたエルフだな。たまたま同じなのか、それとも倉庫番を生業にしているのか……後者かもしれないな。

「ああ、久々だ。長老衆から話が来ているかも知れないが、今回は私達個人の納品ではなく、解放軍からエルフの里への謝礼の品ということになる」

「わかったよ、しっかりと記録しておく。では、こちらへお願いするよ」

倉庫番エルフの指し示した大きめの台にまずは宝石の原石が入った袋をどんどん置いていく。精霊石の原材料となる宝石の原石はエルフにとっては戦略物資に等しい存在だ。

宝石を加工して作られた精霊石は精霊魔法を使う際に出力を向上させるアンプのような機能を果たし、精霊石の力を暴走させて放つ崩壊事象は地形を塗り替えるほどの破壊力を発揮する。当然精霊石を使い捨てることにはなるが、数で補ってしまえば少数で大軍を撃破することすら可能であるらしい。

「これはこれは……全部宝石の原石かい？　向こう数百年は精霊石の心配はいらなくなりそうだね」

「集計は大変だろうが、任せる。まだ他にもあるんだ」

「まだあるのかい？　アレッタ、すまないが手を貸してくれ！」

「はーい。あ、久しぶりだね」

いつぞやの服を選んでくれた女性のエルフも共同倉庫の奥から姿を現した。そして納品台の上から宝石の入った袋を共同倉庫の奥に運び込んでゆく。

「他には何を納品するんだい？」

「金属類や鉱石だな。コースケ」

「ああ」

精錬済みの鉄や鋼、銅や銀、それに魔鉄や魔鋼、ミスリルのインゴットを台の上に載せていく。

「これはたまげたなぁ……これならミルズさんのところは暫く採掘に出なくて良さそうだね」

「未精錬の鉱石もあるんだが」

「いや、品質も良いし精錬済みの金属のほうが有り難いかな？　置くスペースも困るしね」

シルフィに視線を向けると頷いたので、未精錬の金属鉱石はインベントリに入れたままにしておく。後でシルフィの家の裏庭ででも精錬しておこうかね。材料と燃料をセットしてクラフト予約を入れたら放置しとくだけで良いから楽ちんだよな。

「とりあえずはこんなところだ。後々はオミット大荒野の砦を通じて交易も再開されると思う」

「本当かい？　それは嬉しいなぁ。里では手に入りにくい品がまた扱えるようになるのは助かるよ」

「要望されている品をまとめておいてくれればこちらとしても助かるな」

「わかった、まとめて書き出しておくよ」

倉庫番のエルフが笑顔で頷く。これで解放軍としての仕事はほぼ終わりだな。後は村でのんびりしながら解放軍として支援できそうなことがないか視察するって感じだ。エルフの里は元々この里の中だけで自給自足できているし、防衛などの戦力面でも不足していないはずだからあまり解放軍が役に立てるようなことはなさそうだけど。

俺達は倉庫番の男性エルフに別れを告げて里の出入り口へと足を向ける。

「さて、ただ散歩をするのも芸がないな。何か探すか？」

「そうだなぁ。適当に間伐しながら森の恵みでも探して、獲物がいたら獲るくらいの心構えで良いんじゃないか？　のんびり歩くのも悪くないと思うぞ」

「そうか？　そうだな、そうするか」

「そうしよう」

シルフィはともかく、俺はそんなにガッチリとした探索装備というわけではない。エルフ風の民族衣装を着ているだけで革鎧も装備していないし。兜《かぶと》だって被ってないからな。ショートカットには各種武器や採集道具を登録してあるけどね。

シルフィはというと、彼女はいつもどおりの格好である。黒革のライダースーツのような全身を覆うレザースーツに、左腰にはペイルムーン。腰の後ろにはククリナイフを二本交差させて装備しているし、右腰にはリボルバーまで下げている。腰回りの物々しさが凄いぜ。

「なんだ、人の腰をジロジロと見て」

「いや、俺の作ったものを肌身離さず持ってくれているのは嬉しいなと」

「ふふん、当たり前だろう？　コースケが私のために作ってくれたもので、私の命を預けるに足るものなんだからな。家の外に出る時は必ず身につけるようにしているよ」

「そう言われると作った俺も嬉しいね。ククリもミスリルで作り直そうか？」

「いいや、それはいい。ミスリルの武器は素晴らしいものだが、鋼の武器には鋼の武器の良さというものがあるからな」

「そういうものか」

「そういうものだ。場合によっては投擲することもある武器だぞ？　ミスリルなんかで作られてしまったら気軽に投擲できないだろう？」

「その時はまた作ってやるけど、そう言われるとそうだな」

ミスリル製の武器というのは大変高価なものだ。俺はいくらでも作れるから別にシルフィが投げて失くしちゃったとしても気にしないが、投げる方にしてみればそうもいかないか。どこかに飛んでいったミスリルのククリナイフを偶然拾った人もびっくりするだろうしな。

そういうわけで二人でのんびりと森の中を散策しながら間伐をしたり、木の実や野いちごなんかを採ったりしてゆっくりと過ごした。

なお、特に大型の動物や魔物などに出会うことはなかった。やはりエルフの里の近くにそういったものが寄り付くことはあまりないようだ。鳥とかリスっぽい小動物は見かけたけどね。

◆

◆

◆

家に戻って昼食を取ったらイチャイチャタイムに移行した。

いや、別にイチャイチャって言っても健全な内容ですよ？　籐製の長椅子に並んで座っておしゃべりしたり、俺がシルフィに膝枕をしてもらったり、逆に俺がシルフィの長い髪の毛を櫛《くし》で梳《す》いたりとかね。最近はこうやって穏やかに情愛を育むような時間も取れなかったからね。いくら俺とシルフィが愛し合う仲とはいっても毎度毎度ペロペロチュッチュとするばかりでは芸がないというものだ。

それに、昼にグランデが来なかったということは夕方に来る可能性が高いというわけだからな。グランデと会うというのに直前までそういうことをしているというのはなんとなく気まずいだろう。

「こうしてゆっくりと過ごすのも良いものだな……こんなに穏やかな気持ちはいつぶりだろう」

「シルフィは普段から気を張りすぎなんだよ。年齢を考えればもっと周りに甘えても良いんじゃないか？」

「私より年下のコースケにそう言われるのはなんだか複雑だな」

「たしかに俺のほうが年齢的には年下だけど、エルフの寿命から考えるとシルフィはまだまだ子供じゃないか。俺は人間としては十分に成人した大人だからな」

「ふふ、そうだな。じゃあコースケと二人きりの時にはたくさん甘えるとしよう。さしあたっては膝枕でもしてもらおうかな？」

「勿論ですとも」

俺が長椅子の端に寄って膝を叩くと、シルフィが嬉しそうな顔をしてこてんと俺の膝に頭をのせてくる。その頭を撫でてやると、シルフィは猫のように目を細めて気持ちよさそうな顔をした。ふふふ、愛いやつめ。でも、シルフィはどちらかというと猫というよりはキリッとした大型犬みたいなイメージだよな。気を抜くとちょっとおっちょこちょいなところとかハスキーっぽい。

「シルフィの髪の毛は綺麗だなー。キラキラだしサラサラで触ってるだけで気持ちいい」

「そうか？　そう言ってくれると嬉し――――」

『GYAOOOOOOOOOOO!!（うちの娘を誑《たぶら》かした野郎はどこだオラァーーーー!!）』

なんか物凄い咆哮と副音声が聞こえてきた。

『GYAAAAAA⁉（父上やめるのじゃーーーー⁉）』

続いて聞き慣れた鳴き声と副音声も聞こえてきた。

『GURRRRRRRRR！（お母さんもその人のことは是非見定めたいわー）』

『GYAAAAA！（美味しいものがあると聞いて）』

『GRRAAAAAAAAAA！！！（酒！　酒が飲みたい！）』

続いて更に沢山の咆哮と副音声が響いてくる。

「コースケ？」

「お客さんみたいだ」

俺は天井を仰いで大きく溜息を吐いた。何匹来てるんだよ、一体。

◆
◆
◆

痛みを訴えるこめかみを押さえながら家の外に出ると、里の上空でぎゃおぎゃお鳴いている空飛ぶトカゲどもと、それを見て恐慌状態に陥っているエルフの里の住人達が目に入ってきた。おお、もう……どう収拾をつければいいんだこれは。

「ぐらんでー」

「あぁっ⁉　コースケ！」

空に向かって呼びかけると、グランデが俺に気づいて顔を凶悪に輝かせた。うん、喜んだんだろうけど凄んでいるようにしか見えないんだ。

「あぁん⁉　お前がグランデちゃんを誑かした野郎かこのクソ雑魚ヒューマァァァン⁉」

グランデの倍くらいはでかいグランドドラゴンが空中から怒声を浴びせてくる。うるさいうるさい、マジでうるさい。空気がビリビリと震えてるから。あと息が生臭い。

「とりあえず理性的に話し合おう、理性的に。グランデ、他の三人とはどういう関係だ？」

「母上と兄上二人なのじゃ」

「そうか。グランデのお母さんとお兄さーん、食い物と酒を出すんでこの暴れん坊ドラゴンを里の入り口のところにある開けた場所に連れてってくれませんかー？」

「はーい」

「わかった！」

「酒！」

最後のそれは返事なのか？

「な、なにをするきさまらー！」

パパドラゴンが三匹のドラゴンに組み付かれて里の入り口の方に墜落していく。ズシーン、と大きな音が鳴り、地面が揺れたが……まぁ頑丈なグランドドラゴンの身体なら何ということもないだろう。

「すまん、コースケ……」

「予想はしていたから気にするな」

グランデが家族に会うと聞いた時点でなんとなくこういうことになるんじゃないかなとは思っていた。薄々とだけど。

「シルフィ、どうもグランデの家族が押しかけてきたみたいだ。父親のドラゴン以外は怒ってる感じじゃなかったから、話をつけてくるよ。エルフの里の皆さんには心配無用と伝えてくれないか？」

「それは良いが……本当に大丈夫なのか？」

「多分な。でも万一のことがあるから、できるだけ早く戻ってきてくれると助かる」

「わかった。無理はするなよ」

シルフィの姿が一瞬で消える。えっ、なにそれは。忍術か何か？

「コースケ、あの女エルフも魔神種なのか……？」

「いや、知らんけど。戦闘用に進化したエルフ？」

「今、一瞬だけどあの魔神種と同じくらいヤバい気配だったのじゃ……」

「マジか……まぁシルフィだからな」

ぶっちゃけ、シルフィがメルティと比べてどれくらい強いのかとかは俺にはわからん。メルティが滅茶苦茶強いのはわかるし、それよりもライム達三人が集まったほうが強いというのは本人たちから聞いたからわかるけど。今度聞いてみようかな？

「グランデも先に広場に行っててくれ。俺も走っていくから」

「わかったのじゃ」

空中でホバリングしていたグランデが里の入り口の方に飛んでいく。それを追って俺も走り出した。

自らの足で走り、更にコマンド入力によって前に進む。歩幅と移動距離が微妙に合っていないから下手すると躓《つまず》きそうになるのだが、流石にもう慣れた。

この状態になると普通に走るよりもかなり速く走れる。体感で二倍以上だ。更にストレイフジャンプも入れるともっと早くなるんだが、流石にエルフの里の中だと悪目立ちしそうなのでやめておく。

里の入り口に近づくに連れてギャアギャアギャアワァァワァァどっすんばったんと大騒ぎしている音が聞こえてきた。なんて騒がしい奴らだ。

「離せ！　グランデちゃんを誑かして傷物にした虫ケラに思い知らせてやらなければならんのだ！」

「だめですよー、お父さん。グランデちゃんももう子供じゃないんですから。過保護なのはよくないわー？」

「そうだぞ父さん。グランデだってもう立派な成竜なんだから。というか、俺達の時は放置だったじゃんか」

「そんなことよりもコースケとかいうやつをプチっとしたら酒が飲めなくなるだろ。そんなのは俺が許さないぞ」

竜達が取っ組み合いをしながらゴアアアア！　ギャオオオ！　と吼えているが、その内容はどう控えめに聞いても家族同士のちょっとした喧嘩である。里の門を守っているエルフの兵士が咆哮しながら取っ組み合う竜達を見ながらこの世の終わりが来たかのような顔をしているのがなんともやるせない。

「あー、俺が話をつけるから、攻撃だけはしないようにしてくれ」

「は、話をつけるだと……？　お、おいまて人間！」

　慌てて声をかけてくるエルフの兵士を無視し、吼えあっている竜達の傍まで歩を進める。

「はいはい、出頭したぞー。グランデの友達のコースケでーす。どうぞよろしく」

　パンパンと手を叩きながら呼びかけると、四頭の竜が一斉にこちらに顔を向けた。全員グランドドラゴンだな、うん。お顔が凶悪。もう俺はグランデで慣れたけどね。

「まずは暴れん坊を里の外まで連れ出してくれてありがとう。俺は約束を守る人間だから、話をするよりも先に約束の食い物と酒を提供したいと思う。いいな？」

「食い物と酒だと？　貴様、我ら誇り高きドラゴンをそのようなもので――」

「はいはーい。グランデちゃんのいってたはんばーがーがたべてみたいなー」

「俺も俺も」

「酒！」

　酒ドラゴンはマジでぶれないな。そして速攻でメシと酒に釣られた家族達を見てパパドラゴンが裏切られたという表情をしている。うん、そう言う仕草は正にグランデのパパさんだな。

　俺は木材ブロックを使って臨時の食事台を拵え、その上にグランデ用の特大ハンバーガーをぽんぽんと積み重ねてゆく。そして食事台の横に蜜酒の大樽も置いた。

「はいよ、召し上がれ」

「いただきまーす」

「うめ……うめ……」

「酒ッ！　呑まずにはいられない……ッ！」

ママドラゴンは一つの特大ハンバーガーを両手で持ってお上品に食べ始め、兄ドラゴンAは両手に一つずつ特大ハンバーガーを持って交互に食べ始める。兄ドラゴンBは……大樽に頭を突っ込んでぶくぶくしてる。お前それはアカンやろ……。

ちなみにグランデは父ドラゴンが俺に向かってきた時に止めるためか、俺の傍らに控えていた。でもさっきから視線がチラチラと食事台の方に向いているから気になっているようだ。

「ほら、グランデ」

「よ、良いのか？」

「当たり前だろう？　重いから早く受け取ってくれ」

「う、うむ」

俺の手から特大ハンバーガーを直接受け取り、グランデもハンバーガーを頬張り始める。家族達のそんな様子を見たパパドラゴンがプルプルと震え始めた。

「お、お前たち……人間なんかに餌付けされて！　ドラゴンとしての誇りはないのか⁉」

「誇りで美味しいものは食べられないわよー？」

「うめ……うめ……」

「ぶくぶくぶく」

「む、むぐっ……」

兄ドラゴン二頭は食欲に忠実すぎない？　返事すらしてねぇ。グランデだけは気まずそうな雰囲気を醸し出しているが、この中で一番最初に餌付けされたのはグランデだ。既につま先から頭の天辺までどっぷりと俺の作り出す食事の魅力に浸かりきっている。今更パパドラゴンの言葉に頷くことはできないだろうな。兄ドラゴン二匹はもう知らん。

「くっ……！　貴様が――！」

パパドラゴンが牙を剥いて唸り声を上げる。おお、なかなかの迫力。というか普通に怖い。こんなのに噛みつかれたら一発で死ぬ。

「まぁまぁ、落ち着いて話し合いましょう。グランデのお父さん。竜とは賢く、理性的な存在だとお嬢さんには伺っています。きっと話し合いで誤解も解けるでしょう」

「その手には乗らんぞヒューマン。お前たちは狡賢《ずるがし》い。そうやって私を煙に巻くつもりだろう」

「煙に巻くなんて人聞きの悪い。真摯に話し合い、お互いの誤解を解こうと思っているだけです。暴力をぶつけ合うのはそれからでも遅くはないでしょう」

懐柔されて帰ってきたグランデと速攻で餌付けされた家族達の前例があるからか、パパドラゴンは俺の弁舌を最大限に警戒しているようだ。そんなに大したものじゃないと思うんだけどな。

「まず、何をそんなに怒っていらっしゃるので？」

「グランデちゃんを傷物にしただろう！」

「傷物……？」

グランデに視線を向けると、彼女は気まずそうに目を逸らした。

「その、前に妾の血を採ったじゃろ？　その話をしたんじゃよ」

「なるほど、確かにお宅のグランデさんの表皮をちょっとだけ切って血をもらいましたね。でも、それは決して無理強いしたわけではなく、食事の対価としてお願いして、グランデさんの了承を得た上でのことだったのですが」

「嫁入り前の娘の肌に傷をつけられて怒らない父親がいると思うか⁉」

「うーん……」

確かに、俺が父親の立場だったら不快に思うだろうな。

「確かに、その通りですね。残念ながら俺に娘はいませんが、娘が居たとしたら確かに怒るかもしれません」

「そうだろう⁉　話がわかるではないか、人間」

我が意を得たりとばかりにパパドラゴンが頷き、胸を反らす。少し落ち着いたようなので、切り返すことにした。

「ええ、そう思います。ただし、それが自分で判断をすることもおぼつかない幼子であったらですが」

「むっ……！」

「そうよねー。森の外に出たグランデちゃんはもう立派な大人だもの。そのグランデちゃんが自分で判断したことにケチを付けるのは違うわよねー」

押し黙ったパパドラゴンの横でくるるるる、と少し高い声でママドラゴンが唸った。

「そ、そうじゃぞ父上。それに傷跡は跡形もなくコースケが消してくれたのじゃ。それに、その後に妾から血を差し出そうとしたら、何度も痛い思いをさせるのは忍びないと言って遠慮したのじゃ。コースケは妾の力や血や鱗を目的としているのではなく、本当にただ友として扱ってくれているのじゃ」

グランデも俺の援護をしてくれる。くっ、グランデの純粋な言葉が胸に痛い！　すまんグランデ、俺はお前が思うほど清廉潔白な人間ではないんだ……お前の力を利用しようとして近づいたのは確かなんだ……すまぬ、すまぬ、すまぬ……。

「ぐぬぬぬぬ……」

ドッコンドッコンと凄い音を立ててパパドラゴンの尻尾が地面を叩く。機嫌が悪いのか、それとも考え事をする時の癖なのか……どっちにしろとても迷惑だ。うるさいし揺れる。

「っていうか父さんも食ってみろって。美味いから」

「酒は渡さん」

兄ドラゴンAがもっしゃもっしゃしながら特大ハンバーガーを一つ手に取ってパパドラゴンに差し出す。

「いらんわそんなもの！」

そしてパパドラゴンの尻尾がそれを地面に叩き落とした。地面に。地面にだ。

ふーん？　そういうことしちゃう？　これは教育が――。

「オゴォ⁉」

物凄い音と共にパパドラゴンの首が空へと伸び上がった。ぱたたっ、と音がして何かが空から降ってくる。それは赤い血潮と、砕けた何かの破片だった。

「デルギス？　いくらなんでも食べ物を粗末にするのはだめでしょう？」

「はい……」

ママドラゴンがごるるるる……と物凄く低い、恐ろしい声で唸る。聞こえる副音声はめっちゃ柔らかい声なんだけど、腹の底が冷えるような錯覚を覚える。

「グランデ、お前のかーちゃんめっちゃ怖くね？」

「母上の前で食べ物を粗末にするのはご法度なのじゃ……」

グランデがプルプルと震えている。なるほど、基本は大らかだけどやっちゃいけないことをやるととても厳しいタイプか。

見ると兄ドラゴンAはいつの間にかハンバーガーをお行儀よく食べているし、兄ドラゴンBも……いや兄ドラゴンBは相変わらず樽に頭突っ込んでるわ。ブレないなお前。

「ごめんなさいね、コースケさん。うちの人が煩くして。このおバカ以外は別にグランデちゃんとコースケさんの関係にどうこう言うつもりはないからー。今後何か言ってきても無視していいからねー？」

「はい、ありがとうございます」

「でも、グランデちゃんを裏切った時は……わかるわね？」

ママドラゴンが俺を見下ろしながらくるるるるる、と可愛らしい声を上げる。うん、可愛らしい声に聞こえるけどめっちゃ怖い。ちびりそう。シルフィ助けて。

◆　◆　◆

グランデママに顎を砕かれて涙目になっているグランデパパの治療をしてやっているとエルフの兵を引き連れたシルフィがやってきた。グランデママがくるる、と鳴いて警戒したのが伝わったのか、シルフィが兵達を止めて自分ひとりだけで近づいてくる。

「念のために戦力を整えてきたが、問題無さそうだな。どうしたんだ、その竜は」

「食べ物を粗末にしてグランデのママドラゴンに制裁されたパパドラゴンだ。ちなみにそっちのドラゴンがグランデのママドラゴン、あっちでハンバーガーを貪ってるのがグランの兄ドラゴンA、酒樽に頭を突っ込んで動かないのがグランデの兄ドラゴンBだ」

「AとBって……まぁ良い。このドラゴン達はエルフの里を焼き払いに来たとかそういうことではないんだな？」

「ああ、それはない。グランデパパが過保護っぷりを発揮して俺に文句を言いに来ただけだ。グランデママは多分グランデパパがやりすぎないようにお目付け役でついてきたんだと思う。兄ABは見ての通りグランデが話したハンバーガーと酒に釣られてついてきたんだと思うぞ」

「そうか、ではそう伝えてくる」

シルフィが踵を返してエルフの兵達の方向へと戻っていく。その後姿を見てグランデママがくるるる、と鳴いた。

「あれがあなたのつがい？」

「そうだ。美人だろ？」

「人族の美醜は私にはわからないわ。でも、強そうな雌ね」

「強いし美人だし最高だぞ、シルフィは」

「グランデちゃんは？」

「ん？」

「グランデちゃんは？」

グランデママが同じことを二回言って俺をじっと見下ろしてくる。なんだこれは。一体どうすればよいのだ。

「グランデは可愛いよね」

「そうね、グランデちゃんは可愛いわね。それで？」

「どうしろと？　身体の大きさも種族も違いすぎてどうにもできないだろう」

比較的ストライクゾーン広めな俺でも流石に無理である。俺が女でグランデが雄だったらもしかしたらワンチャンあったかも……？　そうだとしてもぼこぉ、ひぎぃみたいなのはノーセンキューなんですが。

「気合でどうにかならない？」

「どうにもならんわそんなもん」

無理を言わないで欲しい。

「仕方ないわねぇ……」

ぶしゅー、と鼻で溜息を吐いてグランデママが諦めてくれる。鼻息で吹き飛ぶかと思ったわ。

グランデはそういうのじゃないから。癒やしのペット枠だから。いつまでもそういう存在でいてほしい。

「なんかその……すまんの、コースケ」

グランデママから解放された俺にグランデがそっと話しかけてくる。

「気にするな……グランデの帰省で舞い上がってるだけだろう」

「うむ……人とドラゴンがそんな関係になるなど、長老たちの与太話でしか聞いたことがないからの」

「むしろそういう関係になる伝説があることが驚きなんだが……」

「人間の娘に恋をした竜の雄が人間に姿を変えてその娘と添い遂げたらしい」

おー、なんかよくありそうな話だな。日本昔話とかでそういうのなかったっけ？　鶴の恩返しの水龍バージョンみたいな。

「竜って人間に変身できるのか？」

「長老たちの与太話じゃからなぁ……わからん」

「そうか」

つまりグランデの竜娘化フラグなんてなかったってことだな。頭に角、背中に翼、太い尻尾に手足は鱗とごっつい爪、でも顔は美少女！　って感じなら大歓迎なんだけどな。

流石にいくら性格と仕草が可愛くてもディアブ○ス相手では無理があるよ。うん。

「だが待てよ……？　人間の大きさになればもっと腹いっぱいはんばーがーやほっとけーきを食えるのでは……？」

食欲に忠実なグランデがくだらない理由で人間化を目論み始めた。いや、人間みたいな大きさになったら胃袋も一緒に小さくなるだろうから相応の量しか食えないと思うよ。

「ドラゴンの姿のままでもたんと食わせてやるから。変な気を回すな」

「そうか……？」

グランデがあまり納得のいっていない様子で首を傾げる。

いいか、そもそも俺のキャパシティはシルフィとアイラとハーピィ達でもういっぱいいっぱいだったんだ。そこにメルティが加わって割とピンチなのに、そこに竜娘と化したグランデが加わるとか完全にオーバーキルだよ。これからエレンだって加わる予定だっていうのに。

治療の終わったグランデパパにも改めて食い物を提供し、酒も追加して歓待した後、ドラゴン達には帰ってもらった。グランデママが美味しい食事のお礼だと言って夫と息子達の鱗を置いていってくれたので、収支的にはプラスなんだろうな、これは。

え？　どうやって鱗を置いていったのかって？　なんかこう、前足の爪でゴリゴリと毛繕いならぬ鱗繕いをして、剥がれ落ちたのを進呈していってくれたよ。なんか鱗繕いされたオスドラゴンズが涙目になってた気がするけど、きっと気のせいだと思う。

里を騒がせたお詫びにエルフの里にも何枚か進呈したらエルフの鍛冶屋と細工師達が目をギラギラさせていた。やはり竜の鱗はどこでも喉から手が出るほど欲しがられる貴重品であるらしい。

そして、シルフィの家への帰り道でのことなのだが……何故かエルフ達の俺に対する扱いが良くなったように思う。

今まではシルフィと一緒に歩いていてもシルフィではなく俺に声をかけてくるようなエルフは少数だった。だが、この出来事を境に俺にも普通に声をかけてくるようになった。それに、なんというか接し方が丁寧な感じだ。一目置かれているとでも言えば良いのだろうか。

そんな気がしたのでシルフィに聞いてみた。

「五頭もの竜を相手に物怖じもせずに接して、興奮した竜を宥め、怪我をした竜を自分の手で癒やした上に、別に叩きのめしたわけでもないのに竜が自ら鱗を捧げていく。そんな様をエルフの里の全員がその目で見たんだぞ。それを見ればいかに頑固なエルフでもお前に一目置かずにはいられんよ」

エルフ達の反応を目にしたシルフィはとっても上機嫌である。どうやらエルフ達の間で竜の乗り手として、そして竜と心を通わせられる者として俺が一目置かれるようになったのがとても嬉しいらしい。

いつもの籐製の長椅子に座り、蜜酒の入った木製のカップを片手にニマニマとした笑みを浮かべ続けている。

「シルフィも見直したか？」

「私は見直す必要なんて無いくらいコースケを評価しているよ。コースケは私の最高の伴侶だからな。だが、惚れ直したよ」

「面と向かってそう言われると照れるな」

「それだけのことをしたということだ。コースケは私の自慢の伴侶だな」

ドラゴン達に飯を食わせてちょっと話しただけでシルフィに褒められるとは思わなかったな。

でも考えようによっては危険な状態ではあったのか。グランデパパはかなり興奮してたし。

もし万が一いきなり襲ってきたとしても、とりあえず一撃凌ぐだけの準備はしてたんだけどな。石材ブロックのまとめ置きは常にスタンバってたからね！

噛み付きにしろ、尻尾攻撃にしろ、ブレス攻撃にしろ頭突きにしろ、基本は真正面か横からの攻撃だろうとあたりはつけていた。一撃凌げば逃げるなり更に守りを固めるなりはなんとでもなる。がっちり守りを固めたら反撃だってできるだろう。

つまり生き残りさえすればなんとかなるってことだ。生き残るための能力に関しては俺はシルフィやメルティとだって張り合えると思っているんだ。怒ったグランデパパくらいなんとでもするさ。

「今日はもうゆっくりするとして、明日はどうしようかね？」

「そうだな……家でごろごろするのも良いが、グランデに黒き森の奥地を案内してもらうというのはどうだ？」

「お、それは面白そうだな。ちょっとした冒険になりそうだ」

「黒き森の奥地は人跡未踏の秘境だ。きっと珍しい動植物や魔物、自然の絶景なんかも見られるのではないかな」

「いいね。そうなると明日の準備をしておかないとな」

「準備なんているのか？　全部インベントリの中だろう？」

「それもそうだな。革鎧も持ってきてあるし、武器の用意も問題ない」

メリネスブルグの地下で作った革鎧と鉄の兜は大事にインベントリにしまってある。あれを装備すれば探索用の装備としては一応の格好がつくだろう。武器に関してもアサルトライフルの弾薬はアーリヒブルグに戻ってからコツコツと補充しておいたし、その他の試作武器の類も回収してある。いくつか研究用にバラされてたけど……まったく研究開発部の連中は貪欲な奴らだぜ。

「じゃ、明日はグランデによる黒き森の秘境探検ツアーだな」

「グランデが日の高いうちに来てくれればな」

「あー、そうだな。こんなことなら明日は早いうちに来てもらうように言っておければ良かったなぁ。

グランデは意外に手先が器用だからな。腕時計みたいにベルトで前脚に巻きつけるような感じにして、グランデの手でも操作ができるように構造してやれば良いかもしれない。

グランデ用のゴーレム通信機を作るか……？」

「ん？」

グランデ用のゴーレム通信機の構想を練っていると、服の裾をちょんと引っ張られた。当然ながら、この場でそんなことをするのはシルフィ以外にありえない。

顔を向けてみると、シルフィが少しむくれたような顔をしていた。

「折角二人きりなんだ、その……」

「イチャイチャする？」

「そういう……その、うん」

俺のストレートな物言いに顔を真っ赤にしてボソボソと呟くシルフィは殺人的に可愛かった。

ご主人様が望むならそういたしましょう。何せ私はご主人様を敬愛する忠実な下僕ですから。

◆　◆　◆

シルフィと二人きりでとことんイチャイチャしながら夜を過ごし、翌朝。

目を覚ますと、既にシルフィはベッドから抜け出していた。なんだか良い匂いがする。どうやらもう朝食を作り始めているらしい。

「おはよう、シルフィ」

「ああ、おはよう」

既に身支度を終え、台所に立っていたシルフィがこちらに振り返った。ラフな服装に黄色いエプロンをつけたシルフィの姿に愛しさと尊さが溢れ出してくる。思わず拝んでしまった。

「朝から何をしているんだ……裏庭に水桶を用意しておいたから、さっぱりしてこい」

「ありがとう。さっぱりしてくるよ」

シルフィにしっかりとお礼を言って裏庭へ向かう。謝罪や感謝の言葉はいくらでも言うべきだよな。親しい間柄だからってその辺りを疎かにするのはよくない。おはよう、ありがとう、ごめんなさい、そういう言葉は人間関係におけるとてもローコストな潤滑油だと思う。

裏庭で久々の水浴びをする。最近はずっと温かいお風呂に入ってたからなぁ。この家にも風呂場を作るべきだろうか？　俺の作業小屋を解体して風呂場にしようかな。

居間に戻ると、既にシルフィが朝食の準備を整えていた。

「戻ってきたな。さぁ、朝食にしよう」

　今朝の食事は蒸した芋と、野菜と豆のスープ、それに焼いたベーコンと茹でた卵だった。

「朝からボリューミー」

「昨日の夜はよく運動したからな」

「そうだな。それに今日も大冒険の予定だもんな。朝飯はしっかり食わないとだ」

「うん」

　熱々の芋にエルフ製のバターのようなものをつけていただく。うーん、バターみたいだけどバターじゃない。マーガリン……？　美味しいからなんでもいいか。

　スープはあっさり塩味で野菜の甘味が引き立つ。豆のおかげで食べごたえも抜群だ。ベーコンは塩っ気が強いが、蒸した芋とよく合う。チャボ鳥の卵は固茹でだ。シルフィは茹で卵は固茹で派らしい。俺はどっちでも良い派。茹で卵に塩を付けてモグモグするのって幸せだよな。

「美味しいよ、シルフィ」

「そうか？　コースケの料理のほうが手が込んだものが多いと思うが……」

「そうなのかもしれないけど、俺はシルフィの料理が好きだ。なんというか、俺の作る料理は出来合いって感じが強いんだよな。シルフィの料理は手作りの温かさというか、確かな満足感がある」

「そうか……うん、嬉しいな」

　シルフィはそう言ってとても嬉しそうに微笑みを浮かべた。

◆
◆
◆

食事を終えたら冒険の準備である。

俺は革の鎧を身に着け、頭に鉄製の兜――は今はいいや。グランデが来てからでいいだろう。これにショートカットに登録してある武器を装備すれば武装完了だ。

ああ、腰にミスリルショートソードくらいは差しておくか。

「これで準備完了」

「こちらも準備完了だ」

シルフィはいつもの黒い革製のライダースーツのようなものを装備し、左腰にペイルムーン、右腰にリボルバー、腰の後ろに鋼製のククリナイフを二本。完全武装だ。

「後はグランデ待ちだが――」

『GYAOOOOOOON！（ハンバーガーを要求する！）』

『GOAAAAAA！（酒！　今日も酒を！）』

『GYAOOOOOOOOOOO!?（兄上ぇぇぇぇぇ!?）』

またもや副音声付きで咆哮が聞こえてくる。昨日も聞いたわ、こういうの。

「向こうから来たわ」

「そのようだな」

俺の言葉にシルフィが苦笑する。

「今度は何だって？」

「グランデの兄二人が飯と酒をたかりに来たらしい」

「ほう……どうするのだ？」

「相手の態度次第だな」

　対等な友人として付き合おうってんならよし、そうでないなら……まぁ、それなりの対応をするとしようか。メルティはいないが、シルフィもいるしなんとかなるだろう。

◆　◆　◆

「GYAUUUUUU！（はんばーがーくれよヒューマン！）」

「GURRRRRRR！（酒だ！　酒を持ってこいヒューマン！）」

「GYAOOOOOOON⁉（兄上達やめるのじゃー⁉）」

　響き渡る鳴き声を頼りに昨日ドラゴン一家を迎えた広場へと移動すると、そこにはジタバタするグランデとそのグランデを足蹴にして地面に押さえつけている二頭の兄ドラゴンがいた。

　うん、まずはだな。

　俺、激おこ。

「今すぐグランデからその汚い足を退けろ、クソトカゲども」

　グランデの様子を見る限り、無体を働こうとする兄ドラゴンを止めようとしたのだろうということは想像に難くない。よく見ればあちこちの鱗に傷もついている。これは許せんよなぁ？

「生意気なことを言ってないではんばーがーはよ！」

「酒！　酒を寄越せ！　今すぐ！　はやく！」

なんでこいつらこんなに本能に忠実なんだ……『知能：動物並み』なのかな？　グランデとかグランデママは比較的理性的なのに……グランデパパもまぁ、こいつらに比べれば理性的だったな。

単にこいつらの思考形態がちょっとアレなのか、それとも全体的にオスドラゴンが本能的なのか判断に迷うな。

「もう一度言うぞ。今、すぐ、グランデから、足を、退けろ！」

グランデを足蹴にしているクソトカゲ二頭に向かって叫ぶ。

「おい、コースケ」

「シルフィ、相手がドラゴンだろうとなんだろうと俺の友達を足蹴にするような奴とは仲良くできないよ、俺は」

「ふむ……それもそうだな。私も同じ気持ちだ」

「そうだろう。ちょっと話をつけてくるから、シルフィはここで見守っててくれ。ヤバそうだったら助けてくれると嬉しい」

「わかった」

シルフィはそう言って頷き、俺を送り出してくれた。腕を組んで仁王立ちし、事態を静観する構えのようである。

「コ、コースケ、流石に兄上達に喧嘩を売るのは……」

「馬鹿、妹を足蹴にする兄なんざゴミクズだ。何より友達を足蹴にするやつなんて許せんね。というわけで今すぐ足を退けろクソトカゲ。従わないならぶっ飛ばす」

「貧弱なヒューマンがどうやってだ？　良いからとっととはんばーがーをよこせよ」

「酒！　酒！」

兄ドラゴンAは俺を嘲笑うかのようにグルルルと喉を鳴らし、兄ドラゴンBがゴッフゴッフと興奮したかのように息を吐く。うん、駄目だこいつら。

「最後通告だ。グランデから足を退けろ。でなきゃぶっ飛ばす」

俺の言葉に兄ドラゴンズは従わず、むしろグランデを踏んでいる足に力を込めたようだ。

「むー……っ！」

グランデが苦しそうな声を上げてジタバタする。

うん、ぶっ飛ばす。

俺はインベントリからとあるものを取り出し、構えた。大型の回転弾倉を持つグレネードランチャーだ。装填してあるのは40mm多目的榴弾が六発。50mmほどの装甲貫徹能力もある一品である。

「なんだそr」

「ぶっ飛べ」

ぽしゅっ、ぽしゅっ、ぽしゅっ、とちょっと気の抜けたような発砲音が連続で響き、グレネードランチャーから飛び出した多目的榴弾が空中に弧を描いて飛翔する。

「んごぉっ⁉」

飛翔した多目的榴弾は一発も外れること無く兄ドラゴンAの顔面や首に着弾し、爆発を起こした。流石にこれはたまらなかったのか、兄ドラゴンAの首が大きく仰け反る。

「てめぇもだ」

再びの発砲、三連射。流石に兄ドラゴンBはこれを回避しようとしたが、今度の狙いはデカい胴体だ。あの図体で避けられる筈もなく、三発の多目的榴弾を胴体に食らった兄ドラゴンBがたたらを踏んで後退する。

「いててててっ⁉」

「ちょ、コースケ、妾にもなんか破片がっ」

「それはすまん」

リロードアクションをしながら文句を言うグランデに素直に謝っておく。ぶっちゃけ俺にはあいつらを素手で殴ってどうにかする腕力はないので、こういうものに頼るしかないんだ。すまんな。

「いてぇだろうがこのヒューマン！　その喧嘩買って――」

ぽしゅん、ぽしゅん、ぽしゅん、ぽしゅん、ぽしゅん、ぽしゅん。

「痛っ！　痛いっ！　や、やめっ！　痛いからっ！　やめて！」

無言で兄ドラゴンAに六連射を食らわしてやると、流石に多目的榴弾は効くのか兄ドラゴンAに泣きが入り始めた。着弾地点から血が流れ出ているので、50mm程度の装甲貫徹能力でもドラゴンにはそこそこ効くらしい。これはガチガチの対戦車ロケットランチャーとかならドラゴンを仕留められるかもしれんね。

「こうさんしますからゆるして」

兄ドラゴンBは三発食らった上に六連射を食らった兄ドラゴンAの惨状を見てあっさりと降伏した。仰向けにころんと転がって完全に服従のポーズである。

俺は無言でリロードアクションを行い、再度兄ドラゴンAに六連装グレネードランチャーの銃口を向ける。

「ぼくもこうさんしますごめんなさいゆるしてぽしゅぽしゅやめて」

「……二人ともグランデに謝れ。そうしたら許してやる」

「グランデごめん。ふんだのゆるして」

「踏んづけてごめん、妹よ」

「う、うむ。許すぞ」

「よし、そのまま動くな」

念の為石材ブロックで埋めるようにして兄ドラゴン二頭を拘束し、傷口から流れ出る鮮血を五百ミリリットルのガラス容器にたっぷり八本分ほど回収してから二人の傷を治療してやった。

シルフィは俺が行う一連の作業を何故かニヤニヤしながら眺めていた。なんだろうか？

「傷は治した。見てたとは思うが、お前たちの生き血を迷惑料としていくらかもらった。良いな？」

「「はい」」

俺の施した拘束から開放され、並んで座らされた兄ドラゴンズが素直に頷く。

「で、食い物と酒だったな」

「……」

「昨日はグランデにいつも世話になってるから、故郷に帰ってきて再会した家族への挨拶という意味で食い物と酒を振る舞ったわけだ。グランデには普段から酒と食い物を提供してるが、それは一方的なものじゃない。俺とグランデは対等な関係だからな。何かしら働いてもらって、その対価として俺は食い物と酒を提供している」

「「はたらく？」」

兄ドラゴンズが同時に首を傾げる。くっ、ちょっと可愛い。面構えは凶悪だけど。

「そうだ。中型、大型の魔物を狩って持ってきてもらったり、血や鱗を提供してもらったりな」

「「なるほど」」

「今日のところは仲直りの証ってことで食い物と酒を出す」

「「!!」」

「明日以降も飲み食いしたければ、黒き森の奥の方に生息してる中型、大型の魔物を狩って持ってきてくれれば食い物と酒を出そう。つっても、あんまりでかすぎてもなんだから、ワイバーンくらいのサイズのやつで頼むぞ」

「「わかった！」」

「あと、俺がいる間だけの話だ。俺は一週間もしないうちにもっとずっと北にある人族達の住んでいる街に戻るからな」

「「そうか……」」

兄ドラゴンズがシュンとする。なんとかしてやりたいが、エルフの里の生産力でドラゴン二頭の胃袋を支えるのは無理だろうし、どうしようもないな。俺もグランデだけならともかく、兄ドラゴンズまで養うのはしんどいし。まぁ、一応長老衆に相談はしてみるか。

「さぁ、話は終わりだ。仲直りしようぜ」

「おう！」

「仲直りだ！」

がおーっ、と兄ドラゴンズが吼える。うるさいうるさい。

石材ブロックを設置して兄ドラゴンズ用の食事台を作り、特大チーズバーガーと蜜酒の大樽をだしてやる。

「うまー！　なんだこれ！　きのうのよりうまい！」

「チーズバーガーだ。ハンバーガーにチーズというものを追加した特別なやつだぞ」

「ちーずばーがー！　うめー！」

「酒……酒……」

兄ドラゴンAがはしゃぎながら特大チーズバーガーにかぶりつき、兄ドラゴンBは蜜酒の大樽に頭を突っ込む。Aはともかく Bは大丈夫なのかこれ。アル中ドラゴンなのかな？

「グランデも食うか？」

「う、うむ……」

なんか歯切れの悪い様子を見せるグランデにも特大チーズバーガーを振る舞ってやる。この後俺とシルフィを乗せて飛んでもらうので、酒の提供はなしだ。飲酒飛行は怖いからな。

「なんだよ、歯切れの悪い感じだな」

「べ、べつになんでもないのじゃ」

グランデが俺から視線を逸らしながら特大チーズバーガーをチマチマと食べ始める。いつもは大口開いてガブリとやるのに、なんだか上品な感じで食べてるな。どうしたんだこいつは。目を逸らしてるのにチラチラと見てくるし。尻尾がベシベシと地面を叩いているから機嫌が悪いわけじゃないみたいだが。

「万事うまくいったようだな」

事態が上手く収まったと判断したのか、後ろから近づいてきたシルフィが声をかけてきた。

「見ての通りだ。ま、なんとか仲直りできて良かったな。本気でかかってこられなくて良かったよ」

兄ドラゴンズがこっちを最初からぶっ殺すつもりで突撃してきていたら危なかったかもしれない。まぁ、その時は石ブロックで防壁を作ってチマチマ攻撃するつもりだったけどな。武器も六連装グレネードランチャーじゃなくて対戦車ロケット砲か対戦車無反動砲にしてたね。

「ふふ……コースケは強いな。ドラゴン二頭を手玉に取るとは。伝説に聞く勇者も真っ青だぞ?」

「武器が強いだけだから。俺自身は弱っちいクソ雑魚ナメクジだから。この世界の戦士と比べるとめちゃくちゃひ弱だぞ、俺」

「コースケは自分を過小評価しすぎだ。距離を空けた状態から戦えば、私だって勝てるかどうか」

「一瞬で負けると思うが」

目視できない速度で接近されて近接戦を仕掛けられたらあっさり死ぬぞ、俺。そりゃグランデみたいなでかい相手には強いかもしれないけどな。この世界のトンデモ人族と対人戦は無理ゲーやで。

「ふふ、本当か？　今度試してみるか？」

「やめてくれ……シルフィと戦うなんて絶対嫌だぞ」

後ろから抱きついて耳元で囁くのはやめてください。刺激が強いので。というか、折角シルフィが抱きついてくれているのに革鎧のせいで幸せな感触が殆ど伝わってこない。がってむ。

「……」

シルフィとイチャついていると、グランデがチーズバーガーを食うことも忘れて何故か俺達をガン見していた。俺と視線が合うと慌てるかのように視線を逸らしてまたちょびちょびと特大チーズバーガーを啄《ついば》むように食べ始める。なんかグランデの様子がおかしいなぁ。

◆◆◆

「兄貴、ご馳走になりました！　今度は土産《みやげ》を持ってきますね！」

「あしたもさけがのみたいのでがんばります」

飯を食い終わった兄ドラゴンズはさっさと飛び去っていった。明日はちゃんと獲物を獲ってきてくれるらしい。モノによってはエルフの里に供与してエルフの里の特産品と交換していくのもいいな。

エルフの作る品は品質の良いものが多いし……というか兄貴ってなんだよ兄貴って。お前らみたいな弟がいるか。

それで、グランデに相談して黒き森深部探検ツアーに行こうと思ったのが。

「ちょっと待つのじゃ。せ、背中に乗せるのはちょっと……」

「ダメなのか？」

「だ、だめ……じゃない……よ……？」

そう言いながらくるるるる、とどこか甘えたような唸り声を上げる。やはり本格的に様子がおかしい。こいつは一体どうしたことだろう？　と首を傾げていると、シルフィに声をかけられた。

「交渉が難航しているようだが、どうしたんだ？」

「いや、よくわからんが背中に俺を乗せたくないらしい？」

「べ、べつに乗せたくないわけじゃない、のじゃ」

「そうなのか？」

「なんだって？」

「別に乗せたくないわけじゃないって」

「ふぅむ……？」

シルフィも首を傾げる。俺も首を傾げる。グランデはなんかモジモジしている。なんだこの状況。

「黒き森の奥にはきっと綺麗な景色とかもあるんだろう？　グランデの育った場所を見てみたいんだよ」

「む、むぅ……それは、あるが……」

「グランデが綺麗と思うものを俺も見てみたいんだ。頼むよ」

「ふあぁ……わ、わかった、わかったのじゃぁ……」

グランデが、何故かべべべッと小刻みに尻尾を地面に叩きつけ始める。怒ってる感じじゃないな……嬉しいに近い感じだと思うんだが、今までに見たことのない仕草だ。

「大丈夫なのか？」

「なんか様子がおかしいが、体調が悪いとかそういうことではないっぽい。一応了承してもらえたから、大丈夫だと思う……グランデ、鞍をつけるぞ」

「う、うむ」

姿勢を低くして大人しくするグランデにグランデ用の鞍を取り付ける。うん、特に問題はないようだ。急に様子がおかしくなったのはなんなんだろうな？

「ど、どこに連れていけば良いんじゃ？」

「んー、俺は森の奥の地形はまったくわからんからな。シルフィ、グランデがどこに行けば良いのかって聞いてきてるんだが、何かリクエストとかあるか？」

「ふむ。グランデの故郷とかはどうだ？」

「お、いいな。グランデ、グランデの故郷に連れてって欲しいんだが」

「ま、まだ心の準備ができてないからダメじゃ……！」

プルプルと震えながらグランデが俺の提案を拒否する。心の準備ってなんなんだよ一体。

「じゃ、じゃあ適当に綺麗な場所に連れてってくれ。滝とか、花畑とか、高くて周りが見渡せる場所とかが良いな」

「断られたのか？」

「なんか心の準備ができてないってさ。よくわからんが」

「ふむ……」

　シルフィが真剣な表情で何か考え込み始める。

「わ、妾の思う綺麗な景色とコースケの思う綺麗な景色は違うかも……」

「それでも良いって。グランデが綺麗だと思う景色ってのにも興味があるしな」

「そ、そうか。うむ、とびきりの場所に案内してやるぞ」

　今度はべっしべっしと機嫌良さそうに尻尾が地面を叩き始める。やめてやれ、地面さんのＨＰはもうゼロだ。グランデの尻尾の先がある周辺だけ一段低くなってるぞ。

「シルフィ、話はついたし乗せてもらおう」

「ん、ああ、わかった。今日はよろしく頼むぞ、グランデ」

「コースケ、この黒エルフはなんと言ったのじゃ？」

「今日はよろしくだってさ。俺からもよろしくな」

「そうか。うむ、任せておけ」

　ぐるる、と顔を近づけて唸るグランデの頬を撫でてからシルフィと一緒にグランデの背中に登り、鞍に腰掛けて革のベルトで身体を固定する。

ふとエルフの里の方に目を向けると、防壁の上に多くのエルフ達が見物に来ていた。グレネードの爆発音で驚かせたかな？

「行ってくる！」

そう言ってシルフィが手を振ると、エルフ達が手を振り返してきた。俺も手を振ってみると、俺にも振り返してくれた。なんだかちょっと嬉しい。

「グランデ、飛んでくれ」

「うむ。掴まっておれよ」

グランデがグッと姿勢を低くして力を溜め、翼を折り畳む。どうやら助走をつけずにそのまま飛び立つつもりらしい。俺とシルフィは彼女の忠告に従って鞍にしがみついた。

グランデが全身のバネを使って跳び上がり、翼を広げる。その瞬間、真下から物凄い風が吹き上げてきてグランデの巨体がゆっくりと上昇を始めた。

「まずは森の奥にある岩山に向かうぞ」

「おう、任せるよ」

「うむ。ゆっくり飛ぶが、ちゃんと掴まっておれよ」

「ああ、わかった。シルフィ、まずは森の奥にある岩山に向かうって」

「ほう、岩山か。何があるのだろうな」

「楽しみだな」

ゆっくりと飛ぶグランデの背中から黒き森を眺める。こうしてみると流石に黒き森というだけあって、地面が全然見えないな。森の密度が濃いというかなんというか……この森の木が特殊なのか、それとも土が特殊なのか……そうだ、土と言えば農地ブロックを作るのに黒き森の土が要るからこっちにいる間に掘っておかないとな。

「お、前方に岩山」

「随分切り立った岩山だな……それに、かなり大きい」

「どうやって形成された地形なのか想像もつかないな」

巨大な岩山に幾筋か白いものが見える。どうやら頂上の方で湧き出した水が滝となって地上に降り注いでいるらしい。滝は地面に近づくにつれて霧状になり、岩山の麓近くには虹がかかっている。

「おお、凄いなあれは！　虹が綺麗じゃないか！」

「確かに綺麗だな……ふむ、奥地にあんな場所があるとは」

「ふふ、そうであろうそうであろう。あそこにはいつも虹が出ておるのじゃ。ただ、あそこは常に雨が降っているようなものじゃからの。近づくと濡れるし、麓は足場も悪い。水棲の魔物も多いから、人族が近づくのは危ないじゃろうな」

「なるほど。綺麗だけど、俺達が近づくのは危ないってさ」

「そうなのか。だが、遠くから見るだけでも十分だ。このような美しい景色はなかなか見られるものではないな」

そう言ってシルフィは少し興奮した様子で虹に目を向け続ける。虹を生み出す滝、か。ファンタジーなこの世界だとああいうところには貴重な素材とかがありそうだよな。虹色の魔力が凝縮されたサムシングとか。強力な魔物も生息しているようだし。いつか行ってみるのもいいかもしれない。

「上がるぞ」

「おぉっ」

グランデが急上昇を始め、グンと身体が押し付けられるような感覚を覚える。なかなかの速度で上昇しているようだ。

「岩山のてっぺんにきれいな水が湧き出している泉があるのだ。そこも綺麗だぞ」

「へぇ、楽しみだな」

切り立った岩山の周囲を旋回しながらグランデはどんどん高度を上げ、ついに岩山の頂上に辿り着いた。

「うわぁ……こりゃすごい」

「これは綺麗な場所だな……」

岩山の頂上はまるで楽園のような場所だった。綺麗な水を湛える泉が湧いており、その周囲には綺麗な花々が咲き誇っている。高山植物の類だろうか？

「あそこは安全じゃ。降りるぞ」

「わかった。シルフィ、あの泉のところに降りるってさ」

「そうか！　それは楽しみだな」

シルフィもあのお花畑と綺麗な泉には心惹かれていたのか、嬉しそうな声が返ってくる。

グランデは着陸地点を調整しているのか、暫く岩山の上で旋回した後に緩やかに岩山の頂上へと着陸した。花を踏み潰さないように岩場に着陸するという徹底ぶりだ。

「流石だな、グランデ。花を踏み潰さないように着陸するのは大変だっただろう?」

「ふふ、これくらい造作も無いことじゃ。折角の美しい光景を妾が踏み荒らしてしまっては台無しじゃからな」

機嫌良さそうにくるる、と鳴き声を出しながらグランデがぐるりと首を回してこちらに視線を向けてくる。そこはかとなくドヤ顔をしているように見えるな。

「よし、降りるぞ。ちょっとの間じっとしててくれ」

「あいわかった」

「さんきゅ。シルフィ、降りよう」

「ああ!」

身体を固定していたベルトを外し、グランデの背から慎重に降りる。地面に降りて花畑に近づくと、ふわりと花の香りがしてきた。どうやら結構香りの強い花らしい。

「良い匂いだな」

「そうだな。見たことのない花だ……アイラへの土産に何株か採っていったらどうだ?」

「それは良いな。グランデ、いくつか花を摘んでいってもいいか?」

「根こそぎにしなければ良いと思うぞ」

「勿論だ。じゃあ、早速」

インベントリから片手で持てる園芸用のシャベルを取り出し、土と根っこごと慎重に花を採取する。

え？　ミスリルシャベル＋9はどうしたって？　あんなもん使ったら根こそぎにしてしまうわ。種類ごとに五株ほど花を採取したらシルフィと一緒に泉に近づいてみる。流石に魚とかの生き物は見当たらないな。

「飲めるかな？」

「コースケが汲んで、インベントリに入れればわかるのではないか？」

「それもそうか」

木製の水筒に泉の水を汲み上げ、インベントリに入れてみる。清浄な水、であるらしい。

「清浄な水だってさ。飲むことはできそうだけど、特殊な効果とかは無いみたいだな。ちょっと期待したんだが」

「ははは、そうそう都合よく珍しいものなど見つからないということだな」

がっかりして肩を竦めてみせた俺にシルフィがクスクスと笑う。

「それにしても、ここは綺麗な場所だな……」

泉のほとりに座り、シルフィがうっとりとした表情で辺りを見回す。泉の周りには色とりどりの花が咲き誇っており、風が吹くと花の香が鼻腔をくすぐっていく。確かに、綺麗な場所だ。

「ただ、ちょっと寒いよな」

「ははは、そうだな。高い場所だしな。今日は風が穏やかだから良いが、強風の時には怖い目に遭いそうだ」

「確かに」

グランデはどうしているかと視線を向けてみると、彼女は岩場でじっとしたまま俺達を観察したり、花畑に顔を寄せて花の匂いを嗅いだりしているようだ。俺はグランデのいる岩場へと歩を進める。

「おお、花畑も綺麗だが、景色も凄いな！　落ちたら怖いからあんまり崖っぷちには近づきたくないけど」

「うむ、なかなかの眺めであろう」

ここは標高何メートルくらいなんだろうか？　高さはよくわからないが、切り立った岩壁になっているせいで物凄く高く感じるな。この頂上部分はさして広くない。岩場を合わせても学校のグラウンドより狭いくらいだと思う。

しかしマジでこの岩山はどうやってできたのかわからんな。地面からマグマが吹き出してもこんな形には固まらないだろうし、風蝕で大きな岩が削れたというのであれば近くに他の岩山があると思うんだが。ううむ。俺は地質学者ってわけじゃないんだし気にするだけ無駄か。

「おっ、なんだあそこ。あの木めっちゃでかくない？」

俺の指差す先にはひときわ大きな木が生えていた。明らかに他の木より頭一つ二つどころか五つくらい抜けて背が高い。あれは幹もかなり太そうだな。

「ふむ……あれはかなり大きいな。里の集会場の木も立派なものだが、あの木は里の集会場の木の二倍以上背が高いだろう。間違いなくこの森の最長老だな」

「行ってみるか？　妾の翼ならひとっ飛びじゃぞ」

「いいね、是非近くで見てみたい。シルフィ、連れて行ってくれるとさ」

「そうか、楽しみだな」

俺とシルフィは姿勢を低くしてくれたグランデの背中によじ登り、鞍に座って再び身体を固定した。

次に向かうのは黒き森の最奥の大樹だ。今度こそ何か素材的な意味で珍しいものがあると良いな！

◆
◆
◆

「おっきいねぇ！」

「ああ、でかいな」

見上げて放った俺の言葉にシルフィが深く頷く。

黒き森の最奥に聳え立つ大樹はとにかくでかかった。高さは何メートルあるんだろう？　枝葉で天辺が見えないから定かではないが、軽く百メートルは超えてると思う。枝の張り出している範囲も広い。野球場の広さを軽く超えているだろう。

それに、根が凄い。地上にも波打って張り出している根の太さは軽く直径一メートルを超えているものが多数だ。それが更に折り重なり、絡み合って地表をのたくっている。なんというか、幹まで移動するのも一苦労な感じだ。

「里の集会場の木とは別の種類だよな？」

「葉の形が違うからな。しかし、雄大な姿だ……一体どれだけの月日ここに立ち続けているのか想像もつかんな」

シルフィと共に木を見上げていると、はらはらと一枚の葉が俺達に向かって落ちてきた。シルフィがそれを器用に掴み取る。

「ふむ……やはり見たことのない葉の形だな」

「結構でかいな。これもアイラへのお土産にするか」

「見たことがないものだろうし、案外喜ぶかもしれんな」

シルフィから葉っぱを受け取り、眺める。まぁ、見たことのない形だけど普通の葉っぱにしか見えないな。形は……うーん、ブドウの葉っぱに似てるかな？　三方向に張り出しているような感じだ。とりあえず、インベントリに入れてみる。

・黒き森の妖精樹の葉×1

「お、インベントリに入れたら木の名前がわかったぞ。妖精樹だってさ」

「妖精樹……？　本当か？」

「うん、黒き森の妖精樹の葉って表示されてるから間違いないと思うぞ。この世界には精霊だけじゃなく妖精もいるのか？」

精霊はシルフィが精霊魔法を行使する時に何度も見たことがある。ぼんやりと光る玉みたいなやつだ。なんだか知らんが、俺は精霊に好かれる体質らしい。エルフの伝承だと俺みたいな稀人は精霊に導かれてこの世界に来るそうだから、何か深い関係があるのかもしれんな。

「妖精樹には妖精の住処があるというが……コースケは妖精のことなんて知らないよな？」

「悪戯好きで羽の生えたちっちゃい存在ってイメージしかないな。この世界ではどうだかわからんが」

「概ね間違ってはいない。妖精は羽の生えた小さな人族といった外見で、背の高さは人間の大人の手首から中指の先くらいの小型の者もいれば、人間の子供とさして変わらない大きさの者もいるらしい。姿を消す能力を持ち、強力な魔法の力を操ることができるとされている」

「……強くない？」

「強い。妖精は基本的に無邪気で陽気な存在だが、怒らせるととても危険だと言われている。まぁ、人を殺すほど怒り狂うことはまず無いし、怒っても手酷い悪戯を受けるだけということが多いようだがな」

「こえぇなぁ……ってことはあまり近づかないほうが良いか？」

「もしかしたらグランデはそれを知っていて近くに降りるなりすぐに飛び立っていったのではないか？」

「あり得る」

俺達をこの妖精樹の近くまで運んだグランデは「ちょっと急用を思い出したのじゃ」とか言ってすぐさまどこかに飛び立って行ったんだよな。俺達が何かを言う前に飛び立っていったので、どうやって合流するんだよって実はちょっと途方に暮れていたりする。

まぁ、もし合流できなかったらエルフの里までゆっくり歩いて戻っても良いしな。危険な夜は地下シェルターなり高床式拠点なりに籠もれば良いわけだし、水も食料も十分ある。シルフィがいれば自衛能力には不自由はしないし、俺だって無力ではない。へなちょこではあるけど。

なんとかなるだろうということで俺とシルフィはまったく焦っていなかった。

「近づいてみるか？」

「うーむ、近くで見てみたい気持ちはあるが、あまり近寄って妖精達を刺激するのは良くないのではないか？　あまりに大きいから近くまで寄ったら壁にしか見えなそうだしな」

「それもそうか。もう少し見晴らしの良いところ……あの根っこの上に上って眺めるくらいにしとくかね」

「そうしよう」

俺とシルフィは協力して高さ数メートルはある妖精樹の根を乗り越え、その上に腰掛けた。木材ブロックを積めばこれくらいなんでもない。

「風が心地好いな。さっきの泉よりも温かいし」

「そうだな。丁度過ごしやすい気温だ。そう言えば結構長くこっちの世界にいるけど、この世界には四季がないのか？」

「季節の移り変わりはあるぞ。今は秋になったばかりだな。秋が終わったら冬が来る」

「冬か……寒くなるのか？」

「そうだな。だが平地で雪が降ることはあまりないな。山の上など標高の高い場所なら雪が降ることもあるが。霜が降りるほど冬に寒くなることは稀だ」

「なるほど、かなり温かいんだな。俺の住んでいたところは冬はかなり寒くなるところだったんだ。

膝くらいまで雪が積もるのは当たり前、暖房を入れなきゃ家の中のものが凍るくらい冷えるって感じでな」

「それは厳しいな……冬になると凍死者が続出しそうだ」

「今は暖房や水道なんかのライフラインがかなり普及してるから少なくなってるみたいだけど、それでも年に千人以上は凍死者が出てるんだったかな……でも、春になると桜の花が咲いてな。綺麗なんだ」

「春に咲く花か……そのサクラやウメというのはどんな花なんだ？」

「桜はな、木いっぱいに薄いピンク色の花が咲くんだよ。本当に淡いピンク色でな。桜色、なんて呼ばれていた。花の期間は短くてな、散り始めると一斉に散るんだ。強い風に散らされて桜の花びらが吹雪みたいに舞い散って、桜吹雪なんて呼ばれることもあるな」

「それはとても綺麗なんだろうな……」

「ああ、綺麗だったよ」

この世界では見られないだろうな、と内心思いながらその様を思い出す。桜の花びらが舞い散る光景を。

そうすると、急に辺りに強い風が吹き始めた。

「むっ？」

「なんだ？」

風は俺達の回りを囲むように吹いているらしく、風に吹かれた枯れ葉が俺達の回りをぐるぐると回り始めた。

「普通の風ではないな。妖精か？」

「周りにいるのか……？　ん？」

　周りに吹きすさぶ風の中にピンク色のものが交ざり始めた。それは次第に数を増し、まるで吹雪のように俺とシルフィの視界を覆い始める。

「桜吹雪……」

　それはまさに桜吹雪だった。淡い桜色の花弁が視界いっぱいを覆い尽くし、渦巻いて舞っている。

「これが……？　これは、妖精の仕業か」

　郷愁の念が強く呼び覚まされる。俺には故郷に残してきた家族は居ない。だが、郷愁の念が無いわけではない。この世界は、やはり俺の生まれ育った世界ではないのだ。

　目尻から涙が零れ落ちる。知らず知らずのうちに涙を流してしまっていたらしい。俺の顔を見たシルフィがハッと驚いたような表情を見せ、次の瞬間その美しい顔を怒りに歪ませて立ち上がり、鋭い視線を周囲に投げかけた。

「やめろ。いくらお前たちが善意でこれを為したのだとしても、コースケに涙を流させるのはこの私が許さない」

　シルフィの美しい銀髪がゆらゆらとまるで生き物のように動き始める。それと同時に桜吹雪はピタリと止まった。いや、消え失せた。舞っていた花弁も、それを舞わせていた風も幻のように消え失せたのだ。実際に、これは幻の類だったのだろう。

「ごめんなさい」

「まれびとさんがみたがってたから」

「だから、そのとおりにみせてあげたの」

「なくとはおもわなかったの」

「ごめんなさい」

　小さな声が辺りからいくつも聞こえてくる。どの声もしょんぼりとしていて、申し訳無さそうな声音だ。恐らく、妖精の声なのだろう。

「シルフィ、大丈夫だ。ちょっと懐かしくなって涙が溢れただけだから」

「本当に大丈夫なのか？」

　目尻の涙を手で拭い、笑顔を作ってみせる。シルフィはなおも心配そうな表情を見せたが、俺は彼女の言葉に頷いてみせた。

「ああ、なんでもない。俺のために怒ってくれてありがとうな。それと、周りにいる君達もありがとう。もう二度と見られないと思っていたから、嬉しかったよ」

　俺がそう言うと、再び周りから小さな声が返ってきた。

「ほんとう？」

「おこってない？」

「かなしくない？」

「ああ、本当さ！　俺が流した涙は悲しい涙じゃない、嬉しい涙、感動の涙だからな！　良いものを見せてもらった。ありがとう。シルフィだって綺麗だと思っただろ？」

「む……そうだな……確かに美しい光景だった」

「シルフィだってもう怒ってないよな？」

俺がシルフィの服の裾を引っ張りながら笑顔でそう聞くと、シルフィは苦笑いを浮かべながら再び木の根に、俺の隣に腰掛けた。察してくれたようで嬉しいよ。

「そうだな……コースケが悲しくて泣いたんじゃないなら、私の怒りは筋違いだったな。妖精達、すまなかった」

「なかなおりしてくれる？」

「もうおこってない？」

「ああ、もう怒ってない。仲直りしよう」

シルフィがそう言うと、風景から滲み出るように小さな人影がいくつも空中に現れた。それは、まさに妖精といった容姿の小さな人々だった。大きさはまちまちだが、概ね俺の掌に乗るようなサイズの子が多いようだ。背中には光る羽のようなものが生えており、それを小刻みに動かしている。羽からはキラキラと光る粒子のようなものが舞い散っているようだ。

「へぇ、これが妖精か……うん、いかにもって感じだ。ファンタジーだな」

「私もこんなに間近で見るのは初めてだな。森で狩りをしている時に遠目で見かけたことは何度かあったが」

妖精達はまだ警戒しているのか、それとも俺を泣かせたのを気にしているのか、俺達を遠巻きに囲んでいた。どの子も怒られた子供のような表情をしているようだ。

「俺もシルフィももう怒ってないよ。むしろ、あんなに綺麗なものを見せてくれて感謝しているくらいだ。さぁ、仲直りしよう。仲直りの証に甘いお菓子はどうかな？」

俺はそう言ってインベントリからクッキーの入った籠を取り出して見せた。ハーピィさんの卵とミノタウロスさんのミルクとバター、そして俺が作った畑から収穫された小麦粉とサトウキビからクラフトした砂糖を使った逸品だ。

「ほら、シルフィ。あーん」

「んむっ？」

シルフィの口にクッキーを一枚押し込み、俺自身も一枚口に運んで見せる。こういうお菓子を初めて見る妖精もいるだろうから、先に手をつけたほうが妖精達も安心できるだろう。

「ほら、甘くてサクサクで美味しいぞ。遠慮せずに食べてみると良い」

そう言って籠を差し出すと、妖精達は互いに顔を見合わせてからおずおずと俺達の傍に近づいてきた。籠の傍まで来た妖精がこちらの顔色を窺ってきたので、笑顔を返してやる。

妖精はクッキーを一枚手に取り、両手で抱えあげようとした。しかし大きすぎてうまくいかないようだ。

「大きすぎたか」

「でかい、おもい」

「どれどれ」

一旦籠を木の根の上、俺とシルフィの間に置き、クッキーを一枚手にとって細かく砕いた。粉々にするのは本末転倒なので、身体の小さな妖精でも簡単に持てるくらいの大きさに。

「これでどうかな？」

「ありがとう！」

砕いたクッキーを掌の上に載せて差し出すと、妖精はその中の一欠片に手を伸ばし、両手で持って齧《かじ》りついた。

「さくさくであまくておいしい！」

「そうだろう、そうだろう。ほら、たくさんあるからみんなもお食べ。シルフィもほら」

「ああ」

シルフィもクッキーを一枚手に取り、砕いて掌の上に載せて差し出す。すると、妖精達がわっと集まってきた。最初は俺の手に多く集まったが、数が多くて俺の手から取りにくいと見た妖精の何人かがシルフィの手からクッキーを貰い始めると、様子を見ていた妖精達もシルフィの手からクッキーを手に取り始めた。

「おいしー」

「さくさく」

「あまーい」

「慌てて食べて喉を詰まらせないようにな」

目をキラキラさせながらクッキーを貪る妖精達に苦笑しつつ、インベントリから木製の水筒に入ったミルクと深皿を取り出し、深皿にミルクを注いでやる。ミルクは勿論ミノタウロスさんのミルクだ。出処については……ヘタレ二名だ。詳細は語らないでおこう。

口の中がパサパサになったのか、妖精達が深皿の縁に着陸してミルクに口をつける。特に忌避感とかは無いらしい。まぁ、ミノタウロスさんの母乳ですって言ってないしな。あえて言うこともあるまい。

クッキーとミルクでお腹いっぱいになった妖精達は俺とシルフィの肩や膝、頭の上に乗って歌を歌ったり、俺達の目の前で踊りを踊ったりしてくれた。猫カフェならぬ妖精カフェ状態だな！

◆◆◆

「またねー！」

「ばいばい」

「ありがとー」

妖精達が山盛りのクッキーが入った籠を複数人でなんとか持ち上げて運びながら妖精樹の方に去っていく。妖精達の話を聞いたり、逆に請われて俺達の話をしたりしているうちに日が傾いてきたので、解散することにしたのだ。

「得難い体験だったな」

「そうだな。あんなに沢山の妖精と触れ合った者はそういないと思う」

俺とシルフィは立ち上がり、互いに身体をポンポンと叩いてクッキーのクズを地面に落とす。妖精達がクッキーを食べながら俺達の話を聞いたりしてたからね。こうなるよね。

「さて……じゃあ少し離れたところにシェルターでも作るか」

「そうしよう。明日はグランデと合流したいな」

話を聞いたところ、妖精達はどうやらドラゴンを怖がっているようで、近くにいると姿を表さなかっただろうということが知れた。きっとグランデは気を利かせてこの場に俺達を置いていったのだろう。

「明日はどこを案内してくれるのかな?」

「そうだな。グランデの故郷とか良いんじゃないか?」

「ふふ、それは楽しみだな。ちょっと怖いが」

「確かに」

そんな事を話しながら俺達は妖精樹を後にするのだった。

◆◆◆

シルフィと一緒に仲良く夜を明かして翌日。身を清めた俺達は早速グランデと合流すべく動き出した。

と言ってもこの黒き森の深部を闇雲に歩き回るのは得策とは言えない。上空から見て森の中に居る俺達を探し出すのはいくらグランデと言えども難しいだろうし、空が見えないので俺達もグランデを見つけることが出来ないからだ。

そういうわけで、俺はまずシェルター周辺の木を切り倒し始めた。視界を確保するのと同時に、グランデの着陸地点を作るためである。ついでに木材も手に入る。一石三鳥だな。

そしてシルフィはと言うと、俺が切り倒す前に生木を集めて火を焚いている。当然、もくもくと煙が立ち昇る。そう、狼煙である。森を切り拓いて狼煙を上げればグランデも俺達を見つけやすいだろうと考えての行動だ。

逆に黒き森深部の魔物を引き寄せてしまう可能性もあったが、俺とシルフィなら大体の魔物には対処できるだろうと結論を出していた。高床式の防衛拠点を作ってあるし、森は結構広めに切り拓いたので、敵の接近にさえ気づくことができれば迎撃は容易いのだ。

「コースケ、それはなんというか……随分物々しい感じの武器だな」

「とってもつよいぞ」

俺が高床式防衛拠点の上に設置したのは三門の50口径——つまり口径12・7mmの重機関銃である。使用する弾丸が一般的に対物ライフルと呼ばれているものに使われるものと一緒と言えばその威力のほどが伝わるだろうか？

対物ライフルの中にはこれよりも大口径の弾丸を使用するものがあるが、一般的に対物ライフルと言って想像するような代物は大体この口径の弾丸を使っていると思っても良い。この重機関銃はその弾丸を高速で連射できるやべーやつである。人間なんてミンチより酷いことになるぞ。多分ドラゴンでもこれで撃たれたらかなり酷いことになる。

問題は、弾薬のコストが高くてそう頻繁に運用するのは無理ということだろうか。あとめっちゃ重いのでこんなものを手で持って撃つなんて無理である。自称新聞記者の超生物くらいだろう、そんなことができるのは。あいつ素手でモツ抜いたりするやべーやつだからな。それこそ対物ライフルで撃たれてもピンピンしてるし。あれを人間と言い張るのは無理があると思う……話が逸れた。

「すぐにグランデが来てくれればこいつを使わなくて済むんだけどなぁ」

「そう簡単にはいかないのではないか？」

はい、そう簡単にはいきませんでした。

「この武器は強すぎるな……」

「なんかどいつもこいつもでかいなぁ」

狼煙を上げて待つこと暫し。いやぁ、魔物が来るわ来るわ。家くらいでかいイノシシとか、同じくらいの大きさのカマキリとか、ムカデとか、グリフォンっぽい何かとか、名状し難い触手で出来た螺旋とかよくわかんないものがちょろちょろと向かってくる。

まぁ、全部圧倒的な鉛弾の暴力で粉砕したんだけどね。シルフィにも使い方を教えたら簡単に使いこなした。まぁ、目標をセンターに入れてスイッチでズドドドッと弾が出るからね。そんなに難しくはないよね。

できるだけ引きつけて倒して、倒したら俺が回収に走ってシルフィが援護する。敵の出現はまばらであったので、特に危ないこともなく三時間ほど狩り――というか蹂躙を楽しんだ。

『GYAOOOOON！（やはりここにおったか）』

身体に鞍をつけたままのグランデが高空から舞い降りてきた。結局そのまま別れたもんな、昨日。

「おはよう、グランデ。迎えに来てくれたんだな」

「うむ。昨日は迎えに来なくてすまんかったの。妖精達はドラゴンを怖がっておるからな。何度か上空から様子を覗きに行ったのじゃが、楽しそうにしているので邪魔をするのも無粋だと思ったのじゃ」

「ナイスな判断だったよ。ありがとうな」

「ふふふ、そうじゃろうそうじゃろう。妾はできる女じゃからな」

グランデがふんぞり返って鼻からブフーッ、と息を吐く。ドヤ顔してるんだろうな、これは。

「なんと言っているんだ？」

「昨日は放置してすまない。何度か様子を見に行ったけど、妖精達と楽しそうにしているのを邪魔するのも悪かったからそのままにしといたとさ」

「なるほど。私とコースケなら問題ないと判断したんだろうな」

「多分な。グランデ、朝飯は食ったか？」

「うむ、食べてきたのじゃ。今日はどうする？」

「グランデの故郷を見てみたいなってシルフィと話していたんだが、大丈夫か？」

「も、勿論構わぬぞ。うん、大丈夫じゃ」

「そうか。それじゃあ撤収するからちょっと待っててくれ」

そう言ってシルフィと一緒に撤収準備を始める。ってシルフィさん三脚銃架ついたままそれ持ち運べるの？　マジ？　その細腕のどこにそんな力が秘められてるんだよ。

シルフィの隠された膂力《りょりょく》に内心戦慄しつつ、高床式拠点を解体する。昨日泊まった地下シェルターは朝のうちに解体済みなので、これで準備は完了だ。森を多少切り拓いてしまったが、これは放置で良いだろう。

「準備完了だ。今日もよろしくな、グランデ」

「う、うむ……」

なんか歯切れが悪いな。何か心配事でもあるんだろうか。首を傾げながらシルフィを促し、二人で一緒にグランデの背中に乗る。

「では、いくぞ」

「ああ、頼むよ」

グランデが助走をつけるために走り出し、ジャンプすると同時に翼を大きく広げて風に乗り始める。何度体験してもこの瞬間はゾクゾクするな。なんというかこう、飛ぶことに対するワクワクと落ちたりしないかという心配がないまぜになる感じだ。

「コースケ、先程首を傾げていたが、どうかしたのか？」

「ん、いやな。なんかグランデの挙動と言動が不審というか、歯切れが悪い感じがするんだよな。何かドラゴンの故郷に思うところでもあるのかな、と」

「ふむ……」

シルフィが深く考え込む。

「ドラゴンが人を背中に乗せるってのはドラゴンにとっては大事みたいだから、もしかしたらドラゴン独自の慣習か何かが影響しているのかもしれん」

「なるほどな。その辺りの話をグランデのご両親などに詳しく聞いたほうが良いかもしれんな」

「そうだな。ドラゴンから話を聞けるなんてなかなかないことだろうし。俺は勿論、シルフィだって知らないようなことが聞けるかもしれないぞ」

「そうかもしれないな。楽しみだ」

シルフィがふんわりとした笑みを浮かべる。アーリヒブルグにいた頃も家族と一緒にいる間はリラックスしていたように見えていたが、黒き森に来てからはより自然な表情が多い気がするな。やっぱり日々の執務でストレスを溜めていたんだろうな。

そしてグランデの背に乗って飛ぶこと十数分。俺達は黒き森の最奥部に到達していた。

「黒き森の奥は岩山かぁ」

「そうだったようだな。この光景を見たことのある人族はそういないのではないかな」

黒き森の途切れ目からはずっと岩山のようなものが続いているようだった。岩山、というよりは山脈と言ったほうが正確か。植物があまり生えていない、岩肌だらけの山である。

「ここがグランデの故郷なのか？」

「うむ。あの岩山のあちこちにドラゴンの家族が住んでおるのじゃ。岩山に穴を空けて巣穴を作るんじゃよ」

「なるほどなぁ。グランドドラゴン以外のドラゴンも住んでいるのか？」

「ここはグランドドラゴンだけじゃな。たまにスカイドラゴンが間借りをしていくこともあるが、今はいないはずじゃ」

「間借り？」

「あやつらは世界中を飛び回っておるからの。飛び疲れた時に他のドラゴンの巣に間借りをして羽を休めるのじゃよ」

「ほう」

「なんだ？　何か興味深い話を聞いたのか？」

「ああ、それがな……」

シルフィにもグランデから聞いた話を話してやる。

「スカイドラゴンか……目撃例はあるが、生態はよくわかっていないドラゴンだな」

「そうなのか」

グランデに詳しく話を聞いてみると、スカイドラゴンは普段超高空を物凄い速度で飛んでいるので、人族がその存在に気づくことは殆どないらしい。恐らく、目撃されたスカイドラゴンは羽を休めるために地上に降りてきたところを目撃されたのだろうということだ。

「さて、あそこが妾の生まれ育った巣穴じゃ。降りるぞ」

「おう。シルフィ、グランデの家に着いたから降りるってさ」

「そうか、わかった」

グランデが旋回しながら徐々に高度を落としていく。グランデだけだったら急降下して着陸するんだろうけど、それやられると俺達は大怪我しかねないからね。気遣いのできるグランデは優しいドラゴンだと思う。

「到着じゃ」

「おおー……っつっても普通にただの洞窟だな」

「確かに、ただの洞窟にしか見えんな」

グランデの背中から降りた俺とシルフィは岩山に口を開けている大きな洞窟を見上げて同じ感想を漏らす。洞窟の入り口は緩やかな上りの傾斜になっており、それによって雨の侵入を防いでいるのだと思われた。

「中に入るか？」

「いや、大変そうだしなぁ。シルフィ、中に入ってみたいか？」

「竜の巣穴にか？　うーむ……入ってみたい気もするが、大丈夫なのか？」

「グランデ、シルフィが入っても危険はないのかと聞いているぞ」

「妾が一緒なら問題ないじゃろ。妾の実家じゃし」

「なるほど。グランデの実家だから問題ないだろうってさ」

「それでは行ってみるか」

「わかった。グランデ、案内してくれ」

「うむ、任せよ」

先に立ってのっしのっしと歩き始めるグランデの後ろに立って歩き始めた……のだが。

「尻尾が超危ない」

「すまぬ……」

機嫌よく振った尻尾が俺とシルフィを薙ぎ払いそうになった。うん、後ろを歩いたらそうなるよな。

「背中に乗っていこう」

「そうしよう。グランデ、背中に乗せてくれ」

「わかった」

というわけで、グランデの背中に乗っての竜の巣穴観光ツアーが始まった。グランデも気を遣ってくれているのか、上下運動は殆ど無い。これならマーライオン状態にならずに済みそうである。

で、グランデの背中に乗って奥まで来たわけだが。


「はーっはっは！　いやぁ人族の酒は美味いな！」

「このはんばーがーとかいうのも美味いぞ！」

「おぉい、つまみが切れとるぞ。誰か外でつまみ取ってこい」

「しゃあねぇなぁ。んじゃ適当にイノシシかなんか獲ってくるわ」


ご覧の有様である。

いやうん、わけわからないよな？　グランデの巣穴の奥というか、グランドドラゴンの巣穴の奥は岩山の中で繋がってるんだそうだ。ここはグランドドラゴン達の所謂共有スペース。またの名を宴会場。

ちょっとした街と同じくらいの広さの地下空間で、石の舞台やテーブルのようなもの（ドラゴンサイズなので超でかい）が沢山設置されているスケールのでかい場所だ。そして、今そこにはおよそ二十頭のグランドドラゴンがひしめいていた。

「恐ろしい場所だな」

「普通の人間が生存できる空間じゃねぇな」

なんせ動き回っているドラゴンはどいつもこいつも怪獣映画に出てくる怪獣そのもののような奴らだ。彼らの身じろぎに巻き込まれるだけで俺達のような人族と呼ばれる存在などミンチ確定である。

そんなやベー空間で俺達がどうやって身の安全を確保しているかって？　それはな。

「なんというか、まな板の上の鯉の気分だ」

「コイというのは知らない言葉だが、なんとなく意味がわかるぞ」

俺達は岩を削って作られた巨大なテーブルの上にいた。岩肌に直接座るのは嫌なので、ふかふかのクッションをインベントリから出してその上に座り、ピッタリと身を寄せ合っている。目の前には恐ろしげなグランドドラゴン達の顔、顔、顔。傍から見るとどう見てもグランドドラゴンの食卓に上げられた獲物である。

グランデはなんか知らんがグランデママに連行されて宴会場の隅の方で他のドラゴンと額を突き合わせてがおがおぐるぐる言っているようだ。何してるんだろうね、あれ。

「言っておくが、俺のインベントリから無限に食い物と酒が出てくるわけじゃないんだからな」

「ほほほ、わかっておるわかっておる。今回の稀人は面白い能力持ちじゃのう」

「前に来たのはつまらんかったからの。頑丈な肉体と怪力だけじゃったし」

「鬱陶しかったのう。痛めつけてもなかなか諦めんし、なかなか死なんし」

「最後は面倒臭くなって来るたびに全力で人族の住んでいる方にぶん投げてたからの」

頭のトゲトゲがグランデよりもめっちゃ多いグランドドラゴンの古老達が俺を囲んで昔話を始める。どうやら、古老達は俺以外の稀人に会ったことがあるらしい。というかグランドドラゴン達に痛めつけられてもなかなか死ななくて、最後は面倒になってバシ○ーラ（物理）で対処されるとかどんなのだよ。ヘラクレスか何かかな？

「稀人ってことは、そいつも話せたんですか？　ドラゴンと」

「一応な。でも話せるのと話が通じるのとは別じゃな！」

「なんかよくわからんことを言っていきなり襲いかかってきてたの。もう覚えてないが」

どうやら脳味噌まで筋肉だったらしい。そんなのに絡まれるなんてドラゴンも大変だな。でもドラゴンに絡まれてインベントリの物資を半強制的に徴収される俺はもっと大変だよな。

なんてことを考えていると、ドスドスと音を立てて宴会場の隅から一頭のグランドドラゴンが近づいてきた。見覚えのあるドラゴンだ。

「お爺ちゃーん、確か昔人間の娘と恋に落ちたドラゴンがいたって言ってたわよねー？」

「おお、おったぞ。物好きなアクアドラゴンじゃったな。ここからずっと西の方の話じゃ」

くるるる、と高い声でドラゴンが鳴く。これはグランデのお母さんだな。お爺ちゃんってことは、グランデの曾祖父《ひいじい》ちゃんなのか、このドラゴンは。

「確かドラゴンが人間になって添い遂げたのよねー？　どうやってやったのー？　簡単にできるのかしらー？」

「なんじゃ、お主今になって人間に懸想しとるのか？　相手は誰じゃ？　まさかこの稀人か？」

「私じゃないわよー。デルギスは馬鹿だけど夫だしねー。それで、どうなのー？」

「術自体は難しくないが、触媒が要るから無理じゃぞ。人族の目玉くらいの大きさの魔煌石が要るからの」

「そうなんだー。それは難しいわねー……」

ソウナンダー、ソレハムズカシイネー。なんでグランデママがそんなことを聞いているのか、察せないほど俺は間抜けではない。間抜けではないが……嘘だろう？　そんな要素どっかにあった？　というかこの流れ何なの？　唐突過ぎない？

「ねぇ、魔煌石とか持ってない？」

「モッテナイデース」

「すんすん……嘘を吐いてる匂いがするわ」

ぐるる……とグランデママが牙を剥く。なんでわかるんだよ。エスパーか何かか。というか匂いでわかるのかよ。

俺が冷や汗を垂らしていると、その様子を見たシルフィが首を傾げながら声をかけてきた。

「どうしたんだ、コースケ。そのドラゴンはグランデの母上ではないか？　何か威嚇してきていないか？」

「ははは、ちょっとな……ええと、グランデのお母さん？」

「何かしらー？」

「その、確認したいんですが。何に使うんです？」

「それは勿論グランデちゃんを人間に変身させるのに使うのよー。貴方、ドラゴンのグランデちゃんには欲情できないんでしょう？」

「無理っすね」

「だからグランデちゃんを人間にしようと思ってー」

「思考の飛躍が過ぎる……」

思わず頭を抱える。そんな俺の腕がくいくいと引っ張られた。

「コースケ、やり取りを翻訳してくれ」

「あー、んー……わかった。驚かないでくれよ」

「？　よくわからんが、わかった」

そう言うシルフィに今までのやり取りを翻訳してやる。

「……衝撃的なんだが」

「俺もだ」

「ええと、そうだな。私が話そう。コースケは翻訳に徹してくれるか」

「アイアイマム」

そして俺は翻訳する機械と化した。

Different world
survival to
go with the master

第六話
のじゃロリ竜娘、爆誕

翻訳作業はとてもつらかった。言うまでもないと思うが、俺自身の色恋沙汰、女性事情に関する話である。それを赤裸々に暴露させられるのだ。しかも、相手はグランドドラゴンのご婦人方を中心としたこの宴会場にいるグランドドラゴン全員である。つらい。

ご婦人方はくるくるきゃーきゃーと騒ぎ、男性陣はぐるぐるふむふむほほうとニヤつき、グランデパパはごるごるぎゃーぎゃーと騒ぎ立てる。

「あれ、生きてるのか？」

「尻尾が微妙に動いてるから大丈夫じゃないか……？」

俺達の視線の先には頭部を岩の壁に埋められて死ーんとなっているグランデパパの姿があった。俺の通訳した話を聞いて「そんな性欲魔神のクソヒューマンに我が娘をやれるか！」と空気を読まずに騒ぎ立て、ご婦人方によってたかってボコボコにされたのだ。

ちなみに、顔面を岩壁に押さえつけた上で釘でも打つかのように尻尾でガンガンぶっ叩いてあの状態にしたのはグランデママである。絶対に逆らわないようにしよう。

そして、もう一人微動だにしなくなってしまった者がいる。

「……」

ご婦人方の包囲網から解放されたグランデは壁に向かって寝っ転がったまま、だらりと力を抜いていじけていた。それはそうだろう。俺に対して秘めていた……その……恋心的なあれこれをすべて暴露させられたのだ。しかも俺に直接。ご婦人方の同調圧力（物理）が凶悪過ぎる。

「ほほう、この大きさの魔煌石なんぞ初めて見るのう」

「ふーむ、あるところにはあるもんじゃな。こいつがあれば儀式ができる」

ご老人方は俺が出した魔煌石を皆で囲んでぐるぐるぎゃうぎゃうと盛んに議論をしているようだった。それなりに若い竜も交じっているようなので、もしかしたらついでに儀式とやらの知識を継承しているのかもしれない。

「ようし、儀式の知識は共有できたな。では、早速始めるぞ。デルギスの娘、グランデをここへ！」

老竜の一人がそう宣言し、ご婦人方に尻尾を引っ張られて引きずられながらグランデが連行されてくる。もう少し丁寧に扱ってやってくれよ……。

「では、デルギスの娘グランデよ。お主に人化の儀式を執り行う」

「……」

「もう、グランデちゃんったらいつまで不貞腐《ふてくさ》れてるの？」

「不貞腐れもするわっ！　何が悲しゅうてこんな衆人環視の中で色々と吐かされなければならんのじゃ⁉　しかも……しかもよりによってコースケの眼の前で！」

「私達が楽しいから？　強いて言うならグランデちゃんが弱っちいからかしら？」

「身も蓋もない！　というか母上達に囲まれたらどうしようもないじゃろうが！」

流石ドラゴン、力こそが正義を地で行っている。もうあっちに関しては俺の力ではどうすることもできなそうなので、俺はシルフィのケアをすることにした。

「なぁシルフィ。良いのか、こういう流れで」

「別に良いだろう。グランデが種族の違うコースケにそういう感情を抱いているということには流石にびっくりしたが……グランデから直接色々と聞くと概ね納得できる内容だったしな。というか、私としては無自覚にグランデを口説いていたコースケに戦慄せざるを得ないのだが？」

「そんなつもりは一切無かったんだよ……確かにグランデは可愛いと思ってたけど、どっちかというとペット的な意味というか種族を超えた友人と思ってたんだぞ……？」

グランデママにも言ったが、流石にガチのドラゴンに欲情するとか恋愛感情を抱くとか無理だから。可愛いと思ってたのも割と凶悪な面相のドラゴンがおとなしくハンバーガーをモグモグしたり、砂浴びのためにごろごろしたりするのをＫＡＷＡＩＩ！　と思って見てただけだし。

それがどうしてこうなった。この流れで「やっぱいいです」とか言ったら確実にミンチ案件だし……いや、グランデがそういう風に俺を思ってくれていたというのはびっくりしつつも嬉しくはあるんだけどね？　なんというか晴天の霹靂《へきれき》感の方が圧倒的に強い。

「では進化の秘法をデルギスの娘、グランデに施すこととする。儀式を始めるぞ」

ドラゴン達がグランデを取り囲み、輪唱でもするかのように咆哮を始める。輪の中心にいるグランデはその手に魔煌石を載せてじっとしているようだ。あの魔煌石はだいたい人間の握り拳くらいの大きさなのだが、大きなグランデの手の上に載っているとビーズか何かみたいだな。

竜の輪唱は洞窟内で反響し、頭の奥にまで食い込んでくるような感じがする。有り体に言って騒音以外の何物でもないはずなのだが、不思議と聞いていたくなるような感じだ。

やがてグランデの持っている魔煌石に変化が起き始めた。まばゆい光を発し始めたのだ。

それをどうするのかと思って見ていたら、なんとグランデはそれを口に入れてゴクリと呑み込んでしまった。え、大丈夫なのそれ。お腹壊さない？

ハラハラとしながら見守っていると、次はグランデ自身に変化が訪れ始めた。全身が発光し始め、苦しげに身を捩り始める。おいおい、大丈夫なのかあれ。

そうこうしているうちに光が強くなり始め、直視するのが難しいくらいの閃光が俺の視界を真っ白に塗りつぶした。これはまるで作業台とかのアップグレードの時みたいな光だ。

「どうなったのじゃ……？」

閃光が迸った後、ドラゴン達の輪の中心にいたのは紛うことなき女の子だった。遠くてよく見えないが、頭に角が生えているのと竜の翼があるのと、手足が竜っぽいのはわかる。あと真っ裸。

「ん？　間違ったか？」

「ギリギリセーフじゃろ？」

「完全に人間になるより個性があって良いんじゃないかの？」

変身が終わったグランデを見ながら老竜達がぐるぐるぼそぼそと話し合っている。失敗したわけじゃないんだよな？　おい、なんでそんなに自信なげなんだよ。

「なんか身体に違和感があるのじゃ……なんか弱そう」

当のグランデは変身した自分の身体の調子を確かめるかのようにあちこちを眺めたり、手をにぎにぎしたり、軽く飛び跳ねたりしている。確かにドラゴンの身体に比べると弱そうではあるな。

「ほら、グランデちゃん。早速コースケちゃんに見せに行きなさい」

「わかったのじゃ」

グランデはそう言って翼を広げ、こちらに向かって飛んだ。

「のあぁー!?」

そして弾丸のようなスピードで天井に突っ込んで埋まった。おいィ？　頭から天井に埋まったグランデはなんとか自力で自分の体を天井から引っこ抜き、俺の目の前にべちゃっと落ちてくる。一見怪我をしているように見えない。頑丈だなオイ……天井からここまで結構高さあるぞ。

「か、勝手が違いすぎるのじゃ……身体は軽いし、魔力の制御が難しくなっておる……」

「だ、大丈夫か？」

「ちょっと大丈夫じゃないのじゃ。この身体に慣れんと大変なのじゃ」

お尻を打ったのか、グランデは立ち上がって白いお尻を撫でながらこちらに歩いてきた。そんな彼女を頭の天辺からつま先まで観察する。

肩くらいの長さのくすんだ金髪の隙間からは凶悪な、ねじれた角が二本。背中には髪の毛の色と同じような色をしている竜翼が一対。肘から先はやはり髪の毛の同じようなくすんだ金色の鱗で覆われており、指先には頑丈そうな爪が生えている。胸の中心には光を放つ魔煌石らしきものが見えるな。そして視線を下に動かすと、膝から下に目が行く。膝から下は腕と同様に鱗に覆われており、やはり足先には頑丈な爪が備えられていた。うん、半分だけ人間になった感じだな、これは。

え？　おっぱいの大きさ？　アイラとかハーピィさん達よりはあるね。決して大きくはないけど良いと思います。

「こ、こーすけ、どうじゃ？」

「もっと近くに来てよく顔を見せてくれ」

「う、うむ」

おずおずと近づいてきたグランデの手を取り、その感触を確かめる。温かい、けどやっぱ竜の爪は頑丈そうで、鋭いな。観察していたグランデの手から視線を上げると、グランデと眼と眼が合う。

グランデの瞳は金色で、瞳孔の形が普通の人間とは違った。蛇みたいに瞳孔が縦長なのだ。じっと見つめていると、グランデの顔が赤くなってきた。

「な、なんとか言え」

「うん、可愛いと思うぞ。シルフィはどう思う？」

「ああ、可愛らしいと思うぞ。あんなに大きなドラゴンがこんなに可愛らしい女の子になるというのは驚きだな。というか、言葉を喋れるのだな？」

「ん？　そう言われるとそうじゃな。黒エルフの言葉がわかるぞ」

「私の名前はシルフィエルだ。黒エルフではなくシルフィと呼んでくれ」

「おお、そうじゃったな。うむ、わかったぞシルフィよ。妾のことはグランデと呼ぶが良い。これからよろしく頼むぞ」

そう言ってグランデが胸を張ってドヤ顔をする。うん、ドヤ顔は良いけどおっぱいとか色々隠そうか。そう考えてインベントリから何か身体を隠せるようなものを出そうとしたところでグランデママがずいっと首を伸ばしてきた。

「どうかしら？　グランデちゃん可愛くなった？」

スッポンポン

「ええ、可愛らしい娘さんですね」

「これなら交尾もできるわよね？」

「ストレートすぎる！　まぁそういうのは順を追ってということで。まずはグランデに今の身体に慣れてもらわないとでしょう」

「えー……今すぐやってみない？」

「やらねぇよ⁉　俺にそういう趣味はねぇから！」

衆人環視ならぬ衆竜環視の中で事に及べとか難易度高すぎるわ。というか自分の娘のそういう姿を衆目に晒そうとするなよ！　どうなってんだよドラゴンの倫理観！

「どうしたんだ？」

「グランデママが今すぐグランデと致してみない？　見せて？　的な発言をな？」

「ええ……」

シルフィがドン引きした。グランデは真っ赤になった顔をごつい両手で覆ってしゃがみこんでしまっている。

「ええと話題を変えよう。そうだ、グランデはその姿になったらもう元に戻れないのか？」

「う、うむ？　ど、どうなんじゃろうな？　人間と添い遂げた竜の伝承では人間の姿と竜の姿を自由に行き来できるというような感じじゃったが」

老竜達に聞いてみると、答えはイエス。修練を積めば人と竜の姿を自在に行き来できるらしい。

「やり方はわからんのじゃがな！　はっはっは！」

「何せここ千年くらいは誰も進化の秘法を使っておらんかったからのう」

「儂らは興味なかったしのう」

「人間を好きになるなんて竜的には一種の特殊性へk――うぼあぁ!?」

老竜の一人がご婦人方にぶっ飛ばされる。それは完全にウカツムーブだと思います。

「私達はグランデちゃんを応援するわ!」

「竜と人との種族を超えた愛なんて素敵じゃない!」

「ロマンチックよねぇ」

ぐるぐるぎゃうぎゃうと詰め寄られたグランデは及び腰である。元々力で負けてたような相手なのに今は更に体格差でも圧倒されているからな。詰め寄られると怖いよな。

「グランデよ、修練を重ねればいずれ完全に人間と同じ姿を取ることもできようぞ」

「うむ、精進するのじゃぞ。魔煌石を取り込み、進化を果たした今のお主はグランドドラゴンという枠を外れた存在。儂らの先にいる存在とも言えるのじゃ。強大なる力に振り回されぬよう気をつけよ」

「わ、わかったのじゃ」

ご婦人方に一人ぶっ飛ばされた老竜達が急に背筋を伸ばして威厳を醸し出し始める。最初からそうしていれば……雉《きじ》も鳴かずば撃たれまいという言葉が脳裏を過ぎる。

「まぁその、なんだ。グランデ?」

「う、うむ?」

「これからもよろしくな」

「あ……うん。よろしくなのじゃ」

そう言ってグランデは、はにかんだ笑みを浮かべるのだった。

◆◆◆

竜達とのどんちゃん騒ぎを終えた俺達は竜の巣穴から這い出して陽の光のもとに戻ってきた。腹もいっぱいになって酒も飲んだということで、ドラゴン達は満足して眠るということらしい。

「多分数日は寝たままじゃろうな」

「寝過ぎじゃないか？」

「ドラゴンなんてそんなもんじゃぞ。人族と違ってあくせく働く必要なんてないからの。基本食っちゃ寝する生き物じゃて。竜族の縄張りをわざわざ侵す間抜けもそうそういないからの」

「そうだろうな……流石にあの数の竜に寄って集って襲われたらどうしようもないだろう」

「そういうことじゃな。コースケならなんとかしそうじゃが」

「いやー、あの数が一斉に襲いかかってきたらどうしようもないだろう。グランドドラゴンって地面に潜れるし」

つまり、地下に逃げても地面を掘って追いかけてくるだろう、ということである。俺は真正面から戦うのはNGな人なので、ドラゴンとガチで喧嘩をするような状況はなんとしても遠慮したい。

「なりふり構わず全滅させるならできるのではないか？」

「そんな恐ろしいことはいたしません。グランデの家族だぞ」

「それもそうか」

「そうだよ基本的に平和を好むいきものだぞ」

「そ、そうじゃな……？」

　おうなんだ文句でもあるのかグランデちゃんよ。そういう事を言うやつはこうだ。

　くすんだ金髪をわしゃわしゃとしてやると、グランデは目を瞑って震えた。どうやら髪の毛や頭皮といった新たな感触に困惑しているらしい。

「ぬあぁぁぁぁぁ」

「グランデは早いところその身体に慣れないとな」

「う、うむ、そうじゃな。なんというか身体のあちこちの違和感が拭えん」

「少し運動してみたらどうだ？　私も付き合うぞ」

「うん、実際に飛んだり跳ねたりして新しい身体の調子を確かめるのは良い手だと思うぞ」

「ふーむ、そうじゃな。やってみるか」

　そういうわけで、三人で軽く運動をしてみることにした。まずは軽くランニング。

「問題ないのう。二本の足で走る、というのはなんとも奇妙な感じがするが」

「今まで四足歩行が普通だったもんな」

「むしろ、今まで四足歩行だったのにちゃんと二本の足で走れるというのはすごいのではないのか？」

「確かに」

次は全力で走ってみることにした。

「のじゃぁぁぁぁぁぁ……⁉」

「ぶっ飛んでいったな」

「これはひどい」

グランデは一歩目で足元の地面を踏み砕き、数十メートル先にぶっ飛んでいった。

「全力を出すと吹っ飛ぶのか……」

「竜人形態になって体積と体重が減ったけど筋力とかはそれほど減ってないとかかね？」

「ふーむ……コースケ、レンガブロックを設置してみてくれ」

「おう」

俺はシルフィに言われるがままにレンガブロックを設置した。流石にみっちりとレンガを組んで間にセメントを入れて固定してあるブロックなだけに耐久力はかなり高い。

「大変な目に遭ったのじゃ……」

「グランデ、このレンガの壁を殴ってみてくれ。全力で」

「ふむ？　わかったのじゃ。ていっ」

グランデの放った拳が一辺一メートルのレンガブロックを一撃で粉砕した。穴が空いたとかではなく、跡形もなく粉々になって吹き飛んだのだ。恐らくブロックの耐久値がゼロになって消し飛んだのだろう。

「これはたまげたなぁ……」

「ふむ……コースケ、もう一つ追加だ」

「おう」

「グランデ、もう一度レンガの壁を殴ってみてくれ。全力でな。ただし、今回は魔力の使用は無しだ」

「魔力強化をしないのか？　ううむ、やってみよう」

グランデは拳を構え、少しの間を置いた後に再び拳を繰り出した。バコン、という音を立ててグランデの拳がレンガブロックに埋まる。

「のあぁ!?　い、痛い!?」

グランデはびっくりして涙目になりながら拳を引き、左手で右手を摩《さす》り始めた。特に血が出ていたりするわけではないようだが、痛がっているのは可哀想なのでライフポーションを飲ませてやる。

「ふむ……なるほど。恐らくだが、グランデは竜人化することによって身体そのものは大きさ相応の性能になっているようだが、魔力はそのままか、もしかしたら強くなっているのかもしれんな」

「ええと、つまり？」

「つまり、身体は人族基準の大きさや重さになったのにもかかわらず、魔力の出力や魔力量はそのままドラゴン並みか、それ以上になっているというわけだ。だから、ドラゴンの身体のままのつもりで魔力強化をすると身体が小さくなっている分、物凄い力を発揮してしまうわけだな。いや、その出力だと人族の肉体では多分耐えられないだろうから、肉体の頑丈さそのものはやはり竜のものか……？」

シルフィが目を瞑って考え込む。うーん、つまりジャンボジェット機が小型セスナに変身したけどエンジン出力はジャンボジェット機のままだからエンジン出力全開にするとぶっ飛んでいくみたいなことだろうか？

普通はそんなことしたら機体が出力に耐えられずにバラバラになるけど、そうならないってことは小さくなっても総合的な耐久力はジャンボジェット機のままとか？　もうこれよくわかんねぇな。

「つまり何が問題なのかというと、魔力の出力が高すぎて咄嗟《とっさ》に全力を出してしまうと大惨事が起こる？」

「うん、そういうことだ。無意識レベルで魔力で身体を強化するあたりは流石はドラゴンといったところだが、これは人に交ざって日常生活をするのは危険だな」

「き、危険なのか……？」

「ああ、危険だ。例えばグランデが寝ぼけてその尻尾を振り回したとしよう。寝ている間にも無意識に身体強化が働いていた場合、振り回された先に誰かがいると挽肉になりかねん」

「それは怖い」

「コースケはもっと危ないぞ。その、アレをしているときに感極まってグランデが全力で抱きついたりしたら……」

「Oh……」

全身の骨がばっきばきに折れるか、最悪そのままぐしゃりと……怖すぎる。尻尾も危ないかもしれん。何をどうすればとは言わんけど。

シルフィの言葉を聞いたグランデは顔を赤くしたり青くしたり涙目になったりと百面相をしてい

る。確かに今のままだと色々と問題があるな。

「せ、折角コースケに貴重な魔煌石をもらってまで人族のような身体になったのにぃ……」

グランデが涙をぽろぽろと零す。おお、泣くな泣くな。

「シルフィ、何か良い案は無いか？」

「そうだな……魔力による身体強化を無意識ではなく意識的にコントロールできるように訓練をするという方法が一つ」

「なるほど、グランドドラゴンの長老が言ってた修練次第でってやつだな。他にもあるのか？」

「ああ、奴隷の首輪を使う」

「なぬ？」

グランデに奴隷の首輪を嵌めるということか？　ああ待てよ？　そう言えば奴隷の首輪は体内の魔力云々とかそんな話をしてた気がするな。

「奴隷の首輪は装着者の魔力を使って魔力回路を形成し、装着者の行動を制限したりする魔道具だ。その仕組みを使えばグランデの身体強化を制限する道具が作れるかもしれん」

「なるほど。グランデ専用のリミッターってことか。過剰な身体強化を防ぐだけなら自分で外せなくなる機能とか、首輪をつけた人の命令を聞かなきゃならないようにするとかって機能はつけなくていいよな。いざって時に自分で外せないと危ないし」

俺の言葉にシルフィは頷いた。

「勿論そうだな。エルフの里には魔道具作りに精通している職人もいる。なんとかなると思うぞ」

「なるほどな。グランデ、なんとかなりそうだぞ」

「……うん。ありがとう、しるふぃ」

「ふふ、意外と泣き虫なのだな、グランデは」

そう言って笑いながらシルフィはどこからか取り出したハンカチでグランデの顔を拭いてやってい た。うんうん、仲が良いことは良いことだ。俺もタイミングを見計らってグランデの頭を撫でてやる。

「エルフの職人が作れなかったら俺の能力でそれっぽいものをでっち上げるさ。なんとかするから心配するな」

「うん」

機嫌を直したグランデが目を赤くしたまま微笑みを浮かべる。うん、可愛いじゃないか。というか今思ったんだが。

「グランデに服を着せるべきでは？」

「……そう言えばそうだな」

「服か……そういえば、人族はそういう物を着るのじゃったな」

本人もまったく気にせず堂々としていたから俺もシルフィも思わずスルーしてしまっていた。

「しかし、服を着せるにしてもこれはなかなか難しいな……普通の服だと足も手も通らんだろこれ」

手足はごっつい爪やらドラゴンっぽい足やらがあるので、シャツの類もパンツの類も着られそうにない。背中には翼もあるしな。

「とりあえずこれで……」

前にシルフィやアイラ、メルティやその他亜人の女性達とファッションショーめいたことをした時にネタ枠で作ったビキニアーマーがあったので、それをつけさせることにする。いや、ほんとマジで手持ちの服でグランデが着られそうな服がこれくらいしか無いんだよ。

アーリヒブルグとか後方拠点に戻れば翼人《よくじん》用の上着とかは着られるかもしれないけど、流石に俺の手持ちには無いな。いや、糸車と作業台でグランデが着れる服をアイテムクリエイションすればいいのか？　良いや、とりあえず今はビキニアーマーを着せておこう。

「それは……」

「ネタ枠で作ってそのままインベントリの肥やしになってたんだよ」

「ふむ……身軽そうで良いのう。どうやって着るのじゃ？」

「シルフィ、頼む」

俺からビキニアーマーを受け取ったシルフィがグランデにビキニアーマーを着せる。ちなみにビキニアーマーの色は赤だ。ビキニアーマーと言えばこの色だよなぁ。

「相変わらず合理性の欠片もない鎧だな。だがそれがいい」

「肝心なところが殆ど隠れていないからな」

「妾は嫌いじゃないのじゃが」

まだ他の服を着せていないのでわからないが、もしかしたらグランデは服を着ること自体を億劫に感じる感性を持っているのかもしれんな。まぁ、今までドラゴンとして生きてきて、その間はずっと全裸だったんだから服なんて煩わしいと思うのも当然といえば当然なのかも知れない。

「普通の服も色々着てみてくれよ。きっと可愛いぞ。シルフィももっと色々な服を着ても良いと思うな、俺は」

シルフィは黒革の戦闘服姿でいることが多いからな。もっとこう、可愛い格好とかしてほしい。ニット地のセーターとかどうですか？　今なら伊達メガネとかもおつけしますよ。

「ふむ、そうか……コースケがそう言うなら色々と着てみるのも良いじゃろうな、うん」

「はは、耳が痛いな。それなら私も今後はお洒落というものに気を遣ってみようか」

「そうしてくれ。服ならいくらでも作るから。いや、経済活性のためには色々買ってもらった方が良いな」

全部が全部俺が作ってしまっては服屋さんが泣いてしまうか。どうしても見つからないものとか存在しないものじゃない限りは市場からちゃんと買ったほうが健全だろうな。

「よし、じゃあエルフの里に戻るか」

「そうだな……どうやって戻る？」

「え？　それはグランデの背中に乗って……」

ビキニアーマーを身に着けたグランデに視線を向ける。視線を向けられたグランデは気まずそうな表情をした。

「ええと、元の姿には……？」

「まだ戻り方がわからんのじゃ……」

「そのまま飛ぶことは……？」

「一応できるが……安全に飛べるかどうか……」

暫くグランデには頑張ってもらったが元の姿に戻ることは出来ず、とりあえず飛ぶ練習を進めてもらうことにした。安全に飛んでくれさえすれば後は俺がなんとかすればいいのだ。

「私にいい考えがある」

「なんだか不安なんだが……？」

シルフィが酷いことを言う。大丈夫大丈夫、俺に任せておけば万事オーケーですよ。信じて！

◆
◆
◆

のじゃあああぁぁ……という悲鳴を遠くに聞きながら、俺はグランドドラゴンの巣穴前にゴーレム作業台を設置してアイテムクリエイションを試していた。

「何を作るんだ？　あの身体の小ささだと鞍でどうにかなるとは思えんが」

「鞍を作るわけじゃないぞ。もっといいものだ」

と言いつつ、デザインをどうしようか悩む。

俺が作ろうとしているのは持ち運び式のゴンドラのようなものだ。スキー場のリフトみたいに空飛ぶ座席方式が良いか、バスケットや鳥籠のような形にするか、それとも文字通り空飛ぶ馬車のようなゴンドラにするか……作りが簡単で軽いのは座席式だよな。まずは座席式のものを作ってみるか。

フレームの素材は鋼鉄で頑丈に、着地時に地面に置けるように四隅に足をつけて、座席は布張りで

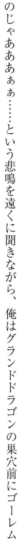

綿を詰めて快適に、シートベルトと、上部にグランデが持ちやすいように取っ手をつけて……こんなものか。

・グランデ用ゴンドラ――素材：鋼の板バネ×6　布類×4　繊維×20　皮革類×3

よし、アイテムクリエイション成功。早速ゴーレム作業台にクラフト予約を入れておく。

ゴーレム作業台になってからアイテムのクラフト時間が大幅に短くなった。モノによるが、大体半分以下から最高で十分の一ほどのクラフト時間になっている。苦労してアップデートした甲斐があったよな。

少しして出来上がってきたのは鋼鉄製のフレームとシートベルトのついた長椅子といった感じの物体だった。

「これは？」

「グランデに持ち運んでもらうためのゴンドラだ。俺とシルフィがここに座ってこのシートベルトを使って身体を固定し、グランデにこの上にある取っ手を持って飛んでもらう」

「なるほど……だが安全を考えるなら箱状にした方が良いんじゃないか？」

「それも考えたんだが、空気抵抗が強くなりすぎるんじゃないかと思ってな」

「ああ……それもそうだな」

箱型のゴンドラだと真正面からの空気抵抗がかなり大きくなるだろうということが予想される。そうするとゴンドラを持つ手と腕が後ろに流されてしんどいだろうし、飛びにくいんじゃないかと思ったのだ。

「ただ、グランデが慣れるまでには時間がかかりそうだしな……色々な形のを作っておくか」

「そうだな、選択肢は多いほうが良いだろう」

　グランデ用ゴンドラ一号を参考にしてシルフィと意見を出し合い、ゴンドラのバリエーションを増やしていく。シルフィの提唱した箱型のもの、気球のゴンドラのような籠型のもの、鉄格子で周りを囲んだ鳥籠型のもの、金属のフレームに鎖で座席を吊り下げたブランコ型のもの……それぞれ二号、三号、四号、五号を作ってみた。

「一通り作ってみたが……どれが良いんだろうな？」

「グランデが飛びやすいものを優先するのが良いのではないか？」

「そうだな……とりあえず持って飛んでもらうか。グランデーーーーーッ‼」

　大声で呼ぶと、グランデが物凄いスピードで俺達の頭の上を通り過ぎていった。背後で岩の砕ける音と「みぎゃぁ⁉」という悲鳴が上がる。

　後ろを振り向くと、グランデが頭から岩に突き刺さっていた。ぐったりとなった尻尾がぷらーんぷらーんと揺れていて非常に痛々しい。

「ぐぬぬ……加減が難しいのう」

　岩から頭を引っこ抜いたグランデがブンブンと頭を振って小石やら何やらを振り払う。普通の人間なら完全に即死してるレベルのダメージだと思うんだが、ピンピンしてるな。流石ドラゴン、つよい。

「コースケ呼ん……なんじゃ、それは？」

「俺達が座って、これでグランデに運んでもらおうかと思ってな」

「ほほう、なるほどの。上の取っ手を掴んで飛ぶわけじゃな」

グランデがずらっと並ぶゴンドラを興味深げに眺める。

「そうだ。どれが飛びやすいか試してくれないか？」

「うむ、任せるが良い」

そう言ってグランデは翼を広げてふわりと浮かび上がり、気球のゴンドラのような籠型の三号を持ってすっ飛んでいく。中に何も入っていないせいもあってか、軽すぎてかなり飛びづらそうだな。

一度グランデを呼び、適当に重りを入れてからもう一度飛んでもらう。

重りを入れたらさっきよりも飛びやすそうに見えるな。他のゴンドラ用にも重りを作って座席に載せ、シートベルトで固定しておく。重さは一つあたり八十キログラムのものにしておいた。シルフィも俺もこれより軽いが、今後ダナンやレオナール卿なんかを乗せてもらう可能性もあるからな。

ゴンドラを掴んで飛行訓練をするうちに慣れてきたのか、グランデの飛行も安定してきたようだ。

「飛びやすいのはこれとこれとこれじゃな」

小一時間ほど試験飛行をした結果、座席型の一号、鳥籠型の四号、ブランコ型の五号がグランデにとっては運びやすい物だということが判明した。箱型や籠型は空気抵抗が大きすぎて保持するのが大変であるようだ。

「肝心の飛行の方は大丈夫なのか？」

「うむ、大丈夫じゃろう。慣れてくるとなんでもないの。普通に飛ぶ分には問題ないと思うぞ」

「普通に？」

「うむ。空中戦をしようとすると力んで速度が出すぎるからまだ無理じゃ」

「なるほどな。まぁ俺達を運んだまま空中戦なんてことにはならないから大丈夫だろう」

「そうだと良いんじゃがな。まぁ、速度は前よりも出るからの。いざとなったらまっすぐぶっ飛んで振り切れば良いじゃろ」

「それだと私達が危険な気がするのだが……」

シルフィが苦笑いをする。確かに急加速されると急激なGの変化で気絶とかしかねないよな。ブラックアウトとかレッドアウトみたいな感じで。あと風圧がヤバいかもしれん。風圧に関してはグランデとシルフィの魔法での防御だけが頼りだからなぁ。

「とりあえず乗ってみるか……どれで行く？」

「私としては一番安全そうな四号を推すが……」

「じゃあ四号で行こう」

四号は一号を鳥籠状に鉄格子で覆った防御力強化型だ。一応バードストライク対策である。もしストライクしたら確かに直撃は避けられるけど血とか中身は浴びることになりそうだよな、これ。そもそも風魔法で守られているから大丈夫なんじゃないかと思うんだが。

「よし、準備完了だ」

俺とシルフィはゴンドラ四号に乗り込み、シートベルトで身体が固定されていることを確認してグランデに声をかけた。

「うむ、ゆくぞ。舌を噛んだりしないように気をつけるんじゃぞ」

浮かび上がったグランデがゴンドラ四号の上部についているハンドルを掴み、空へと飛び上がった。

流れる景色、吹き付ける風、身体を座席へと押し付ける強烈なＧ！　その果てにあるものとは……！

「う、うぷっ……」

「おろろろろろ……」

エルフの里の門前広場に降り立つなりシルフィは顔面蒼白になり、俺は吐いた。

あのね、これ、むり。スピードと絶妙な揺れとアップダウンがあまりにもヤバい。光の精霊魔法で乗り物酔いを治癒したシルフィが俺にも回復魔法をかけてくれる。ああー、これ気持ち良いわー……なんとか気分が良くなってきた。

「な、なんかすまんの……」

「い、いや、グランデは悪くない、ぞ」

「ああ、これは座席が悪かった。座席を吊り下げている五号の方が良かったかもしれんな」

四号はしっかりと座席がフレームに固定されているせいか、グランデの身体の揺れがダイレクトに俺達に襲いかかってくるのだ。座席がブランコのようになっている五号ならもう少しマシだったかも知れない。というか、五号にも改良の余地がありそうだ。吊り下げるブランコの鎖に伸縮性を持たせるとかして縦揺れ対策もしたほうが良さそうな気がする。

なんとか元気になったので、俺が吐いたものはシャベルを使って埋めておく。久しぶりに吐いた気がするぜ……うぷっ、思い出しゲロしそう。

「少し休んだらエルフの職人のところにグランデ用のリミッター作りの相談に行こう。あまり時間的に余裕もないし」

今日で休みに入って四日目だ。休みの期間は一応一週間ということになっているので、今日含めておよそ三日間しか時間がない。早めに相談したほうが良いだろう。

「そうだな、早い方が良かろう。こちらにいる間に完成すれば良いのだがな」

「間に合わなかったら向こうで作ってもらうしか無いな。アイラ達でも作れるだろうし」

そう言いながらインベントリから飲料水のペットボトルを取り出し、口を濯《すす》ぐ。シルフィにも一本飲料水のペットボトルを渡しておいた。

「グランデも水飲むか?」

「うむ、もらおう!」

グランデの手ではペットボトルのキャップは外せないだろうからキャップを外して渡してやる。ごつい爪の生えた手は意外と器用なのか、問題なくペットボトルを握ってその中身を飲むことができるようだった。

「うーむ、この身体とこれっぽっちの水でもなかなかの量に思えるな」

「ははは、そうだろうな。身体の大きさが何十分の一、いや下手すると百数十分の一くらいになってるのか? 色々と勝手が違うだろうし、慣れていかなきゃいけないな」

「そうだな。ひとまず今日のところはリビングにベッドでも追加して寝かせるか」

「む？　妾は別に地面の上で構わんぞ？」

「人族としての姿で生きるなら生き方も変えないとな。柔らかくて温かいベッドは良いものだぞ？」

「ふぅむ、そういうものか……人族の生活を満喫するというのも確かに一興かもしれんな」

グランデが首を傾げて考え込んでから納得したように何度も頷く。うんうん、その調子で人族の生活に染まってくれ。正直その容姿で地面の上で寝かせるとか絵面的に虐待か何かにしか見えないからな。見てて痛々しいというか、いたたまれない気持ちになること必至である。

「そろそろ体調も回復したか？　なら職人達のところに向かおう」

「アイアイマム」

「うむ、ついてゆくぞ」

そうして俺達三人は連れ立ってエルフの里へと再び足を踏み入れるのだった。

◆　◆　◆

「そ、その娘は一体……？」

「最初に私達をこの村に運んできてくれたグランドドラゴンがいただろう？　あの娘だよ。グランデという」

「うむ、グランデじゃ。よしなに頼むぞ」

エルフの里に入るなり、門の警備にあたっていたエルフ兵に呼び止められた。そのエルフの兵がシルフィの説明とグランデの挨拶を受けて口をあんぐりとあけて呆然とする。

「ど、どらごん……？」

「いかにも、ドラゴンじゃ。ブレスの一つでも吐いて見せてやろうか？」

「え、その状態でも吐けるの？」

その発言には俺が驚いた。人族モードになったグランデはアイラと同じくらいの身長だ。そんな彼女がドラゴンのブレスを吐く姿は正直想像できない。

「うむ、この身体になってからまだ一度もやってないがの。やってみるのじゃ」

そう言うとグランデはエルフの里の門に背を向け、上空に視線を向けた。

「すぅぅぅぅぅ……のじゃあああぁぁぁぁぁぁぁぁぁぁっ！」

気の抜ける叫びと共に真っ白い極太のレーザーのような何かがグランデの口のあたりから轟《ごう》、と吹き出した。周囲の気温が一気に上がり、頬が焼け付くようにピリピリとしてくる。

「ふぅ、吐けたのじゃ」

「今のはブレスなのか……？」

シルフィが冷や汗を垂らしながら呻くように言葉を漏らす。俺もブレスというよりはレーザー砲か何かに見えたよ。のじゃ砲？　山に大穴でも穿つのかな？

派手だったけど実際の威力がどの程度のものなのか非常に気になる。あれ、厚さ三メートルのレンガの城壁で防げるかな……？　無理そうだな……？

振り返ると、エルフの門番が顔を蒼白にして脂汗を流していた。うん、わかるよ。ドラゴンは危険な存在だけど、今のグランデはそれ以上にやべー奴に見えるよね。

「とにかく、そういうことだから」

「あ、ああ……危険はないんだな？」

「妾は理性的なドラゴンじゃぞ。みだりにエルフの里で暴れるようなことはせんわ」

「そうだな。グランデは理性的だな」

疑う余地はない。ちょっと食い意地は張っているが、グランデは極めて理性的かつ平和的な性格だ。臆病で痛がりだと言い換えても良い。

「そうじゃろうそうじゃろう」

グランデが満足そうな顔でうんうんと頷く。うーん、やっぱりグランデを戦場に出すのは駄目だな。こんな子を戦場になんか連れ出した日には俺が罪悪感で死にそうだ。少なくとも、そうする必要がないように立ち回っていきたいな。

「わ、わかった。気をつけてくれよ？」

「ああ、問題ない。二人とも、行くぞ」

「へーい」

「わかったのじゃ」

シルフィの後に続いてエルフの里に足を踏み入れる。向かう先はエルフの里の中心部に近い区画、職人街だ。

職人街ではいつも何かを叩く音や削る音、それに何かの機械がトントンカン、と動いている音などがしていて賑やかだ。作業の手を止めて休憩しているエルフなどもいて、彼らが昼間からおしゃべりや飲み会をしていることなどもある。

「やぁ、シルフィエル。森の奥はどうだった？」

「なかなか見どころが多かったぞ。虹を作る滝や、集会所よりも大きい妖精樹などがあった」

「そちらのお嬢さんは？　見慣れない種族のようだが」

「妾はグランドドラゴンのグランデじゃ！　この二人をエルフの里に乗せてきたドラゴンじゃぞ」

「なんと、ドラゴンは人族のような姿になれるのか⁉」

「そのような話は聞いたことがない」

「すまない、ちょっとスケッチさせてくれるかな？」

たちまち職人達が俺達の周りに集まってきて大騒ぎになる。俺？　俺はちょっと離れた場所に放置されている樽の影にしゃがんでステルス中だよ。職人に見つかると囲まれて宝石とかミスリルとかを強請《ねだ》られるからね！

「コースケ殿はどこだ？」

「どこかにいるはずだ」

「いたぞ！　囲め！」

「うわぁぁぁぁぁぁぁぁー！」

シルフィとグランデがいるのに俺が居ないはずがない。俺はたちまち見つかって囲まれた。まぁ本気で隠れたわけじゃなくてじゃれあいみたいなものだな、この流れは。

「実は作ってもらいたいものがある」

「なんでも相談に乗ろう」

「精力剤か？　よく効くのがあるぞ」

「女性に贈るならやはり宝石だろう」

「いやいや、金や銀の細工物が良い」

「綺麗な生地や服だろう」

「どれにも興味はあるけど、違うんだ。シルフィ」

「うむ、作ってもらいたいのは魔道具でな」

そう前置きしてシルフィは奴隷の首輪の仕組みを応用してグランデの無意識かつ過剰な身体強化を制限するような魔道具が作れはしないかとエルフの職人に相談した。

「ふーむ、なるほど」

「奴隷の首輪を応用か……いや、待てよ？　守りの腕輪が使えるのではないか？」

「おお、そうだな。あれも仕組み的には体内の魔力回路を拡張する形の品だ」

「しかし生半可な素材ではドラゴンの魔力には耐えられぬのではないか？」

「素材に関しては……」

エルフの職人達の視線が俺に集まる。ですよね。

「俺に用意できる素材なら何でも出すよ」

俺の言葉を聞いたエルフの職人達がニチャァ……と粘着質な笑みを浮かべた。こえぇよ。

◆
◆
◆

結局そこそこの量のミスリルと宝石の原石、それに魔煌石の欠片を供出することになった。最初は魔晶石でどうにか対応しようとしたのだが、職人エルフが魔力量を調べる魔道具でグランデの魔力とその出力を計測したところ、魔晶石だとグランデの頭くらいのサイズのものか、一般的なサイズのものだと八十個くらいないとグランデの魔力を受け止めきれないだろうということになったのだ。

何か別の素材で解決できないかと意見を募集したところ、魔煌石なら……という話が出たので供出した。物凄い騒ぎになった。これしか無いですと嘘を吐くしかなかった。それしかないから諦めて欲しい。諦めろって言ってんだろ！

「酷い目に遭った」

「亡者も真っ青の貪欲さであったな……」

シルフィの家に帰り着くなり俺とグランデは溜息を吐いた。グランデはグランデで村の珍事を記録する画家エルフにスケッチを要請されたり、錬金術や魔道具作りを修めているエルフに毛髪などを強請られたりしていたのだ。ドラゴンの鱗や皮膚、皮革などはそこそこ有名な素材だが、ドラゴンの髪の毛などというものは未知の素材だ。ドラゴンに髪の毛なんて生えてないのだから。

結局根負けしたグランデが一人に付き数本の髪の毛を渡したことでエルフ達は引き下がっていっ

た。飛び跳ねて物凄く喜んでいたな。なんというかどこにでもマッドサイエンティスト的な奴はいるんだなぁと思った。

「多分、アーリヒブルグに戻ったらアイラ達に同じように迫られるぞ」

「妾は学んだのじゃ。興奮した獣でも腹を満たしてやればおとなしくなるのじゃ」

グランデは今日のことでとっとと諦めるということを学んだようである。その方がかえって自分の平穏につながることもあるということを。ははは、ひとつ賢くなったな。

俺の場合生み出すものがヤバいし、時間さえかければ無尽蔵だからどこかで線を引かないと危ないんだよな。特に魔煌石は使い方によっては精霊石よりもヤバい破壊兵器になるみたいだし、みだりに流出させる訳にはいかない。

ぶっちゃけていうと、単に聖王国を滅ぼすだけなら魔煌石を用いた爆弾を量産して聖王国の領土を焦土に変えるなんて手法も取れると思う。そんなことはしないけど。

「魔道具を発注できて良かったな」

「うん、良かった。けど守りの腕輪ってのはなんなんだ？」

最初は奴隷の首輪の仕組みを流用してリミッターをつけようという話だったのに、守りの腕輪の方が良いんじゃないかなんて話になっていた。守りの腕輪というのは聞いたことのない道具の名前だ。

「エルフの子供の中にはたまに生まれた時から強大な魔力を持ってしまっている子がいるんだ。そういう子はただ泣き叫ぶだけで周りのものを壊してしまったり、誰かを傷つけたりしてしまうことがある」

「お、おお……なかなか危険だなそれは」

「うむ、危険なのだ。そんな子供に使うのが守りの腕輪だ。過剰な魔力が自分自身や周りの人間を傷つけたりしないように、一定以上の魔力の放出があった場合にそれを強制的に吸い上げて溜め込む魔道具だな」

「溜め込んだ魔力はどうするんだ？」

「自然に放出される。ただ、今回作るものには何か特別な機能をつけるかもしれないな。ドラゴンの魔力は強力なようだし、多少効率が悪くても有用な効果をつけられるだろう」

「過剰な力を抑制するための道具にその過剰な力を利用して有用な効果をつけたら本末転倒じゃないか……？」

「……それもそうだな？」

「のじゃ」

シルフィが首を傾げ、グランデが頷く。ですよね。

「まぁ、その辺りは任せるしか無いんじゃないか。とりあえず何か軽く食うか？」

そろそろ日が沈んでくる頃である。さっき盛大にリバースしたせいか小腹が空いてきたんだよな。

「はんばーがー！」

「お前ハンバーガー好きだよぉ……いいけども」

苦笑いしながらインベントリからハンバーガーを取り出して食卓に出した皿の上に置く。グランデは嬉々として皿の上のハンバーガーに手を伸ばし、俺も同じようにハンバーガーを一つ手に取った。

シルフィは台所から蜜酒の瓶を持ってきたようである。

「んふふ……」

グランデがハンバーガーにかぶりつき、もぐもぐしながら目をキラキラさせている。一緒に同じハンバーガーを食べられるのが嬉しいのか、尻尾がベシベシと床を叩いて……待て待て。

「グランデ尻尾、尻尾だめ。床に穴が空くから」

「うっ、こればかりは御するのが難しいのじゃ」

「構わんよ。この家は生きているからな。多少へこんでもすぐに治る」

しょんぼりとするグランデをシルフィが笑って許す。エルフの家はどれも木をそのまま家にしたようなデザインだけど、やっぱり木そのものなんだな。魔法で家を作るのかね？ 興味深い。

グランデはシルフィに怒られずに済んでほっとしたようだ。尊大な言葉遣いだけど、基本は素直で臆病で思慮深い子だよな、グランデは。

「すまんのじゃ……」

「なに、感情を尻尾で表す亜人は他にもいるからな。リザードマンやラミアなども激しく感情を揺さぶられた時などは尻尾で床を叩くことがあるぞ。それで床に穴を空けることもな。別にグランデだけの話ではないからそんなに気にするな。そもそも家主の私が気にしないというのだからそれでいいだろう？」

「……うん。でも気をつけるようにするのじゃ」

「そうか。グランデは良いドラゴンだな」

「うむ、妾は良いドラゴンじゃ」

シルフィとグランデが微笑み合う。この二人は上手くやっていけそうな感じだな。アイラやハーピィさん達も多分大丈夫だろうけど、問題はメルティか……グランデはメルティに苦手意識を持っているからな。

「グランデの話を色々聞かせてくれ。あまり私はグランデと話す機会が今まで無かったからな」

「うむ、良いぞ。妾もシルフィのことを色々聞かせておくれ」

「もちろんだ」

互いに微笑みながら話を始める二人を見てまぁなんとかなるだろう、と楽観的に考える俺なのであった。

Side：？？？

アーリヒブルグから遥か東。夜の帳《とばり》が落ち、燭台の光だけが唯一の光源である執務室で二人の人物が対面していた。一人は純白の僧衣を金糸や銀糸で飾り立てた若い聖職者の青年で、もう一人は焦げ茶色のフード付きローブをすっぽりと被った男である。ローブの男の特異な点を二つ挙げるとすれば、それはフードから覗くマズル――獣のような鼻面と、ローブの裾から尻尾の先が覗いていることだろう。

「首尾は？」

「仕掛けは十分、あとは結果を御覧じろってね……例の筋からの情報が正しいなら、ですが」

そう言ってローブの彼は肩を竦める。

「その点は心配ない。俺としては例の稀人の方が心配なのだが？」

「そりゃ心配要りませんよ。地下牢にぶち込まれて一時間も経たないうちに脱獄してましたから」

「何の道具もなしにか？」

「ええ。まぁ、本当に丸腰だったかどうかはわかりませんがね。一応口車に乗せて中身は全部吐き出させたつもりですが、あれで意外と慎重だ。武器や道具を隠し持っていても不思議じゃぁありません」

「なるほど……厄介だな」

聖職者の青年が深刻そうな声を上げる。それに同調するようにローブの男のフードが揺れた。頷いたのだ。

「ええ、厄介です。それは俺が一番よく知ってます。だから、事を構えることはお勧めしません。ハーピィのお嬢ちゃん達に粉々に吹っ飛ばされますよ」

「例のこうくうばくだんとやらか……俄には信じられん話だが」

「俺ぁ仕事はちゃんとします。報告に偽りは一切ありません。単眼族の天才魔道士をして自分の魔法では防御が難しいと言わしめた威力です。まぁ、そんなのはあいつの恐ろしさのほんの一部でしかないんですがね」

「収穫が異常に早い畑、半日もかけずに堅固な要塞を築く能力、逆に一瞬で敵軍ごと砦を爆破する能力、添え木と包帯で体が不自由となった者を回復させる奇跡、どんな怪我や病気も治してしまう秘薬の作成、大量の武具の作成、ただの岩場から鉄や銅、銀、金、ミスリルや宝石を採掘する能力……これが本当なら確かに脅威だが」

「誓って真実ですよ。しかも、まだ伸びる可能性が高いです」

「古《いにしえ》の勇者の伝説にも信じられんような話は多いが……」

聖職者の青年が頭痛を堪えるかのように自らのこめかみを揉む。

「まぁ、それは良い。結果が出るまでまだ時間があるからな。お前はこれからどうするのだ?」

「国に帰らせてもらいますよ。あっちでも報告しなきゃならんので。それに、この国は俺が滞在するには都合が悪いですしね」

「そうか。路銀や通行証についてはこちらで十分に用意する」

「そいつはどうも」

CHARACTERS

Different world survival to go with the master

グランデ

Grande

第七話 休暇の終わり

361

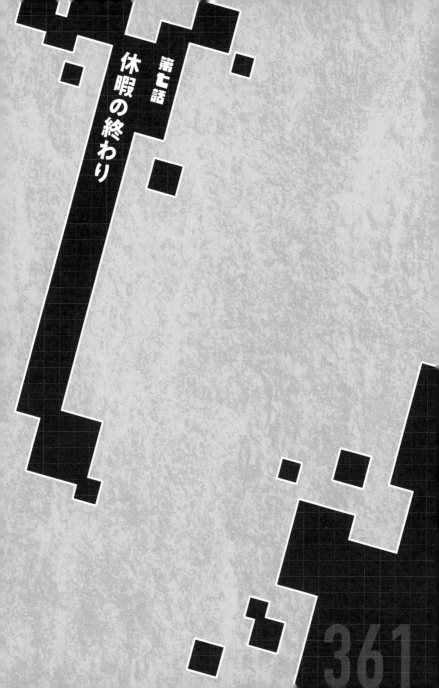

里に戻ってからの三日間は実に穏やかに過ごすことができた。そもそも休暇のためにこちらに来たのだから、別にあちこちに観光に行く必要も無いのだ。

朝起きたら風呂に入り、朝食を摂る。里や周辺の森を散歩したり、何か適当にクラフトなんかをしたりしてゆったりのんびりと過ごすのだ。

シルフィは時折長老衆の元を訪れて交易に関する打ち合わせなんかもしていたようだが、俺はそれには同行しなかった。俺が行っても仕方がないからな。シルフィと二人で行くと長老衆がシルフィをからかい始めて話が進まなくなるし。

グランデはグランドドラゴンの巣とエルフの里を行ったり来たりしている。その時に兄ABを伴って来たり来なかったりするが、奴らには適当に飯なり酒なりを与えれば良いのでなんてことはない。寧ろ、森の奥に生息する強力な魔物を獲物として取って持ってきてくれるので、こちらとしても損はない。

エルフに解体を任せて、手数料としていくらかの素材を引き渡す。残りの素材を穀物粉や野菜、花蜜と交換。肉をそのまま利用すれば奴らに出すハンバーガーと蜜酒を上回る素材が俺の懐に入ってくる。右から左に素材を流すだけで懐が潤う左団扇な生活だ。

まぁ、エルフの里の食料生産量ではドラゴン二頭が消費する穀物や野菜を供出し続けることは不可能なので、いつまでもここで同じことを続けるとエルフが困ることになるな。俺が農地ブロックを使って作物を生産すれば解決はできるけど。

この三日間で俺もまた色々とアイテムを作ることが出来た。例えばグランデに運んでもらう移動用ゴンドラの改良版だ。ブランコ型の五号を更に改良し、座席を吊り下げる鎖部分にスプリングを入れた。これで前後上下左右全ての方向の揺れに対応することができるようになったわけだ。試乗したところ、揺れはかなり抑制されて長距離飛行も問題無さそうだ、という結論が出た。

グランデはグランデで飛行訓練や力加減の訓練、そして姿を自在に変えられるように修行をしていたようである。巣に戻って長老に教えを請うたりもしていたらしい。

「まだ身体を変化させることはできんが、なんとなく感覚が掴めてきた気がするのじゃ」

グランデは口元を花蜜でベタベタにしてホットケーキを食べながらそう言っていたが、成果はまだ何も出ていない。今後に期待するとしよう。

シルフィは今更訓練するようなことはないのか、のんびりとしていた。久々に何も考えずに穏やかに過ごせているためか、機嫌も上々であるようだ。訓練らしい訓練をしたのは俺が誘った拳銃の射撃訓練くらいだな。

体幹も握力もしっかりしている上に視力も良いシルフィは訓練の必要なんて無いくらいに俺の渡したリボルバーを使いこなしていたけどね……いやほんと、十メートルの距離で拳銃の弾丸が六発ともワンホールに収まるとかどうなってんの？　おかしくない？

「もっと強い拳銃でも使えそうだ」

「マジで？」

「ああ」

シルフィがそう言うので、もっと大口径の弾薬を使えるリボルバーを作ってみた。今使っているのは.357マグナム弾を使うリボルバーなので、.44マグナム弾を使うもの、.454カスール弾を使うもの、ネタ枠で.500マグナム弾を使うものも用意してみた。

「これとこれ、特にこれは注意して使わないと射撃の反動で怪我をしかねないから気をつけてくれ」

「わかった。ふむ……流石にこれはなかなかの重量感があるな」

シルフィがいきなり.500マグナム弾を使う大型リボルバーを手に持って呟く。

「それはマジで危ないから撃つ時は気をつけ――」

耳をつんざくような轟音が鳴り、十メートル先に設置された標的のレンガが木っ端微塵に砕け散った。

「ふむ……」

ガォン、ガォンとまるで拳銃の発射音とは思えない、猛獣の咆哮のような射撃音が連続で鳴り響く。そしてその度にレンガが一つ一つ木っ端微塵になっていく。

え？　連射で当ててんの？　マジ？

「ちょっと反動がキツいな」

「ちょっとなのか……」

元の世界だと『人間の限界に迫ったスペック』とか言われてた銃なんだけど。

「もう一つ下のを使ってみるか」

そう言ってシルフィが.454カスール弾を使用する大型リボルバーを手に取る。元の世界のアニメや小説でも人気の荒ぶる雄牛さんだ。

またもやシルフィが連射を始める。だから危ない銃だって言ってるだろォ⁉

「ふむ、これは丁度良い感じだな」

「そう……」

「もう一つも撃ってみるか」

今度は.44マグナム弾を使うリボルバーを撃ち始める。いやいや、なんですかその三点バーストみたいな撃ち方。おかしいでしょう？

「ふむ……この三つだと二番目のやつが良さそうだ」

「ああ、うん。なんかカスタムでもするか？　接近戦用にバヨネットでも付ける？」

「別にそういうのはいらないな。重くなるだろう？　とにかく頑丈なら良い」

「アイアイマム」

こうしてシルフィの愛銃がより強力なものに差し替わることになった。カスタマイズ？　元よりフレームとか銃身はミスリル合金で作ってたから特に必要ないと思うよ、うん。

そんな感じで日々を過ごし、俺達が帰る日がやってきた。今日まで一度もアーリヒブルグから連絡がなかったということは、恐らく向こうでは特に問題などは起きていないということだろう。

「また遊びに来るんじゃぞ」

「今度は赤ん坊を連れてくるとええ」

「孫の顔が見たいのう」

「婿殿、気張るんじゃぞ。ガンガンイクんじゃ」

「ほれ、エルフ特製の精力剤じゃ。持っていくが良い」

見た目幼女の長老が俺に布の包みを手渡してくる。こういう時にお弁当とかおはぎとか煮物とかじゃなくて精力剤を渡してくる辺り、この人達はぶっ飛んでると思う。

「間に合ってよかった。これが特別製の守りの腕輪だ」

目の下に隈を作ったエルフの職人が銀色に輝く腕輪を手渡してきた。複雑な文様の彫られた綺麗な腕輪だ。小指の先程の大きさの魔煌石が陽の光を受けてキラキラと輝く。黄金色に輝くそれはまるで竜の瞳のようだ。

「ありがとう。あとでグランデに渡すよ」

今から飛び立つのに魔力を制限する魔道具をつけても邪魔にしかならないからな。

シルフィとグランデのいる方に視線を向けると、彼女達は里の女性達と何か話をしているようだった。今のうちに改良型ゴンドラをインベントリから出しておくことにする。それに気づいたのか、グランデがこちらに歩いてきた。

「それが新しい籠か」

「おう。これなら前みたいな悲惨なことにはならないはずだぞ」

「二人ともおえーってなっておったものな」

「シルフィはギリギリ堪えてたけどな」

俺は無理だった。

「ほら、これ」

「おお、綺麗じゃのう！　これが例の腕輪か？」

「そうだ。向こうについたらつけてみてくれよ」

「ここでつけてみてはだめか？」

「それは構わんけど、飛ぶのに邪魔になると思うぞ」

そう言いながらグランデに腕輪を渡す。腕輪と言ってもこれは完全な輪というわけではなく、輪の一部が欠けているバングルタイプの腕輪だ。ある程度柔軟性もあり、ごっつい爪の生えているグランデの手でも簡単に着脱することができる。

「ほあぁ～……」

グランデが自分の腕に嵌まった守りの腕輪を眺めて目をキラキラさせる。もしかしたらこういう装飾品が好きなのだろうか？

「そういうアクセサリ好きなのか？」

「む？　うむ。ドラゴンは基本的に光り物が好きじゃぞ。今まではこういう腕輪なんぞを付けることはできんかったからな。人族の身体も良いものじゃな」

「そっか。んじゃ向こうに戻ったら色々アクセサリを作ってやるよ。指輪は無理だから、腕輪とかアンクレットとかネックレスとかだな」

「本当か？」

「本当だ。折角人族の身体になれたんだから、色々と着飾るのも良いと思うぞ？」

グランデが目をキラキラさせたままコクコクと何度も頷く。ハーピィさん達も装飾品が好きだから、そういう方向で話が合いそうだな。同じ翼を持つ者同士ということで是非仲良くしてもらいたい。

「むふふ、帰るのが楽しみになってきたぞ」

グランデの尻尾が地面をペシペシと叩く。守りの腕輪を装備しているからか、尻尾の威力も随分と落ちているようだな。いや、それでも多少地面がへこんでるけど。守りの腕輪をつけても元々の尻尾の強度や重さが減るわけじゃないものな。

そうしているうちにシルフィも話を終えたのかこちらへと歩いてきた。

「待たせたな」

「いや、大丈夫だ。グランデ」

「うむ」

グランデが自分の腕から守りの腕輪を取り外して俺に手渡してくる。その腕輪にシルフィが視線を向けた。

「それが特別製の守りの腕輪か」

「ああ。まだ効果の程は確かめきれてないけどな」

「今晩にでも試すと良い」

「いきなりは無理じゃないか……？」

アイラやハーピィさん達やメルティも待ってるわけだし。グランデは俺とシルフィの会話を聞きながらキョトンとした顔を俺たちに向けている。うん、わかってないね。純真なままの君でいて欲しい。

「そういうのは向こうについてから考えよう。ウン」

「そうだな」

純真な視線にやられた俺達は首を傾げるグランデから目を逸らしていそいそとゴンドラに乗り込む。乗り込むとは言っても席についてシートベルトを締めるだけなんだけど。

「では、行ってくる！　何かあったら砦に連絡してくれ！」

「お世話になりました！」

「じゃあの！」

それぞれに別れの言葉を告げ、グランデの手によって空へと飛び立つ。グランデは里の上空を旋回しながらぐんぐんと高度を上げていく。それにつれてエルフの里がどんどん小さくなって行き、やがて森に埋もれて俺の目には見えなくなってしまった。

「よーし、ゆくぞー。身体の固定は大丈夫か？」

「ああ、こっちは大丈夫だ」

「私も大丈夫だ」

「うむ。では飛ばすぞ！」

グランデがそう言って北に向かって飛び始める。早い。多分ドラゴンの姿でいた頃よりもスピードが出ているな、これは。

ふと隣に座るシルフィに視線を向けると、少し寂しそうな目をしていた。俺はシルフィの手を握り。耳元に口を寄せる。

「また今度戻ってこような」

「……そうだな。いずれまた」

シルフィはそう言って微笑み、俺の手をきゅっと握り返してきた。柔らかい手から伝わってくる体温が心地好い。あんなに上手く武器を扱って、物凄い反動の銃を撃てるというのにシルフィの手は柔らかいんだよな。一体どうなっているのやら。

「休暇は終わりだ。そろそろ聖王国と決着をつけないとな」

「そうは言うけど、そう簡単にはいかないだろ？」

「もちろんそうだ。だが、一歩ずつ進んでいけばいずれ目的地には辿り着くものさ」

シルフィの視線がオミット大荒野の向こう、遥か北の大地を見据える。

「後方支援は任せとけ」

「ああ、頼りにしてる」

シルフィが再び俺の手をきゅっと握り、微笑む。俺もその手を握り返した。俺達の間にこれ以上の言葉は必要なかった。

◆　◆　◆

一週間ぶりに帰ってきたアーリヒブルグは物々しい雰囲気——ということもなく、いたって平常通りであった。寧ろ出入りする商人や農民、冒険者などの数が増えて活発になっている感すらある。

「特に問題は起きていないように見えるな」

「そうだな。皆が上手く回してくれているってことだろうな」

アーリヒブルグの城壁内へと入る門――その門を潜るための列に並びながら俺達は同じ列に並ぶ人々を観察していた。どの人も概ね目には生気が満ちているように見える。彼らを見る限り、今の所解放軍の施策は下手を打っていないらしい。

並んでいる人々の比率としては人間が六割、亜人が四割といったところだろうか。人間の殆どは商人で、農民は少数。対して亜人は農民が三割から四割、商人や職人は一割くらい。残りは武器を携えた解放軍の兵士――いや、冒険者の類といったところか。もしかしたら解放軍の兵士として参加しに来た人々かも知れない。

「活気があるのう」

「今のアーリヒブルグは解放軍最大の活動拠点で最前線でもあるからな」

アーリヒブルグは各地へと道が延びる交通の要衝でもある。メリナード王国を南北に分ける関門でもある。周囲は峻険な山地や深い森に囲まれていて、ここを通らずに南部に行くのは非常に難しいからな。

実際、俺とメルティはその峻険な山地を突っ切った結果山程のワイバーンに襲われ、グランドドラゴンに遭遇したわけだからね。普通の軍隊だと多分、抜けるだけで落伍者が続出する。

「こーすけー、妾は小腹が空いたぞ」

「はいはい……」

そのグランドドラゴンは今、俺の服の裾を引っ張りながらおやつをねだっているわけだが。どうしてこうなったのか……ペット枠だった筈が何故こんなことに？　全ては神の思し召しか。

腕に銀色に輝く腕輪を嵌めたグランデにインベントリから取り出したブロッククッキーを一つ渡しておく。元は難民用の非常食だが、食味も良くおやつにも適しているのだ。

「ふむ、あまり硬くないのだな。噛むとほろほろと崩れて甘い」

「ガッチガチに硬いと食うのも一苦労だろ」

「でも喉が渇くぞ」

「ほれ」

蓋を開けたペットボトルの水も渡しておく。これでしばらくは大人しくしているだろう。

そうやって列が進むのに任せている間に二人組の解放軍の兵士がやってきた。列に並んでいる者がトラブルを起こしたりしていないか巡回している人員だろう。

彼らは人々の様子を眺めながら列の前から後ろへと巡回して行き、俺達のこともしっかりと確認してから更に後ろへと移動——しようとして立ち止まり、目を剥いた。見事な二度見である。

「あの……もしやシルフィエル様とコースケ様では……？」

見覚えのない亜人の兵士だった。狼か犬系の獣人とリザードマンのペアである。

「いかにも、シルフィエルだ」

「コースケだ」

「ドラゴンに乗って帰ってこられるのでは……？」

「ああ、運んでもらってきたぞ」

「うむ、妾が運んできたぞ」

シルフィと謎の亜人――グランデの言葉に兵士が目を白黒させる。

「これは……？　どういう……？　いや、それよりも並ぶ必要はありません！」

「そうか……？　そうだな」

「そうだな」

ここで他の者が並んでいるのにそれはできない、と言い張っても仕方がない。視察という目的も果たしたわけだし、大人しく兵に先導してもらうのが良いだろう。

「並ばんで良いのか？」

「俺もシルフィも一応解放軍のトップとナンバーツーだから。特例だな」

「良いのか？　そういうのは」

「さぁ？　度が過ぎなければ良いんじゃないか」

「ふぅむ……」

グランデは首をひねりながらもそれ以上追求することはやめたらしい。俺も何故？　と言われると返答に困るけどな。

リーダーや指揮官、貴族などの支配者層がいちいち門で止められていたら迅速な判断や連絡に支障があるから、くらいだろうか？

門からアーリヒブルグ内に入ろうと並んでいる人々から注目されながら門を素通りし、解放軍の本部となっている領主館へと向かう。案内は特に要らないと言ったので俺達三人でだ。

「おー、栄えておるのう。人族の都とはこのようなものだったのか」

「遠目から見たことしか無いんだよな」

「うむ。近づくと人族達が可哀想じゃからな。妾も痛い目に遭うのは嫌じゃし」

「直ぐ側にいたころには見なかったのか？」

「中を覗くと怖がられるじゃろ？　妾は良いドラゴンじゃからそういうことはせんかったのじゃ」

「ははは、グランデは良い子だなぁ」

「そうじゃろうそうじゃろう。もっと褒めるが良いぞ」

ちょうど良い位置にあるグランデの頭をなでなでしておく。すると、シルフィが肩をトン、とぶつけてきた。なんだろうと視線を向けると、心なしか頬が膨らんでいる。焼き餅を焼いているのか、これは。

「シルフィもよしよしするか？」

「……いや、いい」

自分がグランデと同じように往来で頭を撫でられる様を想像して流石に恥ずかしいと思ったのか、シルフィは顔を逸らした。ミミが少し赤くなっている。

「コースケコースケ、妾達はどこに向かっておるのじゃ？」

「まっすぐ向こうに大きな建物が見えるだろ？　あれが領主館だ。俺とシルフィ達のねぐらだな」

「ほう、コースケ達のねぐらか。楽しみじゃのう」

「グランデの部屋も用意するからな。部屋数だけは多いんだ」

「ほー」

　こうしてグランデを案内しながら歩いていると顔見知りが声をかけてくることもある。

「やや、姫様お帰りですか？」

「ああ、後方からな。エルフとも話をまとめてきた」

「それはようございますね。エルフの品も入ってくるのですか？」

「ああ、いずれな」

「お、コースケじゃないか。しばらく見なかったね」

「ちょっとシルフィと一緒に後方にな。調子はどうだ？」

「悪くないね。肉の需要は上がってるから儲けは右肩上がりさ。冒険者なんだか狩人なんだかわかんない状態になってるけど。そっちの子は？　見ない種族だけど」

「グランデだ。見た目は小さいけどパワーはすごいぞ。取っ組み合いになると俺が十人いても敵わない」

「コースケの腕っぷしはからきしじゃないか」

　時折こんな世間話をしながら領主館の前に辿りつくと、そこにはメルティとアイラ、それにダナンやザミル女史が待っていた。レオナール卿が居ないってことは南部平定で出撃してるのかな？

「おかえりなさい。視察はどうでしたか？」

「エルフとは良い話をできた。連絡網については確認できているだろう？」

「ええ、そちらは滞りなく。そちらの方は？」

　メルティが俺の服の裾を掴んでいるグランデに視線を向ける。何を隠れているんだお前は。人見知りか。

「グランデだ」

「のじゃ」

「……ドラゴン？」

　アイラが首を傾げる。ダナンとザミル女史は怪訝そうな視線を送ってきていた。そらそうだよな。皆はデカいドラゴンの姿しか見たこと無いわけだし。

「ドラゴンの秘術のようなサムシングであのデカいグランドドラゴンだったグランデはこのような姿になったのである。凄いだろ？」

「……」

　メルティを含めた全員が『またか』みたいな顔をしている。

「いや、俺は何もしてないから。ドラゴンの秘術だからマジで。何もして……いやしたわ。ちょっと材料提供したわ。でもノーカン、ノーカンだ。何頭もの成体のグランドドラゴンに半ば脅迫的に要求されたからノーカン。俺は悪くねぇ」

　俺は必死に身の潔白を主張する。全員の視線がシルフィに向かった。

「まぁ、うん。コースケの責任比は五割くらいだと思う」

「ええ、五割……？」

　微妙に納得がいかない。

「ま、まぁ経緯はどうあれ歓迎しますよ。ええ、歓迎しますとも。言葉も通じるようになったようですしね」

メルティがグランデに笑顔を向ける。グランデは俺の影に隠れた。微妙にプルプルと震えている。

「怖がられてる」

「あ、あれ……？」

「メルティは第一印象が最悪だったから……」

「仲良くしましょう？　ね？」

「……ぐるる」

「警戒されてる」

「むむむ……」

ぴしっ、ぴしっ、とグランデの尻尾が鋭く地面を叩いている。本当に警戒しているというか怖がっているらしい。時間が解決してくれるのを待つしか無さそうだな、これは。

「とにかく、状況について確認させてもらおう。コースケはどうする？」

「俺も聞いた方が良いなら聞くぞ。そうでもないならグランデを部屋に案内する」

「とりあえずは姫殿下だけで大丈夫ではないか？」

「私もそう思います」

ダナンとザミル女史は俺が居なくてもよいだろうとの判断のようだ。メルティは少し悩んだ後、頷いた。

「では姫殿下だけで」

「わかった。じゃあ俺はグランデを部屋に案内するよ」

「私も行く」

アイラが俺のそばにそっと寄り添ってくる。ついてきてくれるつもりらしい。

「じゃあそういうことで。ゆっくりしてるから話が終わったら来てくれよ」

「ああ、また後でな」

そう言ってシルフィは俺の頬にキスをしてからメルティ達と連れ立って二階の執務室へと移動していった。

「私はアイラ、改めてよろしく」

「グランデじゃ。よろしくの」

背の低いアイラとグランデが互いに挨拶しているのを見ているとほっこりとした気分になる。二人とも見た目は幼女……とまではいかないが完全に少女だものな。単眼魔女っ子と竜娘の組み合わせはなかなかファンタジー感があふれると思う。

「いこ」

「おう」

グランデの手を引いて歩き始めるアイラの後を追い、俺もまた歩き始めた。既に時刻は夕方に差し掛かろうかという頃だ。本格的に動き始めるのは明日からだな。

◆◆◆

「「お二人ともおかえりなさい！　そしてようこそ、グランデさん！」」

「うむ」

「おう」

「う、うむ……ありがとうなのじゃ」

　アーリヒブルグに帰ってきたその夜、領主館でハーピィさん達主催によるお帰りなさい会&グランデの歓迎会が開催された。発案は三十分前。料理や飲み物は俺が提供したので、主催というよりは発起人と言ったほうが正確か。

「それじゃあお土産披露しまーす」

「「わーっ！」」

　ぱふぱふぱふぽふとハーピィさん達が翼で拍手をする。アイラとメルティもぱちぱちと拍手をしていた。

「えー、まずはアイラに。黒き森の奥地で採取してきた珍しい花、土と根っこ付きです」

「おー……」

　インベントリからテーブルを出し、その上に鉢植えに入った高地の花をずらーっと並べていく。

「物凄い高い場所に生えてた植物だから、平地だとあまり長持ちしないかもしれないけど」

「ううん、珍しい花は嬉しい。薬効があるかもしれないし。ありがとう」

「綺麗なお花ですねー」

「確かに見たことのない花です」

「お花のプレゼントなんてロマンチックやねぇ」

メルティやハーピィさん達も色とりどりの花に目を輝かせた。やはり女性は花が好きなものであるらしい。

「ピルナ達にはエルフの里周辺で採れた果物の詰め合わせとドライフルーツ、ジャムなんかをお土産にしてきたぞ」

「わー、懐かしいなぁ」

「森を出てから食べる危害がなかったもんね！」

「森にいた頃は果物の甘味が唯一の楽しみだった」

籠に盛られた果物や袋に入ったドライフルーツ、それに見事なガラス細工の瓶に収められた色とりどりのジャムにハーピィさん達が目を輝かせる。

「メルティにはエルフの里のワインを。当たり年の良いやつだって」

「ありがとうございます、コースケさん」

メルティには瓶に入った赤ワインと白ワインのセットを渡す。宴会で騒ぎながら開けるようなタイプのものじゃない、所謂ヴィンテージワインみたいなものだ。

「後は皆にエルフの織った反物を色々と。これは皆で相談して分けてくれ」

最後に出したのは柄物、単色のものを含めて多数の反物だ。宝石の原石や魔晶石、魔化された素材、食いしん坊ドラゴンズの持ってきた魔物素材などを対価にエルフの共同倉庫で交換してきたものである。

「うわー！　綺麗な反物ですねぇ！」

「街の仕立て屋さんに持ち込んで服を作ってもらいましょうか」

ハーピィさん達が反物に群がってキャッキャとはしゃいでいる。それを見ながら蜜酒を飲んでいると、ハーピィさん達が反物を広げてグランデを囲み、彼女の身体に当てて、グランデに盛んに話しかけ始めた。どうやらエルフの反物を使ってグランデに着せる服を考えてくれているらしい。

「あの服――とも言えない何かはコースケさんの趣味じゃないんですか？」

「断じて違う。俺の手持ちの服であの翼とごっつい手足の爪に影響されず局部を隠せる装備があれしかなかったんだ。ブラとショーツだけ着けさせるよりは幾分、ほんの少しマシかと思ってのあのチョイスだ」

「そうなんですか……？　私も着ましょうか？　ああいうの」

メルティがそう言いながら腕で自分の胸を押し上げてその大きさを強調してくる。くっ、視線が誘導される。なんと卑怯な。

「……今度ね」

「二人きりの時に？」

「そ、そうだな」

しなだれかかってくるメルティから目を逸らしながらなんとか心を落ち着けようとしていると、俺を挟んでメルティの反対側に座っていたアイラが俺の胴体にぎゅっと抱きついてきた。

「私も着る？」

大きな瞳がジッと俺の顔を見上げてくる。アイラの体型でビキニアーマー……うん、それもまたよし。あれは肉感的な美人が身につけるのが正道だと思うが、アイラのようなつるーんぺたーんが着るのもまた一興だと思います。

「こ、今度ね」

「ふふ……」

「……」

メルティが蠱惑的な笑みを漏らしながら、アイラは無言で頬を少し緩ませて俺の身体をさわさわとソフトタッチで弄ってくる。あー、いけませんいけません！　お客様！　お客様困りますお客様！

あー！　お客様お客様！

「あー！　メルティさんとアイラさんがコースケさんといちゃついてる！」

「ズルいですよー」

「抜け駆けはよろしくない」

「ほら、グランデはんも行こうなぁ」

「あ、ぉ、ぅぉ……」

わーっ！　とハーピィさん達が押し寄せてきて薄い胸を俺に顔に押し付けたり、軽いキスを頬や唇、首筋にちゅっちゅしてきたり両腕の翼でこしょこしょしたりパフパフしたりしてくる。グランデも目をぐるぐるさせながら長椅子に座った俺の足に抱きついている。何をしているんだ、君は。

「むむ、この場所は譲らないですよー」

「負けない」

「痛い痛い」

メルティとアイラが俺に抱きつく力を強めるが、単純に締まって痛い。シルフィはと言うとそんな俺達をにこにこと眺めながら静かに蜜酒の瓶を傾けている。余裕の笑みというやつか。その余裕少し分けてくれませんか？

「こら、どこに手を……待て、脱がすな！　いたっ⁉　誰だ首に噛み付いたのは！　目立つところに歯型とか残すのはＮＯ！」

「まぁまぁまぁまぁまぁまぁまぁまぁ」

「やめっ……ちょ、待てっ⁉　待って⁉　まだ歓迎会始まったばかりでしょう⁉　飯もロクに食って無いんじゃ……」

「大丈夫ですよ、多少冷めても美味しく食べられるものばかり出してもらってますから。途中で食べさせてあげますから、ね？」

「なっ……⁉　料理のリクエスト内容は最初からこれを見越して……⁉」

確かにピザやスープ、グラタンなどの熱々が美味しい料理は殆どなかった……ま、まさか⁉

「あ、あれをやるつもりか……⁉」

ちょっとその、あれはかなり特殊なプレイに入ると思うんですよ。俺はちゃんと自分で御飯食べられるから。口移ししてもらう必要ないから！

「うふふ……私達、あれが大好きなんです」

「旦那様は飲み込むだけでいいよ！」

「ぜぇんぶお世話してあげますさかいなぁ……」

蕩けるような笑みを浮かべたハーピィさん達が俺を寝室に向かって引きずり始める。くっ、良心が咎《とが》めて振り払うことができん。ここで振り払ったりしたら彼女達を悲しませることに——。

「ん、慣れたら私も好きになった」

「私も結構好きですよ、これ」

両手にサンドイッチやハンバーガー、果物などが載った皿を持ってアイラとメルティがハーピィさん達の後ろに続く。グランデはオロオロしながら大きめの水瓶を運んでいた。水分補給もばっちりですかそうですか。

「あとで交ざりに行く」

「「「はーい」」」

シルフィがそんな俺達を笑顔で見送りながら蜜酒の入った瓶を掲げた。そして扉は閉じられた。

エピローグ～自分にできること～

「……ぐったりとしているな」

「自業自得なのであるな。生きているだけマシというか、コースケのしぶとさは一級品だと思うのである」

変な感心の仕方をしながらレオナール卿が俺を介助して椅子に座らせてくれる。ああ、テーブルがひんやりしてつめたい。というかレオナール卿、戻ってきたのか。昨日はいなかったのに。

「へへ……燃え尽きちまったよ……真っ白になぁ」

昼過ぎに起きた俺は領主館一階の談話室に足を運んでいた。ふらつく足取りで。ライフとスタミナの上限値？　双方ともに二割くらいですが何か？

「その、程々にな。身体を大事にしてくれ」

「腎虚で死ぬとかやめてほしいのであるな。吾輩達からもちょっと気遣うように言ったほうが良いかもしれないのである」

ダナンとレオナール卿が本気トーンで対策を話し合っている。いたたまれない。

「それは置いといて、聖王国との交渉はどうなってるんだ？」

「ふむ……聞きたいのか？」

「だから聞いてる。聞かれちゃマズいのか？」

「別にマズいことなど何もない。隠すほどの進展もないしな」

「無いのかよ」

「窓口の聖女は権威はあっても全てを差配できる権限は無いのであるな。一緒に派遣されてきた政務官と軍監がいて、政務と軍務はそれぞれが掌握しているのである。聖女が掌握しているのはあくまで宗教の部分だけなのである。それでも、三人の中では一番権威が強いので聖女の意向を無視して軍監が軍事行動を起こすことはできないようであるな」

「なんせ真実の聖女様だからな。彼女の前に立っただけで真実も嘘も丸裸だ。彼女を出し抜いて何かをするのは難しかろうよ」

「なるほど」

真実の聖女である彼女には一切の嘘が通じないらしいからな。俺にはよくわからんかったが。

「ただ、軍は兵員の再編成と補充を進めている段階でどちらにせよこちらに攻め寄せてくるのは難しそうであるな。治安維持や魔物の退治も傭兵や冒険者を使ってなんとかギリギリ、という状況のようである。足元がそんな状態では軍をこちらに向けるのは不可能である」

「聖王国の本国から大規模な増援でも来ない限りはな」

「なるほど。それで、領土返還交渉に関しては？」

「難航中であるな。こちらの要求は旧メリナード王国全土と奴隷にされた国民の返還、あちらとしては既にメリナード王国に植民した聖王国民もいるわけで、こちらの要求は呑めないと」

「戦争か？」

「ま、手っ取り早いのはそうであるな。話し合いで片付かないなら力で奪う他無いのである。南部の平定も終わり、解放軍は勢いを増しているのである。今ならメリネスブルグまで攻め上ることも可能なのであるな」

捲土重来《けんどちょうらい》を目指す解放軍と、一度勝利してメリナード王国を支配下に置いた聖王国。話し合いで解決できればと思ったが、さて……？

「他国に介入してもらうか？」

「悪手であろう。国と国というのは手に手を取り合って仲良しこよしとはいかぬものである。この状況下で他国に介入されると戦後にどんな要求を突きつけられるかわかったものではないのである」

「西部に国境を接している少国家連合に怪しげな動きもある。場合によっては二正面作戦を強いられる可能性もある」

「ならどうする？　仕掛けられる前に仕掛けるのか？」

「そこで意見が割れているのである。姫殿下は積極的に仕掛けるのは否定的なようであるが、メルティは内政官の観点からして向こうが譲歩するというのはほぼあり得ないので、とっとと攻め寄せて国土を回復するのが良いと主張しているのである」

「攻撃的だなぁ。二人はどう考えているんだ？」

「吾輩は戦うことに否はないのであるな」

「私はもう少し待ったほうが良いと思っている。聖女の属する懐古派が聖王国の現政権と現在のアドル教の主流派を牽制してくれるなら、それを待ったほうが確実だ。いくらコースケから与えられた武器が強力であっても、我々と聖王国では元々の地力が違いすぎる」

レオナール卿は消極的賛成、ダナンは慎重派ってところか。

「ただ、あまり時間を与えすぎるのは良くないのであるな。ハーピィの爆撃戦術に対応される可能性が高まるし、時間をかければかけるほど地力の大きな向こうが有利になるのである」

「それはそうだろうな」

エレン――真実の聖女であるエレオノーラの働き次第か。こちらから何か向こうの手助けになるようなことはできないものかな？　確か遺跡がどうとか言ってたよな。ちょっとそっち方面で俺が何かできないか検討してみるか。

◆　◆　◆

用事があるというダナンとレオナール卿の二人と別れた俺は領主館の外に出た。たまに一人でブラブラと歩くのも良いだろう。昨晩はなかなかに激しかったしな……というか皆はどこに行ったんだろうか？　目覚めたら誰もいないとかなかなか新鮮な出来事だ。

「あの、ザミル女史？」

「はい」

「何故ついてくるんです？」

「目を離してまた拐われるようなことでもあったら私はもう生きてはおれませぬので」

感情の読めない爬虫類の瞳がジッと俺を見つめてくる。彼女の手にはギラリとまばゆく陽の光を反射する刀身の長大な十文字槍・流星が握られており、周りの人々の注目を集めていた。

「あの槍、ザミル将軍だよな？」

「どうしたんだろう？」

「あのミスリルの輝き……名のある鍛冶師の作に違いない」

すみません、それ工場生産品みたいなもんなんですよ……ではなく、いつの間にかザミル女史は将軍と呼ばれるようになっていたのか。まぁ、レオナール卿と共に南部平定の実行部隊を指揮していたんだからそう呼ばれるのも当然なのかね。

「ええと、その生きてはおれませぬというのは……？」

「この流星を賜った時に私は貴方を姫殿下と同様にお守りすると誓ったのです。だというのにあのキューービめに出し抜かれて貴方をみすみす拐わせてしまうという体たらく……もし二度目があったとすれば、のうのうと生きておるわけにもいきませぬので」

「いや、間違っても自害とかしないでくれよ。戻ってきた時に責任を取って自害したとか言われたら俺泣くぞ」

「……そうですか」

「そうですよ。身体だけじゃなく心も守ってくださいよ、頼みますから」

「心も……」

ザミル女史がハッと目を見開く。ふふ、俺いいこと言っただろ？

「つまり私もコースケ殿の……？　ちょっと種族的に無理が……卵生ですし」

「違うから、そういうことじゃないから。過度な自己犠牲や使命感で命を落とすなって意味だから」

「なるほど」

実はザミル女史は戦闘方面以外ではポンコツなのでは……？　そんな不安が俺の脳裏に過ったが俺は首を振ってその考えを排除した。どちらかと言えば俺の所業に問題がある気がしたからだ。

それはそうだよな、シルフィにアイラにハーピィさん達にメルティ、それにグランデと、ここにはいないけどエレンまで……うん、頭の中ピンク色の種馬野郎と思われても反論できねぇわ。ザミル女史無罪。

「ところでどちらに行かれるので？」

「特に目的はないというか、どうしたら良いのか相談したいけど相談相手が全員出払ってるから捜すためにウロウロしている」

「相談？」

「ああ、状況を動かすために何かしたいと思うんだが、勝手に動くのはマズいだろう？　だからシルフィとかメルティとかアイラに相談しようと思ってな。ダナンとレオナール卿はなんか忙しそうだったし」

「なるほど。私がお聞きしましょうか？　もしかしたら私でも相談に乗れるかもしれません」

ザミル女史は南部平定で大活躍したらしいし、相談相手としては申し分ないか。

「じゃあお願いしようかな。でもその槍を持ったままじゃどこか適当な店で相談ってわけにも……ああ、あそこなら良さそうだ」

オープンカフェっぽいものを発見したので、そちらに移動する。ザミル女史の流星は近くの壁に立てかけておけば良いだろう。

「領主館に戻れば良いのでは？」

「折角ここまで来たんだからこういうお店を利用するのも良いだろ。メニューにも興味があるし」

「そういうものですか」

「そういうものです。ザミル女史は飲み物はどうする？」

「酒でなければなんでも」

「じゃあアイスティーでいいかな。注文お願いしまーす」

注文を取りに来たネコミミ獣人のウェイトレスさんにアイスレモンティーを二つとお茶菓子を頼んでおく。程なくしてネコミミウェイトレスさんの手によって不透明なガラス製のグラスに注がれたアイスレモンティーが運ばれてきた。お茶菓子は少し遅れてくるようだ。

一口アイスレモンティーを飲み、口の中を湿らせてから話を切り出す。

「さっきダナンとレオナール卿からある程度現状を聞いてな。膠着状態じゃないか、現状」

「そうですね。あまり状況としてはよろしくないです」

「だから、状況を動かすために俺に何かができやしないかと思ってな。具体的にはエレン——真実の聖女の助けになるような行動を起こせないかと」

「聖女の……？　それはどういう？」

「俺達の思うように事を動かすという意味であれば、聖女と彼女が所属する懐古派が聖王国で力を得るのが一番都合が良いだろう？　結局のところ、聖王国がメリナード王国に刃を向けたのはアドル教の教義に拠るところが大きいんだから」

「それはそうですね。奴らは教義として人間至上主義を掲げていますから」

「エレンの所属する懐古派はそれに疑問を投げかけている。どうにも過去にアドル教の教義が大幅に改竄された形跡があるってな。それが事実なら人間至上主義を掲げる現在の主流派に打撃を与えられる可能性が高い」

「ええ、そう聞いています。ですが、それが事実だとして、すぐさま聖王国が人間至上主義を改めてメリナード王国の領土を返還するでしょうか？　私はとてもそうは思えません」

ザミル女史は目を瞑り首を横に降った。

「私が生まれた時には既に聖王国は人間至上主義を掲げていました。彼らは生まれたその時から亜人は人間に奉仕するべき存在であり、人間は彼らの上に立ち、使役するのが当然の優良種であると教えられて育ってきています。人の考えというものはそう簡単に変わるものではありません」

「じゃあ、エレンのやろうとしていることは無意味だと？」

「いいえ、そのようなことはないでしょう。我々としても敵対勢力の中に我々に融和的な勢力がいるというのは良いことですし、その勢力が勢いを増すというのは我々にとっての利益となります。ただ、アドル教の内部で主流派と懐古派との間のパワーバランスが崩れるようなことになれば……」

「なれば？」

「恐らく、我々との融和云々の前に内部抗争が起こるのではないかと。その時、聖女の属する勢力は主流派に対抗できるのでしょうか？」

ザミル女史が首を傾げる。ふむ？

「なりふり構わずに物理的に排除するというのは考えづらいんじゃないか？　派閥が違うと言っても同じ国の国民同士だし、同じアドル教の信者だろう？」

「そうであれば良いのですが……今の聖王国の聖王も、アドル教の教皇もどちらも主流派です。場合によっては懐古派が激しい弾圧に曝《さら》される可能性もあります。もしかしたら、懐古派はそれを見越して我々解放軍に近づいているのかもしれません」

「内部抗争の際の戦力として俺達を利用しようとしていると？」

「その可能性は否めません。そうなった場合、我々にも彼らを助けるメリットが存在しないわけではないので」

「メリットなんてあるのか？　いや、そうなった場合俺は是非ともエレン達を助けたいと思うけど」

基本的に他国の、それも宗教勢力の内部抗争に首を突っ込むなんて泥沼の戦争に自ら飛び込むような愚行に思えるんだが。

「彼らを取り込むことができれば我々はアドル教と、つまり聖王国と正式なルートでやり取りをすることのできる窓口を手に入れる事になりますから。また、聖王国とアドル教の人間至上主義に脅威を感じている周辺諸国としても、亜人に融和的な思想を持つアドル教の一派というのは支援するに足る存在と言えるでしょう。過去の資料によって彼らの正当性がある程度証明できそうならば尚更です。我々はそんな他国との交渉に使える人材を一気に獲得することになります。人間の聖職者というものは社会的な信用が高いですから」

「なるほど、そういう考えもあるのか」

　つまり俺達解放軍としてもエレン達と仲良くするメリットがそれなりにあるというわけだ。やっぱり何かできることがあればやってみるべきだな。

「やっぱりそうなるとオミット王国の遺跡からアドル教の古い経典を見つけるのが一番か」

「そうなるでしょう。幸い、オミット大荒野は我々の勢力圏です。いずれ成果は挙がってくると思いますが」

「地面を掘ったりするなら俺の能力が役に立つよな」

「……そうですが、コースケ殿は我らが解放軍の補給線の要です。あまり危険なことはしていただきたくないのですが」

「だからってアーリヒブルグで毎日のんべんだらりとしているわけにもいかんだろう。今はグランデもいるわけだし、彼女に頼めば移動に関してはなんとでも……」

　移動、移動か。そうだ、移動と言えば馬車なんかに代わる移動手段の開発もそういややろうと思ってたんだよな。うーん、全体の効率を考えると移動手段の開発を先に進めたほうが良いだろうか？

　グランデをあまり便利に使いすぎるのも良くないしな。彼女は解放軍に所属しているわけじゃない。あくまで俺への個人的な好意で協力してくれているだけなわけだし。

「焦りすぎるのは良くないな。こういう時こそ冷静に、効率的に動かないと」

「そうですね。何事も焦りは禁物です」

「ありがとう、ザミル女史。有意義な話だった」

「いいえ、お役に立てて光栄です」

ザミル女史から聞いた話も踏まえて、今夜にでもシルフィやメルティ、アイラも交えてじっくり相談させてもらうとしよう。

その後は運ばれてきたお茶菓子を食べながらザミル女史と普通に雑談をして時間を過ごした。黒き森で見てきたものや、最近作った付与作業台の話なんかをしたりして。

「私の流星を更に強くできると……？」

付与作業台の話をしたのは迂闊《うかつ》だったかもしれない……！　眼光鋭く詰め寄ってくるザミル女史を宥めるのに大層苦労したことをここに記しておく。

GC NOVELS

ご主人様とゆく異世界サバイバル！④

2020年5月4日　初版発行

著者　リュート
イラスト　ヤッペン

発行人　武内静夫
編集　岩永翔太
装丁　AFTERGLOW
印刷所　株式会社平河工業社
発行　株式会社マイクロマガジン社
URL:http://micromagazine.net/

〒104-0041
東京都中央区新富1-3-7　ヨドコウビル
TEL 03-3206-1641 FAX 03-3551-1208（販売部）
TEL 03-3551-9563 FAX 03-3297-0180（編集部）

ISBN978-4-86716-004-6　C0093

本書は小説投稿サイト「小説家になろう」(http://syosetu.com/)に掲載されていたものを、加筆の上書籍化したものです。

ファンレター、作品のご感想をお待ちしています！

宛先
株式会社マイクロマガジン社
〒104-0041　東京都中央区新富1-3-7　ヨドコウビル
株式会社マイクロマガジン社　GCノベルズ編集部
「リュート先生」係　「ヤッペン先生」係

アンケートのお願い

二次元コードまたはURL(http://micromagazine.net/me/)ご利用の上
本書に関するアンケートにご協力ください。

■ご協力いただいた方全員に、書き下ろし特典をプレゼント！
■スマートフォンにも対応しています（一部対応していない機種もあります）
■サイトへのアクセス、登録・メール送信時の際にかかる通信費はご負担ください。

祝
第4巻発売
おめでとうございます!!

Different world
survival to go with the master
ご主人様とゆく
異世界サバイバル!?
サバイバル1日目
サバイバルから寝室シーンまでコミカライズ!!
コミックライドにて好評連載中!!
SASAYUKi
原作 リュート
キャラクター原案 ヤッペン
http://comicride.jp/